Ralf Kurz

# Im Schatten der Wahrheit

**Ralf Kurz**

Den geborenen Pfälzer, Jahrgang 1961, verschlug es nach dem Abitur nach Freiburg, wo es ihm so gut gefiel, dass er die Stadt zu seiner Wahlheimat erkor. Er erlernte den Kaufmannsberuf, spielte jedoch nebenbei viele Jahre als Gitarrist und Bassist in Rock- und Bluesbands, bevor er mit dem Schreiben begann.

Seine ersten beiden Romane „Sdaiv – die Entführung der Fußball-Nationalmannschaft" (Krimi, 2005) und „Die Ziege im Anzug" (Liebeskomödie, 2008) sowie einige Kurzgeschichten in verschiedenen Anthologien veröffentlichte er unter seinem Pseudonym FREEMAN. Im Jahr 2008 erschien unter seinem eigenen Namen der große, historische Portraitroman „Der Diplomat" über den Staatsmann und Minister Johann Christian von Hofenfels (1744 – 1787). Mittlerweile ist Kurz zum Krimigenre zurückgekehrt.

**Bereits im Wellhöfer Verlag erschienen:**
**Die Honigspur – Kommissar Bussards erster Fall**

Wellhöfer Verlag
Ulrich Wellhöfer
Weinbergstraße 26
68259 Mannheim
Tel. 0621/7188167
www.wellhoefer-verlag.de

Titelgestaltung: Uwe Schnieders, Fa. Pixelhall, Mühlhausen
Satz: Creative Design, Lukas Fieber, Mannheim

Die Erzählung ist frei erfunden. Ähnlichkeiten mit wirklichen Personen oder tatsächlichen Ereignissen sind nicht beabsichtigt und somit rein zufällig.



ISBN 978-3-95428-102-2

Ralf Kurz

# Im Schatten der Wahrheit

wellhöfer VERLAG

Für Anna

Die raffiniertesten Lügen verbergen
sich im Schatten der Wahrheit

Mit eisigen Klauen hielt die sibirische Kälte das Mädchen gefangen. Mühelos durchdrang sie Kleidung und Haut, die längst keinen Schutz mehr boten und lähmte jede Bewegung. Die Schritte wurden schwerer und die Kräfte des Mädchens schwanden von Minute zu Minute. Nase, Ohren und Hände hatten sich im Lauf der letzten Stunde violett verfärbt. Die Füße, die sich in hartgefrorenen Sneakers durch den kniehohen Schnee kämpften, spürte das Mädchen längst nicht mehr. Selbst die Schmerzen, die anfangs bei jedem Schritt wie glühende Messer durch den zerbrechlichen Körper gezuckt waren, hatten vor der Kälte kapituliert.

Irgendwann, irgendwo war Alyssa in der Dunkelheit vom Weg abgekommen. Vielleicht hatten Tränen ihren Blick verschleiert, bevor sie auf den Wangen zu Eisperlen gefroren waren. Alyssa wusste es nicht. Die Kälte war in ihren Kopf eingedrungen und hatte ihre Gedanken gefrieren lassen. Ihr Bewusstsein wich dem Instinkt, der nur den Kampf ums nackte Überleben kannte. Er trieb sie vorwärts, bis auch die letzten Reserven aufgebraucht waren und der ausgezehrte Körper stehen blieb.

*Ich muss mich ausruhen.*

Alyssa lehnte sich gegen den Stamm einer alten Fichte. Ihre Beine gaben nach, die Knie knickten ein und sie sank in sich zusammen. Die Schulter gegen den Stamm gelehnt, die Beine angezogen und die Arme verschränkt schloss sie die Augen. Es war vollkommen still im Wald.

*Nur ein paar Minuten, dann muss ich weiter.*

Wie ein bleierner Mantel legte sich die Nacht über Alyssa, hüllte sie ein und verhieß schöne Träume. Es war so verlockend, sich dem Schlaf hinzugeben, wo

Müdigkeit, Erschöpfung und Kälte ihr nichts mehr anhaben konnten. Keine Schmerzen und keine Erinnerung an die qualvollen Stunden würden sie mehr peinigen. Je weiter sie sich der fließenden Grenze zwischen Wachen und Träumen näherte, desto wärmer wurde ihr. Der Schlaf, den man auch den kleinen Bruder des Todes nannte, nahm alles von ihr, wiegte sie federleicht und entführte sie aus der Welt, die voller Schmerz, Dunkelheit und Agonie war. Nicht einmal die tödliche Kälte konnte es mit seiner sanften Macht aufnehmen. Als der Schlaf Alyssa mit sich nahm, gestattete er ihr noch einen letzten, halben Gedanken.

*Nur ein paar Minuten …*

# 1

Das *Gasthaus zur Linde* war das letzte Gebäude im St. Wilhelmer Tal, das sich südöstlich von Freiburg zum Feldberg hinaufzog. Auf dem Parkplatz vor dem Gästehaus standen zwei Einsatzfahrzeuge der Polizei, ein Dienstwagen mit dem Emblem des Rechtsmedizinischen Instituts der Universität Freiburg, ein Geländewagen der Forstverwaltung und ein Leichenwagen, dessen Anwesenheit das untrügliche Zeichen dafür war, dass jede Hilfe zu spät kam.

Kriminalhauptkommissar Bussard stellte seinen VW Passat ab und stieg aus. Der Leiter der Ermittlungsgruppe Gewaltverbrechen bei der Freiburger Kripo schlug den Kragen seiner Lederjacke hoch, zog den Reißverschluss bis zum Kinn und stopfte seine Hände in die Hosentaschen. Die sibirische Kälte durchdrang den Stoff seiner Jeans mühelos und er dachte daran, dass es besser gewesen wäre, lange Unterhosen anzuziehen und Handschuhe mitzunehmen. Mit einem stummen Kopfnicken begrüßte er einen uniformierten Kollegen, der frierend von einem Bein auf das andere trat.

„Wohin?", fragte Bussard.

„Ungefähr einen Kilometer den Waldweg hoch", antwortete der Kollege und wies mit der behandschuhten Rechten zum Waldrand, „dann sehen Sie die Spuren schon."

„Einen Kilometer?"

„Ja, aber Sie können nicht hochfahren. Es gibt keine Möglichkeit, den Wagen abzustellen, ohne den Weg zu versperren. Außerdem ist der Weg ziemlich glatt."

Bussard betrachtete den Waldweg, soweit er ihn einsehen konnte. Die schwierigen Bedingungen störten ihn nicht, denn er fuhr gerne im Schnee und der winterliche Schwarzwald bot dazu viele Möglichkeiten. Es machte ihm Spaß, seinen Passat an und jenseits der Haftungsgrenze der Reifen zu bewegen, doch der Kommissar war an diesem Tag nicht ins St. Wilhelmer Tal gefahren, um sich zu amüsieren. Er nickte dem Kollegen noch einmal zu und stapfte los.

Der verschneite Waldweg, auf dem sich Reifenspuren und mehrere Schuhabdrücke deutlich abzeichneten, führte steil bergan. Das Marschieren wärmte den Körper auf, doch die Füße waren bereits nach wenigen Minuten eiskalt, obwohl Bussard feste Wanderschuhe trug. Sie hatten ein gutes Profil, doch sie boten keinen ausreichenden Schutz gegen die arktische Kälte, die der Kommissar vor allem in seinem Gesicht und auf seiner Kopfhaut spürte. Nach der Hälfte des Weges hatte er bereits den Eindruck, als seien seine Ohren zu Eiszapfen gefroren. Die Schönheit des Winterwaldes mit seinen bizarren Schnee- und Eisformationen nahm er kaum wahr, denn in Gedanken wappnete er sich für den Anblick, der ihn erwartete.

Die Fußspuren auf dem Waldweg endeten abrupt. Sie bogen nach links ab und führten zwischen den Bäumen den Hang hinauf. Die Böschung war zertrampelt worden und an einigen Stellen brach das dunkle Braun des Waldbodens durch den Schnee, während dornenreiche Brombeerranken den Aufstieg erschwerten. Bussard nahm die Hände aus den Hosentaschen und hielt sich am hartgefrorenen Stamm einer jungen Fichte fest. Er kämpfte sich die Böschung hinauf und folgte den Fußspuren im knietiefen Schnee. Die Kälte biss nun auch in seine Knöchel und Unterschenkel. Schon nach einhundert Metern waren seine Hosenbeine unterhalb der Knie gefroren. Seine Hände konnte er nicht in die Hosentaschen stecken, weil er im schwierigen Gelände mit seinen Armen immer wieder das Gleichgewicht ausbalancieren musste.

Fünf Minuten später hörte Bussard Stimmen im Wald. Er blieb stehen und sah den Hang hinauf. In einiger Entfernung erkannte er das rotweiße Absperrband, mit dem die Kollegen den Fundort der Leiche gesichert hatten. Kopfschüttelnd kämpfte er sich weiter durch den Schnee. In dieser gottverlassenen Gegend würde niemand die Arbeit der Kriminaltechniker stören, doch Vorschrift war Vorschrift und das Anbringen des Absperrbandes war stets die erste Amtshandlung bei der Aufnahme der Beweissicherung.

„Tag, Bussard“, rief Smirna, der Leiter der Kriminaltechnik, der mit seinem Kollegen Mallmann die Spuren sicherte.

„Tag, Bertold, Tag, Klaus“, erwiderte Bussard, als er die Absperrung erreichte.

Er atmete zweimal tief durch, denn die Anstrengung, sich durch den tiefen Schnee den Hang hinaufzukämpfen, hatte seinen Puls und seine Atmung beschleunigt.

An den Stamm einer mächtigen Fichte gelehnt saß ein Mädchen mit angezogenen Beinen und verschränkten Armen. Der Körper war von einer milchigweißen, hartgefrorenen Reifschicht überzogen. Die Gesichtshaut schimmerte bläulichweiß und Bussard war froh, dass die Augen des Mädchens geschlossen waren. Der Anblick war auch so schwer zu ertragen und trieb ihm fast die Tränen in die Augen.

„Professor Münchrath war schon da“, berichtete Smirna, „er konnte auf den ersten Blick keine äußerlichen Verletzungen feststellen. Allerdings ist die

Leiche steifgefroren. Man muss sie erst im Rechtsmedizinischen Institut auftauen, bevor man sie obduzieren kann. Möglicherweise ist das Mädchen schlicht und einfach erfroren."

„Schlicht und einfach", fauchte Bussard und warf seinem Kollegen einen vernichtenden Blick zu, „kein Kind erfriert schlicht und einfach im Wald, Bertold! Wie zum Henker kam das Mädchen hierher?"

Smirna hob entschuldigend die Hand.

„Sorry, Bussard. So habe ich das nicht gemeint. Ich wollte nur sagen, dass wir im Augenblick keinen Anhaltspunkt für ein Gewaltverbrechen haben. Es führt nur eine einzige Spur hierher. Alle anderen Spuren sind von uns beziehungsweise vom Förster und seinem Hund. Er hat die Leiche entdeckt."

„Habt ihr ihren Ausweis gefunden?"

„Nein, allerdings haben wir auch nicht danach gesucht. Alles an ihr ist gefroren, selbst ihre Haare."

Bussard schüttelte unwillkürlich den Kopf. Er konnte sich nicht erinnern, jemals etwas Traurigeres gesehen zu haben. Das Mädchen mochte etwa zehn bis zwölf Jahre alt sein und hatte ein schmales, ausgezehrtes Gesicht mit eingefallenen Wangen und tiefliegenden Augen. Es trug Jeans und eine Winterjacke, aber weder Mütze noch Schal noch Handschuhe und die Füße steckten in dünnen, ausgetretenen Sneakers. Schon bei Temperaturen um null Grad hätte sich das Kind in dieser Aufmachung Erfrierungen zugezogen. Warum das Mädchen jedoch bei dieser arktischen Kälte und Temperaturen um minus zwanzig Grad ohne geeignete Kleidung durch den Wald geirrt war, wusste Bussard nicht.

„Hat Münchrath eine Einschätzung abgegeben, wie lange das Mädchen schon hier liegt?", fragte er.

„Nein“, antwortete Smirna, „Münchrath konnte den Todeszeitpunkt nicht bestimmen, nicht einmal annähernd. Seit zwei Wochen liegen die Temperaturen dauerhaft im Minusbereich. Deshalb zeigt die Leiche auch keine Verwesungserscheinungen. Vielleicht findet er in seinem Institut etwas heraus.“

Bussard ging in die Hocke und betrachtete das tote Mädchen. Er hatte schon einige Leichen gesehen und doch schnürte ihm der Anblick die Kehle zu. Das Mädchen war einen einsamen und schrecklich kalten Tod gestorben.

„Was wolltest du hier?“, fragte er leise.

„Es gibt derzeit keinen Hinweis auf ein Gewaltverbrechen“, sagte Smirna noch einmal, „wenn Münchrath nichts anderes feststellt, dann ist das nicht unser Fall.“

„Nicht unser Fall“, wiederholte Bussard, stand auf und drehte sich zu Smirna um, „und was machen wir dann? Gehen wir einfach zur Tagesordnung über?“

„Bertold hat recht“, erklärte Mallmann, „wenn es sich nicht um ein Gewaltverbrechen handelt, ist zuerst einmal die Vermisstenstelle zuständig. Vielleicht ist das Mädchen von zu Hause ausgerissen und hat sich im Wald verlaufen. Es war vermutlich ein tragischer Unglücksfall.“

Bussard schüttelte den Kopf. Smirna und Mallmann hatten die Umstände richtig eingeschätzt. Wenn es sich nicht um ein Gewaltverbrechen handelte, dann war die entsprechende Ermittlungsgruppe auch nicht zuständig. Solange der Rechtsmediziner keinen gewaltsamen Tod diagnostizierte, gab es auch keinen Fall. Bussard hoffte fast, dass Münchrath etwas finden würde, das ein Ermittlungsverfahren rechtfertigte. Für den Kommissar spielte es keine Rolle, woran genau das Mädchen gestorben war.

Sein Tod war eine Tragödie und Bussard wollte wissen, wie es dazu gekommen war. Wenn die genauen Todesumstände ermittelt waren, dann würde sich auch zeigen, ob man jemanden dafür zur Verantwortung ziehen musste.

*

Am „Schmutzige Dunschtig", wie der Donnerstag vor dem Aschermittwoch in der badischen Mundart genannt wurde, begann die schwäbisch-alemannische Fastnacht. Das Wort „Schmotz" bedeutete Schmalz oder Fett und je nach Gegend und Schreibweise war der „Schmutzige" oder „Schmotzige Dunschtig" der Tag, an dem traditionell geschlachtet und gebacken wurde, um vor der siebenwöchigen Fastenzeit noch einmal richtig zu schmausen und sich die Bäuche vollzuschlagen. Während in Freiburg die Narren das Rathaus stürmten, um den Stadtschlüssel und damit die Regierungsgewalt zu übernehmen, saßen im *Gasthaus zur Linde* die wenigen Anwesenden am Stammtisch direkt neben dem großen Kachelofen und unterhielten sich mit gedämpften Stimmen. Die bunten Girlanden und Luftschlangen, mit denen das Lokal wegen der Faschingstage geschmückt war, erschienen Bussard deplaciert. Der Kommissar war alles andere als in Feierlaune. Er setzte sich auf die Ofenbank, zog seine Schuhe aus und massierte seine eiskalten Füße, in die nur langsam Leben zurückkehrte.

„Einen heißen Tee", fragte die Bedienung, die ebenfalls am Stammtisch gesessen hatte, „oder lieber einen Glühwein?"

„Einen Pfefferminztee", entschied Bussard.

Die Bedienung, eine dralle, blonde Frau, die eine Pippi-Langstrumpf-Perücke und bunte Ringelstrümpfe trug, nickte ihm zu und ging zum Tresen, wo sie beim Wirt die Bestellung aufgab. Bussard sah die beiden Männer an, die in schwarze Anzüge gekleidet, zusammen mit dem Förster und einem uniformierten Polizeibeamten am Tisch saßen.

„Ihr könnt das Mädchen jetzt holen“, forderte er sie auf, „die Kollegen sind inzwischen fertig.“

Der Ältere der Angesprochenen nickte und wandte sich an den Förster.

„Sie haben doch bestimmt einen Wagen mit Allradantrieb. Können Sie uns nicht helfen, die Verblichene aus dem Wald zu holen?“

„Was“, entrüstete sich der Förster, „eine Leiche in meinem Auto transportieren? Auf keinen Fall!“

Der grün gekleidete, untersetzte Mann, dessen knollige, rote Nase von blauen Adern durchzogen war, schüttelte kategorisch den Kopf. Er faltete seine wurstigen Finger über dem mächtigen Bauch, der wie die Nase davon zeugte, dass der Mann im Lauf der letzten zwanzig oder dreißig Jahre unzählige Flaschen der guten badischen, von der Sonne verwöhnten Tropfen entkorkt und in sich hineingeschüttet hatte.

„Aber mit unserem Wagen kommen wir den Waldweg nicht hoch“, erklärte der Bestatter, „und wir können sie ja schlecht den ganzen Weg runtertragen.“

Der Förster zuckte stumm mit den Achseln und schüttelte gleichzeitig missbilligend den Kopf.

„Stell dich doch nicht so an“, mischte sich die Bedienung ein, die Bussards Tee brachte und auf den Tisch stellte, „eine tote Wildsau im Kofferraum juckt dich doch auch nicht. Jetzt hilf den Männern halt. Das arme Ding kann doch nicht im Wald bleiben.“

„Nix da“, erklärte der Förster, „ich fahr keine Leiche durch die Gegend.“

Bussard ließ seine kalten Zehen los und drehte sich um.

„Es ist mir scheißegal, wie Sie das anstellen“, rief er aufgebracht, schlug mit der flachen Hand knallend auf den Tisch und sah dem Bestatter direkt in die Augen, „Sie holen jetzt das Mädchen aus dem Wald und fahren es in die Rechtsmedizin!“

Der Bestatter zuckte zusammen, wagte aber nicht, etwas zu sagen. Bussards zorniger Blick duldete keine Widerrede. Er nickte seinem Kollegen zu und die beiden Männer erhoben sich. Sie nahmen ihre schwarzen Mäntel von der Garderobe, setzten ihre schwarzen Mützen auf, zogen ihre schwarzen Handschuhe an und verließen grußlos das Lokal.

„Aasgeier“, knurrte Bussard ihnen nach, schüttelte den Kopf und wandte sich an den Förster. „Sie haben die Leiche gefunden?“

„Ja, Odin hat sie gewittert“, antwortete der Förster und tätschelte dem schwarzgrauen Jagdhund, der neben seinem Stuhl lag, den Kopf.

„Wann waren Sie zum letzten Mal an der Stelle, wo das tote Mädchen liegt?“

„Ende November, warum?“

Bussard hatte gehofft, Rückschlüsse auf den Todeszeitpunkt ziehen zu können, doch Ende November war es noch viel zu warm gewesen. So lange lag das Mädchen noch nicht im Wald.

„Haben Sie eine Idee, woher das Mädchen gekommen sein könnte“, fragte er, „oder vielleicht, wohin es wollte?“

„Nein“, antwortete der Förster achselzuckend, „keine Ahnung.“

„Kannten Sie das Mädchen oder haben Sie es schon einmal in der Gegend gesehen?"

Der Förster brummte verneinend und schüttelte den Kopf.

„Na gut, Herr ..."

„Schmelzer."

„... Herr Schmelzer. Sie fahren jetzt nach Freiburg zum Präsidium", entschied Bussard, „die Kollegen werden Ihre Aussage zu Protokoll nehmen."

„Ich habe jetzt keine Zeit", widersprach der Förster, „außerdem ist bald Mittag und ich habe noch nichts gevespert."

Bussard zog die Augenbrauen zusammen und sah Schmelzer drohend an.

„Ein junges Mädchen ist tot", sagte der Kommissar schneidend, „es starb in Ihrem Revier. Sie waren der Erste am Tatort und Sie haben den Leichenfund gemeldet. Ich gebe Ihnen eine Stunde, um Ihre Unterschrift unter das Vernehmungsprotokoll zu setzten. Andernfalls lasse ich Sie zur Fahndung ausschreiben und in Handschellen vorführen."

Der Förster klappte den Mund auf und wieder zu.

„Eine Stunde", wiederholte Bussard und trank schlürfend von seinem Tee. „Scheiße! Gibt´s hier keinen Zucker?"

*

Es würde einen Tag dauern, den gefrorenen Leichnam aufzutauen, hatte Münchrath am Telefon erklärt. Auf Bussards Frage, ob sich der Vorgang nicht beschleunigen ließe, hatte der Rechtsmediziner zu bedenken gegeben, dass durch eine künstliche Erwärmung Spuren verfälscht oder schlimmstenfalls zerstört werden könnten. Der Kommissar müsse sich wohl oder übel in Geduld üben. Seinen Ärger unterdrückend hatte Bussard den Professor gebeten, so bald wie möglich Fingerabdrücke zu nehmen und die Kleidung der Toten zu durchsuchen, um ihre Identität möglichst schnell klären zu können.

Auch der Anruf bei der Vermisstenstelle verlief ergebnislos. In Freiburg und Umgebung war kein Mädchen als vermisst gemeldet, auf das die Beschreibung der Toten passte. Bussard forderte die Kollegin auf, die Suche bundesweit auszudehnen, dann rief er Smirna an, damit der Kriminaltechniker Fotos des Mädchens umgehend an die Vermisstenstelle weiterleitete.

„Was ist los, Bussard", fragte Smirna am Telefon, „alles geht seinen Gang. Warum machst du die Pferde scheu?"

„Ist ein totes Kind nicht Grund genug?", gab Bussard zurück.

„Wir wissen doch noch gar nicht, ob ein Verbrechen verübt wurde", erklärte der Kriminaltechniker. „Warte doch erst einmal die Obduktion ab. Vielleicht hat sich das Mädchen einfach nur verlaufen. Das ist tragisch, aber kein Straftatbestand."

„Jemand hätte …", begann Bussard, doch er brach mitten im Satz ab.

Es gab wirklich keinen Grund, die Pferde scheu zu machen. Das Mädchen war tot und keine noch so große Eile machte es wieder lebendig.

„Was sagen die Tatortspuren?", fragte er.

„Wir haben keinen Tatort, sondern einen Fundort", korrigierte Smirna, „und die Spurenlage ist mager. Soweit wir festgestellt haben, hat sich außer dem Mädchen niemand in der unmittelbaren Umgebung des Fundorts aufgehalten. Es ist zwar nicht hundertprozentig auszuschließen, dass jemand im Schnee seine Spuren verwischt hat, doch das erscheint mir extrem unwahrscheinlich. Wir haben nicht den kleinsten Hinweis auf die Anwesenheit einer zweiten Person gefunden. Tut mir leid, Bussard."

„Gib mir Bescheid, falls sich doch noch etwas ergibt", forderte der Kommissar, verabschiedete sich und legte auf.

Seine Füße waren immer noch kalt, obwohl er schon seit einer Stunde in seinem Büro saß. Er drehte seinen Schreibtischstuhl zur Seite und legte die Füße auf die Heizung. Immerhin waren die Hosenbeine seiner Jeans mittlerweile wieder aufgetaut und getrocknet. Während Bussard aus dem Fenster sah, dachte er darüber nach, dass man sich über Wärme und Behaglichkeit, die eine Heizung spendete, eigentlich keine Gedanken machte. Sie waren ein Luxus, der längst zur Selbstverständlichkeit geworden war. Man drehte den Regler auf und innerhalb weniger Minuten erwärmte sich die Luft im Raum. Nur wenn die Heizung ausfiel, spürte man, wie wichtig Wärme war. Beheizbare Räume waren mehr als eine kulturelle Errungenschaft, mehr als Lebensqualität. Wärme war existenziell, Wärme war überlebenswichtig. Seit zwei Wochen lagen die Temperaturen in Deutschland dauerhaft weit unterhalb des Gefrierpunkts, weil ein anhaltendes Hochdruckgebiet sibirische Kaltluft nach Mitteleuropa brachte. In der Stadt waren die Temperaturen in der Nacht auf minus neunzehn Grad gefallen. Der Fundort des Mädchens lag auf etwa neunhundert Metern über Meereshöhe. Dort war es noch einige Grad kälter. Wenn man diesen Temperaturen schutzlos ausgeliefert war, sank die Lebenserwartung rapide. Solange man Kraft hatte und in Bewegung bleiben konnte, produzierte der Körper Eigenwärme. Wenn einen jedoch die Kraft verließ, wenn man sich hinsetzte, weil man nicht mehr weiter konnte, dann legte einem der Tod die Hand auf die Schulter.

Bussard war in guter körperlicher Verfassung. Bei einer Größe von einem Meter und achtzig wog der Vierzigjährige knapp achtzig Kilogramm. Er trieb regelmäßig Sport und war deshalb kräftig und ausdauernd. Am Morgen hatte er vom *Gasthaus zur Linde* bis zum Fundort des Mädchens etwa fünfzehn Minuten gebraucht und sich zehn Minuten später wieder auf den Rückweg gemacht. Insgesamt war er nur etwas mehr als eine halbe Stunde unterwegs gewesen. Trotzdem hatte er gespürt, dass die Kälte seinen Körper angegriffen hatte. Seine Beine waren kalt geworden und hatten die gewohnte Lockerheit beim Gehen verloren. Es war nur eine leichte, aber dennoch deutlich wahrnehmbare Bewegungseinschränkung gewesen. Beim Bergabgehen hatten sich seine Knie weich angefühlt, weil die auskühlenden Muskeln seiner Oberschenkel langsamer und weniger kräftig als gewohnt gearbeitet hatten. Bussard fragte sich, wie seine Beine wohl reagiert hätten, wenn er zwei oder drei Stunden unterwegs gewesen wäre. Dank seiner guten Kostitution wäre er nicht in ernsthafte Schwierigkeiten geraten, doch für das dünne, ausgezehrte Mädchen waren zwei oder drei Stunden vermutlich mehr gewesen als es hatte ertragen können. Die extreme Kälte und die mangelhafte Kleidung hatten den wenig widerstandsfähigen Körper in kurzer Zeit ausgekühlt. Die Position, in der man das Mädchen gefunden hatte, deutete darauf hin, dass es sich hingesetzt hatte, um sich auszuruhen. Wahrscheinlich war es dann vor Erschöpfung eingeschlafen und nicht wieder aufgewacht. Das Kind war einsam im Wald erfroren, kaum mehr als einen Kilometer vom nächsten Gasthaus entfernt, wo ein wärmender Kachelofen den grausamen Tod verhindert hätte. Bussard wusste nicht, wann das Mädchen gestorben war, aber er hatte den Eindruck gehabt, als hätte der Leichnam schon mindestens zwei bis drei Tage im Wald gelegen, vielleicht auch länger. Warum war das Kind dann nicht als vermisst gemeldet worden?

An den steilen Hängen des Schwarzwaldes machten knietiefer Schnee und widerspenstiges Unterholz jedes Vorwärtskommen zu einer Tortur. Das Mädchen hatte mit seinen wenigen Kräften in einer Stunde sicherlich nicht einmal einen Kilometer zurücklegen können. Bussard schätzte, dass es sich nicht länger als drei Stunden in der sibirischen Kälte aufgehalten haben konnte, bevor es sich müde und erschöpft unter eine Fichte gesetzt hatte, um sich auszuruhen. Demnach musste das Kind irgendwo im Umkreis von zwei bis drei Kilometern vom Fundort losgelaufen sein.

Er nahm die Füße von der Heizung, drehte seinen Stuhl zum Schreibtisch und griff nach der Computermaus. Wenige Klicks später hatte er eine Übersichtskarte vom südlichen Hochschwarzwald auf seinem Monitor. Vom Fundort des Mädchens bis zum Gipfel des Feldbergs, dem größten Skigebiet der Region, waren es ungefähr zwei Kilometer Luftlinie. Vielleicht war das Mädchen dort losgelaufen, doch seiner Kleidung nach hatte es keinen Wintersport betrieben. Außerdem war das Kind sicherlich nicht auf geradem Weg durch den Wald geirrt. Im unwegsamen Gelände hatte es sich wahrscheinlich in Schlangenlinien fortbewegt, war mal links, mal rechts abgebogen, ohne wirklich eine größere Strecke zurückzulegen. Rings um den Fundort, im Umkreis von einem Kilometer, gab es jedoch nur Wald. Die nächsten Ski- und Wanderhütten lagen jeweils zwei bis drei Kilometer entfernt und das Mädchen hatte kaum einen einsameren Ort zum Sterben finden können.

## 2

Mit dem Sonnenuntergang war es noch einmal spürbar kälter geworden. Bussard hatte das Präsidium verlassen, doch bevor er sich auf den Heimweg machte, wollte er zuerst noch eine Zigarette rauchen. Er nahm Tabak und Blättchen aus seiner Jacke und begann zu drehen.

„Ich leiste dir Gesellschaft."

Bussard sah nach rechts und erkannte Susanne Bauer, die EDV-Spezialistin der Freiburger Kripo, die mit einer Zigarette in der Hand auf ihn zukam. Bussard klebte das Blättchen zu, rupfte die überstehenden Tabakreste ab und fischte sein Feuerzeug aus der Jackentasche. Mit der hohlen Hand die Flamme schützend gab er ihr Feuer, dann zündete er seine eigene Zigarette an.

„Du siehst nicht gerade wie ein strahlender Held aus", stellte sie fest.

„Warum sollte ich so aussehen?", gab er zurück und steckte seinen Tabak ein.

„Ich weiß nicht", antwortete sie, „aber ich habe den Eindruck, dass dir irgendetwas auf der Seele liegt."

„Und woran siehst du das?“

„An deinem Gesicht und an deinem Blick.“

Bussard antwortete nicht. Seit Tagen war seine Laune auf dem Nullpunkt, weil seine Frau Helen eine Entscheidung von ihm verlangte, die er nicht in ihrem Sinn treffen konnte. Sie wollte, dass er seinen Job als Ermittler aufgab und sich zum Innendienst versetzen ließ, wo er geregelte Arbeitszeiten hatte. Er aber wollte das nicht und sie wollte das nicht akzeptieren.

Susanne zog an ihrer Zigarette und betrachtete Bussard von der Seite.

„Komm mit“, sagte sie spontan.

„Wohin?“

„Zu *Angelos,* ich geb dir ein Bier aus.“

Bussard wollte ablehnen, doch im Grunde sprach nichts gegen ihre Einladung. Helen war am Morgen mit den Kindern zu ihrer Mutter nach Bayern gefahren. Offiziell handelte es sich um eine unaufschiebbare Familienangelegenheit, doch in Wahrheit wollte sie einige Tage Abstand haben, um über ihre familiäre Situation nachzudenken. Sie hatte zwar nicht mit Trennung gedroht, falls er sich nicht für den Job im Innendienst entscheiden würde, doch zwischen den Zeilen hatte er genau verstanden, welche Konsequenzen seine Weigerung haben würde.

„Okay“, entschied er, weil ihn niemand zu Hause erwartete, „lass uns gehen, bevor wir hier festfrieren.“

Sie setzten sich in Bewegung und gingen schweigend nebeneinander her, während sie ihre Zigaretten rauchten. Zehn Minuten später saßen sie bei Angelos Papadoupulos, einem Griechen, dessen Lokal häufig von Polizisten frequentiert wurde. Bussards Handy läutete und er beantwortete den Anruf. Seine Tochter

Miriam berichtete, dass sie wohlbehalten bei ihrer Oma angekommen waren. Es war die erste gute Nachricht des Tages.

Susanne bestellte zwei Pils, stützte die Ellenbogen auf den Tisch und sah in Bussards Gesicht.

„Was hast du auf dem Herzen?“, fragte sie.

„Was meinst du?“, gab er zurück.

„Du siehst beschissen aus, Bussard.“

„Es war ein beschissener Tag“, erwiderte er.

„Wegen des toten Mädchens?“

„Ja“, antwortete er, obwohl es nur die halbe Wahrheit war.

„Habt ihr schon herausgefunden, wer sie ist?“, fragte sie und Bussard schüttelte den Kopf.

„Nein. Es gibt noch keinen Hinweis auf ihre Identität. Bei der Vermisstenstelle weiß niemand etwas über das Kind.“

Er lehnte sich zurück und rieb sich die Augen mit den Fingerspitzen.

„Irgendjemand wird sich schon melden“, erklärte Susanne zuversichtlich, „Kinder gehen nicht einfach so verloren, ohne dass jemand nach ihnen sucht.“

„So? Glaubst du?“, erwiderte er unwirsch. „Das Kind ist seit mindestens zwei Tagen tot, vermutlich sogar schon wesentlich länger. Warum haben es die Eltern nicht als vermisst gemeldet?“

Angelos brachte die beiden Pils, legte zwei Bierdeckel auf den Tisch und stellte die Gläser darauf.

„Zum Wohl“, wünschte der Wirt.

„Danke“, erwiderte Susanne, nahm ihr Glas und hielt es Bussard prostend entgegen, „wir können die Geschichten immer nur aufklären. Verhindern können wir sie nicht.“

Bussard zuckte mit den Achseln, nahm sein Glas und prostete ihr zu. Die beiden Polizisten nahmen den ersten Feierabendschluck und stellten ihre Gläser wieder ab. Eine Weile betrachtete Bussard stumm sein Bierglas und verlor sich in seinen Gedanken, bis Susanne ihn wieder ansprach.

„Du bist schon zehn Jahre länger beim Verein als ich", stellte sie fest, „warum macht dir die Geschichte so zu schaffen?"

Bussard seufzte und schüttelte den Kopf.

„Es sind die Kinder", antwortete er schließlich, „es sind immer die Kleinsten, die am meisten leiden."

„Ja, das ist …"

„Tragisch", unterbrach er sie, „das habe ich heute schon zweimal gehört und es kotzt mich an. Ich kann dieses Wort nicht mehr hören."

Er griff nach seinem Glas, hob es an und stellte es wieder ab.

„Ich habe noch niemals etwas so … Herzzerreißendes gesehen", berichtete er, „ein Kind erfriert einsam im Wald. Kannst du dir das vorstellen? Ich habe schon viel gesehen, aber das …"

Er brach ab und ließ seine Worte in der Luft hängen. Susanne streckte den Arm aus, um Bussards Hand zu fassen, unterließ es aber und griff stattdessen nach ihrem Glas.

„Du hast selbst Kinder", sagte sie verständnisvoll, „zwei Mädchen, oder?"

„Erfroren im Wald", murmelte er, ohne ihre Frage zu beantworten, „alleine an einem gottverlassenen Ort, während diese verdammte Kälte ihr langsam und unbarmherzig das Leben ausgesaugt hat."

Er schüttelte noch einmal den Kopf, dann nahm er sein Glas und leerte es auf einen Zug.

*

Der Passat tat sich schwer. Mühsam drehte der Anlasser zwei, drei Mal und Bussard befürchtete bereits, dass die Batterie den Geist aufgeben würde, doch dann sprang der Motor doch noch an. Die nächtlichen Temperaturen von minus zwanzig Grad ließen den Tag ebenso zäh beginnen wie die fünf Pils und einige Ouzos, die Bussard am Abend zuvor bei Angelos getrunken hatte. Eigentlich war es nicht seine Art, seinen Frust in Alkohol zu ertränken und er vertrug auch nicht so viel, weil er selten mehr als zwei Bier oder zwei Viertel Wein trank, doch er hatte sich mit Susanne verquatscht und dabei ein Pils nach dem anderen getrunken. Es war das erste Mal gewesen, dass er ein persönliches Gespräch mit ihr geführt hatte. Sie waren zwar Kollegen, hatten aber bei der täglichen Arbeit nur hin und wieder miteinander zu tun. Die Frau mit den langen blonden Haaren und der Figur eines Bikini-Models war EDV-Spezialistin und im Innendienst tätig, während er als leitender Ermittler meist im Außendienst unterwegs war. Drei Monate zuvor hatten sie zum letzten Mal gemeinsam an einem Fall gearbeitet. Nach einem Raubmord in einem Freiburger Juweliergeschäft hatten beide der SOKO angehört, die den Fall bearbeitet und schließlich auch gelöst hatte. Danach hatten sich ihre Arbeitsbereiche nicht mehr überschnitten. Man traf sich hin und wieder auf dem Flur oder in der Caféteria, wechselte ein paar belanglose Worte und ging seiner Wege. Warum er am Abend zuvor drei Stunden lang bei Angelos gesessen und mit ihr über Gott und die Welt geredet hatte, wusste Bussard selbst nicht.

Es war eine sehr trockene Kälte, die aus Sibirien kommend Deutschland in ihrem eisigen Griff hielt, und auf der Windschutzscheibe hatte sich im Lauf der Nacht nur eine dünne Eisschicht gebildet. Bussard kratzte das Eis vom Glas, während der Motor langsam warm lief. Seinem dumpfen Brummschädel, der sich anfühlte, als sei das Gehirn im Lauf der Nacht gewachsen und hätte nun zu wenig Platz in seiner Behausung, tat die Kälte gut. Er hatte schwarzen Kaffee und eine Aspirin gefrühstückt, die seinen Denkapparat langsam wieder in Bewegung brachten.

Oh Mann, dachte er, als ihm dämmerte, warum sein Passat vor seiner Haustür stand. Er war nach dem Besuch bei Angelos eigenhändig nach Hause gefahren, doch die konkrete Erinnerung daran verlor sich im Bierdunst. Vermutlich hatte er immer noch zuviel Restalkohol im Blut, aber das kümmerte ihn nicht. Beim Bahnhof gab es einen Kiosk und dort verkaufte man Pfefferminzbonbons.

Eine halbe Stunde später betrat Bussard sein Büro. Er zog seine Jacke aus, hängte sie an die Garderobe und brachte die Kaffeemaschine in Gang. Seit seine ehemalige Partnerin Sylvia Harter ein Jahr zuvor zum Landeskriminalamt nach Stuttgart gewechselt war, hatte er das Büro für sich alleine. Der zweite Arbeitsplatz war verwaist. Neudörfer, Bussards Chef, hatte zwar schon zweimal einen neuen Kollegen angekündigt, doch aus unerfindlichen Gründen war noch niemand aufgetaucht. Bussard bedauerte das nicht. Er arbeitete gerne alleine, auch wenn er es mehr als schade gefunden hatte, dass Sylvia zum LKA gewechselt war. Nach einem kurzen Klopfen wurde die Tür geöffnet und Polizeirat Ulf Neudörfer betrat den Raum.

„Morgen, Bussard."
„Morgen, Chef."
„Wissen wir schon etwas über das tote Mädchen?", fragte Neudörfer und schloss die Tür.
„Nein", antwortete Bussard, „aber ich frage gleich mal nach."
Er stellte seine Tasse ab, nahm das Telefon und rief in der Rechtsmedizin an. Professor Münchrath berichtete, dass er Fotos geschossen und Fingerabdrücke genommen habe. Einen Personalausweis oder andere Dokumente, die die Identität der Toten klären konnten, habe er nicht gefunden.
„Woran ist sie gestorben?", fragte Bussard.
„Das sage ich Ihnen nach der Obduktion", antwortete Münchrath, „in ungefähr zwei Stunden."
„Könnten Sie die Fotos und die Fingerabdrücke jetzt schon per Mail an mich schicken?"
„Ich werde meinen Assistenten damit beauftragen", erwiderte der Rechtsmediziner.
Bussard bedankte sich und legte auf.
„Es gibt also noch keine Hinweise auf ein Gewaltverbrechen?", fragte Neudörfer.
„Wir müssen die Obduktion abwarten", antwortete Bussard, „dem ersten Anschein nach ist das Mädchen erfroren, aber vielleicht findet Münchrath noch etwas anderes heraus."
„Informieren Sie mich, wenn sich etwas Neues ergibt", sagte Neudörfer und verabschiedete sich.
Nachdem der Polizeirat Bussards Büro verlassen hatte, nahm der Kommissar seine Tasse und ging zum Fenster. Nachdenklich schlürfte er sein schwarzes Gebräu, während sein Blick über den Freiburger Westen schweifte, wo sich die Konturen der Hochhäuser im

hellen Morgenlicht deutlich und scharf vor den Hängen der Vogesen jenseits des Rheins abzeichneten. Vielleicht stammte das Mädchen aus einem dieser schlichten Bauten, in denen meist vielköpfige Familien mit geringen Einkommen in viel zu kleinen Wohnungen lebten, doch es war sinnlos, mit den Ermittlungen dort beginnen zu wollen. Bussard konnte nicht nach der Nadel suchen, wenn er nicht einmal wusste, in welchem Heuhaufen sie sich verbarg.

Der Computer meldete den Eingang einer E-Mail. Bussard rief die Mail auf und atmete tief durch, als er die Fotos des toten Mädchens betrachtete. Er leitete die Nachricht an die Kriminaltechnik weiter und bat Smirna, Fotos und Fingerabdrücke mit den Einträgen in den entsprechenden Datenbanken abzugleichen.

Gegen zehn Uhr fuhr Bussard in die Rechtsmedizin. Professor Münchrath hatte die Obduktion bereits abgeschlossen, als der Kommissar das Institut betrat. Wie bei jedem Besuch traf der Geruch Bussards Magen wie ein Faustschlag. Unzählige Leichen hatten im Lauf der Jahre den Obduktionssaal mit ihren Verwesungsgerüchen verpestet. Selbst die scharfen Reinigungs- und Desinfektionsmittel konnten den Gestank nicht wirkungsvoll übertünchen und Bussard war froh, dass er den Rechtsmediziner in dessen Arbeitsbereich nur selten aufsuchen musste.

Die Leiche des unbekannten Mädchens lag noch auf dem Tisch, war aber mit einem großen, grünen Tuch abgedeckt, das die Konturen des schmächtigen Körpers undeutlich hervortreten ließ. Lediglich der Kopf schien die richtige Größe zu haben, während Rumpf und Gliedmaßen viel zu dünn und flach wirkten. Bussard trat an den Tisch, atmete einmal durch und zog das Tuch vom Gesicht weg bis zum Hals. Den Körper mit dem vernähten Y-Schnitt wollte er nicht sehen.

„Woran ist sie gestorben?", fragte er, während er das bleiche, schmale Gesicht mit den eingefallenen Wangen betrachtete.

Münchrath, dessen dichter, ehemals schwarzer Lockenschopf im Lauf der letzten Jahre völlig ergraut war, ging zu einem der Tische an der Seite des Saals, wo aus einem Ghettoblaster klassische Musik erklang.

„Sie ist erfroren", antwortete er und drehte die Musik leiser.

„Keine Hinweise auf Gewalteinwirkung?"

„Nicht, was die Todesursache angeht", erwiderte der Rechtsmediziner.

Bussard wurde sofort hellhörig.

„Was wollen Sie damit sagen?", fragte er gespannt.

„Eins nach dem anderen", erklärte der Professor, „zunächst einmal lässt sich zweifelsfrei feststellen, dass das Mädchen im Wald erfroren ist. Finger und Zehen …"

„Bitte keine Details", unterbrach Bussard, „eine Zusammenfassung genügt mir vollkommen. Was haben Sie herausgefunden, das uns helfen könnte, das Mädchen zu identifizieren?"

Münchrath ging zu einem Lichtkasten an der Wand, an dem mehrere Röntgenaufnahmen befestigt waren und betätigte einen Schalter. Als die Leuchtstoffröhren den Kasten erhellten, deutete er auf eine Aufnahme der linken Hand des Mädchens.

„Bei der forensischen Altersdiagnostik vermisst man die Handwurzelknochen und vergleicht sie mit Referenzwerten", erklärte er, „aus der Größe und den Abständen der Knochen zueinander lassen sich Rückschlüsse auf das Alter eines Kindes oder eines Heranwachsenden ziehen. Je älter der Mensch wird, desto weiter schließen sich die Lücken zwischen den Knochen. Anhand dieser Aufnahmen und unter Berücksichtigung des Allgemeinzustandes lässt sich das Alter des Mädchens auf vierzehn bis fünfzehn Jahre eingrenzen."

„Vierzehn bis fünfzehn", fragte Bussard überrascht, „ich hätte sie eher auf zehn bis zwölf geschätzt."

„Kein Wunder", erwiderte der Professor und nickte, „wir haben das Mädchen in einer Fötushaltung vorgefunden, mit angewinkelten Armen und Beinen, was keine Einschätzung seiner tatsächlichen Größe erlaubte und die mangelhafte Ernährung hat dazu beigetragen, die Entwicklung des Kindes zu verzögern."

„Mangelhafte Ernährung", wiederholte Bussard, „das heißt, dass das Mädchen magersüchtig war."

„Nein", widersprach der Rechtsmediziner, „Magersucht tritt frühestens bei pubertierenden Jugendlichen auf, nicht bei Kindern. Dieses Mädchen hat über viele Jahre zu wenig Nahrung zu sich genommen, was seine körperliche Entwicklung verlangsamt hat. Die Körperlänge liegt im unteren Normbereicht, aber die Ausbildung des Skeletts und der Organe sowie das Verhältnis von Körpergewicht zu Körperlänge liegen deutlich unterhalb der Norm."

„Sie war zu dünn und hatte keine Widerstandskraft", stellte Bussard fest.

Das Bild des viel zu mageren Mädchens, das sich mit letzter Kraft durch den knietiefen Schnee im Wald kämpfte, stand überdeutlich vor seinem inneren Auge.

„Ja, in der Tat", bestätigte Münchrath.

Er nahm seine Brille ab und seine grauen Augen sahen den Kommissar traurig an.

„Aufgrund ihrer schwachen Konstitution konnte sie bei den extrem niedrigen Temperaturen nicht lange im Freien überleben."

Bussard streckte die Hand aus und fuhr mit seinen Fingerspitzen sanft über die kalte Wange des toten Mädchens. Das Gesicht des Kindes, das von glatten, schwarzen Haaren umrahmt wurde, wirkte so zerbrechlich, als sei es aus hauchfeinem Porzellan. Der Kommissar musste zuerst schlucken, bevor er die nächste Frage stellen konnte.

„Wann ist sie gestorben?"

„Vor etwa acht bis zehn Tagen", antwortete Münchrath, „genauer kann ich den Zeitpunkt leider nicht eingrenzen. Die Kälte hat den Körper konserviert und eine exakte Bestimmung des Todeszeitpunkts ist deshalb nicht möglich."

Bussard schüttelte den Kopf. Wenn sich der Todeszeitpunkt nicht näher eingrenzen ließ, würde es schwierig werden, die genauen Todesumstände zu ermitteln.

„Das Mädchen litt nicht nur unter einer jahrelangen Mangelernährung", fuhr Münchrath fort und setzte seine Brille wieder auf, „sondern auch unter mangelhafter Hygiene. Der Körper ist von Parasiten befallen. Ich habe Kopfläuse gefunden und zwei verschiedene Pilzerkrankungen. Am Hals hat sich ein Hautpilz ausgebildet und zwei Zehen des linken Fußes sind von einem Nagelpilz befallen. Beide Symptome gehen wahrscheinlich auf einen Darmpilz zurück. Näheres weiß ich, wenn der histologische Befund vorliegt. An den Fingern beider Hände finden sich Nagelbettentzündungen. Das Gebiss lässt darauf schließen, dass Zahnhygiene ebenfalls nur unregelmäßig oder selten stattgefunden hat. Sieben Zähne sind kariös und das Mädchen litt unter fortgeschrittener Parodontose sowie ausgeprägtem Zahnbelagsbefall. Einen toxikologischen Befund habe ich noch nicht, doch dem ersten Anschein nach deutet nichts auf fortgeschrittenen Drogenmissbrauch hin. Es finden sich keine typischen Einstichstellen in den Extremitäten und die Leber zeigt keine signifikante Veränderung."

„Oh, Mann", stöhnte Bussard, „Pilze und Läuse, Karies und Unterernährung. In welchem Loch musste das Mädchen wohl leben?"

„Das herauszufinden ist vermutlich Ihre Aufgabe", erwiderte der Rechtsmediziner, „aber es gibt noch etwas, das Sie wissen sollten. Das Mädchen hatte kurz vor seinem Tod Geschlechtsverkehr."

„Sie wurde vergewaltigt?"

„Möglicherweise", antwortete Münchrath mit einer vagen Handbewegung, „es finden sich kleine Verletzungen im Vaginal- und Analbereich. Ob es sich dabei um eine Vergewaltigung oder um einvernehmlichen, wenn auch ziemlich heftigen Sex gehandelt hat, lässt sich nicht mit Bestimmtheit sagen. Es gibt weder typische Abwehrverletzungen noch Spuren, die auf eine Fesselung hindeuten. Ich habe auch keine fremden Hautpartikel unter ihren Fingernägeln gefunden. Sicher ist nur, dass sie mit mindestens zwei verschiedenen Männern Geschlechtsverkehr hatte. Ich habe zwar kein Sperma, aber Schamhaare von zwei männlichen Personen gefunden."

*

Nach dem Besuch in der Rechtsmedizin fuhr Bussard zum Präsidium zurück und suchte zuerst die Kriminaltechnik auf, doch Smirna hatte keine positiven Nachrichten. Weder die Fotos noch die Fingerabdrücke des toten Mädchens ließen sich einer bekannten Person zuordnen.

„Wähle eine Aufnahme aus und schicke sie an die Badische Zeitung", wies Bussard den Kollegen an, „sie sollen einen Aufruf an die Bevölkerung abdrucken. Irgendjemand muss das Mädchen kennen. Ich will so bald wie möglich ihren Namen wissen."

„Alles klar", erwiderte Smirna, „ich kümmere mich gleich darum. Wenn wir Glück haben, dann ist das Foto schon morgen früh in der Zeitung."

Er setzte sich an seinen Schreibtisch und nahm seine Computermaus zur Hand, während Bussard seine Schläfen mit den Fingerspitzen massierte.

„Kopfschmerzen?", fragte Smirna.

„Nicht der Rede wert", antwortete Bussard, „Kopfzerbrechen bereitet mir das, was Münchrath gesagt hat. Das Mädchen ist tatsächlich erforen. Es gibt keine Hinweise auf Gewalteinwirkung, die mit seinem Tod in Zusammenhang stehen. Außerdem sagt er, die Kleine sei vierzehn oder fünfzehn Jahre alt."

„Tatsächlich", fragte Smirna überrascht, „so alt hätte ich sie gar nicht geschätzt."

„Ich auch nicht", gab Bussard zu, „er meint, das käme von der Mangelernährung."

„Mangelernährung?"

„Ja, das Mädchen hat wohl über Jahre hinweg zu wenig gegessen. Deshalb hat sich die Entwicklung des Körpers verzögert und sie wirkt jünger als sie ist."

„Mangelernährung", sagte Smirna noch einmal und schüttelte den Kopf, „von mir hätte sie gerne ein paar Kilo abhaben können."

Bussard zog die Augenbrauen zusammen und sah Smirna durchdringend an. Er wollte den Kollegen, der bei einer Größe von einem Meter und achtzig deutlich mehr als einhundert Kilogramm auf die Waage brachte, zurechtweisen. Über ein halbverhungertes, totes Mädchen machte man keine Späße, doch er erkannte in Smirnas Gesicht, dass dessen Bemerkung nicht witzig gemeint war. Smirna ging der Tod des Mädchens näher als er zeigte. Am Fundort der Leiche hatte der Kriminaltechniker ebenso distanziert und geschäftsmäßig gewirkt wie in seinem Labor. Es war seine Art, mit der Tragödie umzugehen und Bussard wusste selbst, dass man viele Dinge nicht zu nahe an sich herankommen lassen durfte, wenn man den Job über Jahre hinweg durchstehen wollte.

„Die Kleine muss ein schlimmes Leben gehabt haben", erklärte Bussard, „sie war unterernährt, hatte Läuse, Pilze, Karies und was weiß ich noch alles. Vermutlich ist sie vor ihrem Tod auch noch vergewaltigt worden. Ich könnte kotzen, wenn ich nur daran denke."

„Oh, Scheiße", fluchte Smirna, „haben wir wenigstens DNA-Material?"

„Münchrath hat Schamhaare von zwei verschiedenen Männern gefunden."

„Mann, Mann, Mann", stöhnte Smirna und schüttelte fassungslos den Kopf, „ich hoffe, dass wir die Schweine in die Finger kriegen!"

„Ich auch, Bertold", erwiderte Busard grimmig, „ich auch."

# 3

Da Helen und die Kinder in Bayern waren, hatte Bussard sich freiwillig für den Bereitschaftsdienst am Wochenende gemeldet. Er musste erreichbar sein, sich aber nicht notwendigerweise im Büro aufhalten. Nach einem schwarzen Frühstück auf dem Balkon, einem Kaffee ohne Milch und einer Selbstgedrehten, fuhr Bussard zu einem Supermarkt, um einige Einkäufe zu erledigen. Als er am Zeitschriftenregal vorbeikam, griff er nach der Samstagsausgabe der Badischen Zeitung und schlug sie auf. Auf der ersten Seite des Lokalteils entdeckte er das Foto des unbekannten toten Mädchens, das Münchrath in seinem Institut gemacht und Smirna an die Redaktion geschickt hatte. Unter der Überschrift „Wer kennt dieses Mädchen?“ wurde die Bevölkerung um Mithilfe gebeten. Bei einer Auflage von zweihunderttausend Exemplaren und einem Verbreitungsgebiet, das ganz Südbaden umfasste, würde sich hoffentlich ein Leser finden, der den Namen des Mädchens kannte. Bussard war zuversichtlich, dass ein entscheidender Hinweis bei der Polizei eingehen würde, sofern das Mädchen aus dem Freiburger Raum stammte oder zumindest in Freiburg zur Schule gegangen war.

Nachdem Bussard nach Hause zurückgekehrt war und seine Einkäufe verräumt hatte, gönnte er sich ein spätes amerikanisches Frühstück als Mittagessen. Er briet Speckstreifen in der Pfanne und der Duft ließ ihm das Wasser im Mund zusammenlaufen. Zwei Spiegeleier, frisches französisches Baguette und schwarzer Kaffee vervollständigten die Mahlzeit. Während er am Küchentisch saß und sein Essen genoss, dachte er über Helen und ihre Forderung nach. Im Innendienst hätte er eine ruhige Kugel schieben können. Die tatsächlichen Arbeitszeiten stimmten meist mit den Dienstplänen überein und Überstunden fielen nur selten an. Außerdem ging die Gefahr, bei einem Einsatz im Büro verletzt zu werden, gegen null. Bussard hatte bereits zwanzig Jahre im Außendienst auf dem Buckel, doch die Vorstellung, die nächsten zwanzig Jahre hinter einem Schreibtisch zu sitzen, ließ ihn widerwillig den Kopf schütteln. Sein Einsatzbereich war die ganze Stadt und manchmal führten ihn seine Ermittlungen auch über die Stadtgrenze hinaus. Sein Büro hingegen maß nur vier mal vier Meter und war – nomen est omen – viel zu eng für einen Bussard. Er konnte sein Dasein nicht mit gestutzten Flügeln in einem Käfig fristen. Ein Bussard war ein Jäger, der sein Revier mit ausgebreiteten Schwingen beherrschte. Nur so konnte er seine Fähigkeiten optimal einsetzen. Helen würde das einsehen müssen, denn für Bussard gab es keine akzeptable Alternative.

Nach dem Essen räumte er das Geschirr in die Spülmaschine, drehte sich eine Zigarette und rauchte sie auf dem Balkon. Noch immer war das Wetter strahlend schön, während die Temperaturen weiterhin deutlich unterhalb des Gefrierpunktes lagen. Der herrliche Wintertag lud zum Skifahren ein und Bussard überlegte, ob er den Nachmittag dazu nutzen sollte, sich sportlich zu betätigen. Bewegung an der frischen Luft tat immer gut und stärkte das Immunsystem, vor allem, wenn sie so viel Spaß machte wie Skifahren. Schon allein der Gedanke daran verbesserte seine Laune erheblich. Er drückte die Kippe aus, ging ins Wohnzimmer zurück und schloss die Balkontür. Bis zur Skipiste am Stollenbach, die auf der Gemarkung der Gemeinde Oberried lag, würde er höchstens eine Stunde brauchen und da er nichts anderes zu tun hatte, ging er ins Schlafzimmer, um sich umzuziehen. Während er in seine Skihose schlüpfte, dachte er daran, dass der Fundort des toten Mädchens ebenfalls in Oberried lag. Vom Stollenbach, wo sich der Skilift befand, konnte man mit Tourenskiern auch ins St. Wilhelmer Tal gelangen. Nachdenklich zog Bussard einen Pullover über. Die Identität des Mädchens war noch nicht geklärt und es gab keinen genauen Todeszeitpunkt. Streng genommen gab es nicht einmal einen Fall. Münchrath hatte festgestellt, dass das Mädchen erfroren war. Das galt als Unfalltod, auch wenn Bussard diese Definition nicht akzeptieren wollte. Dass der Sex, den das Mädchen vor seinem Tod mit zwei Männern gehabt hatte, einvernehmlich gewesen sein sollte, glaubte er ebenfalls nicht. Solange ihn niemand vom Gegenteil überzeugte, ging er von einer Vergewaltigung aus. Vielleicht war das Mädchen vor seinen Vergewaltigern geflohen und hatte sich deshalb im Wald verlaufen. Für ihn war ihr Tod eine Folge der Vergewaltigung und damit ein Gewaltverbrechen. Er war Ermittler und wenn er den Fall nicht untersuchte, würde es niemand tun. Er zog seine Schuhe und seine Jacke an und beschloss, auf die Annehmlichkeit eines Skilifts an diesem Samstag zu verzichten, denn in seinem Keller bewahrte er neben seinen Carving-Skiern auch ein Paar Tourenski auf. Im St. Wilhelmer Tal gab es eine Spur. Er wusste, wo sie endete, aber er kannte ihren Ausgangspunkt noch nicht.

Eine knappe Stunde später erreichte er das *Gasthaus zur Linde*. Es war kurz nach dreizehn Uhr, als er seinen Passat auf dem Parkplatz abstellte und ihm blieben etwa vier Stunden Tageslicht für sein Vorhaben. Er zog die Felle auf seine Tourenski, stieg in die Bindungen, nahm seine Stöcke und folgte dem verschneiten Forstweg, den er am Tag zuvor ohne Ski hinaufgegangen war. Nach fünfzehn Minuten traf er auf die Stelle, wo er und die Kollegen der Spurensicherung die Böschung hinaufgeklettert waren. Er wollte die Ski bereits abschnallen, doch dann entschied er, dem Forstweg noch einhundert Meter weiter zu folgen, um weiter oben den Hang zu queren. Zehn Minuten später erreichte er den Ort, an dem sie das Mädchen gefunden hatten. Der Schnee war von ihm und den Kollegen sowie dem Förster und den Bestattern zertrampelt worden, doch Bussard entdeckte die Spur, die von dem Mädchen stammte. Er zog seine Handschuhe aus, nahm die NIKON AW 100 aus der Innentasche seiner Jacke und fotografierte die Spur, die sich zwischen den Bäumen den Hang hinaufzog. Nachdem er die Kamera wieder verstaut und seine Handschuhe angezogen hatte, machte er sich auf, der Spur zu folgen. Auch wenn die Ski im knietiefen Schnee nur wenig einsanken, war das Vorwärtskommen weitaus zeitraubender als Bussard sich das vorgestellt hatte. Das Mädchen war mehr oder weniger gerade den Hang hinunter durch den Wald gegangen. Bussard konnte der Spur hangaufwärts jedoch nicht auf direktem Weg folgen, sondern musste in Serpentinen gehen. Die Temperatur, die unterhalb von minus fünfzehn Grad lag, störte ihn nicht. Es war nahezu windstill und Bussard trug T-Shirt, Sweatshirt, Pullover und Jacke übereinander. Seine gefütterte Skihose hielt die Beine warm, seine Hände steckten in dicken Handschuhen und seinen Kopf schützte er mit seiner schwarzen Wollmütze. Vor allem aber wärmte ihn sein eigener Körper, denn das Gehen mit den Tourenskiern war anstrengend und er spürte, dass sein T-Shirt vom Schweiß am Rücken und unter den Armen feucht geworden war. Der weiße Dunst seines Atems hüllte ihn ein, während er sich Schleife um Schleife bergaufwärts kämpfte.

Nach einer guten halben Stunde bog die Spur nach rechts ab. Hier war das Mädchen einer breiten Rinne gefolgt, die wahrscheinlich ein Forstfahrzeug irgendwann in den weichen Waldboden gepflügt hatte, bevor der Boden gefroren war. Bussard fotografierte die Spur und folgte ihr etwa einhundert Meter weit, bis sie plötzlich steil bergaufwärts führte. Auch von dieser Stelle schoss er eine Aufnahme, doch danach musste er sich wieder in Serpentinen den Hang hinaufarbeiten, während er nach jeder zweiten Schleife eine neue Aufnahme machte. Aus dem dichten Unterholz ragten Äste und Zweige aus dem Schnee, die er umgehen musste. Als die Bäume sich lichteten, wurde die Spur undeutlicher. Der Wind, der auf den Höhen des Schwarzwaldes kräftiger blies als unten in der Ebene, hatte sie verweht. Bussard fotografierte die Spur und konnte ihr noch eine weitere Viertelstunde folgen, doch dann verlor sie sich zwischen einigen weit auseinanderstehenden Fichten. Er kreuzte die Stelle mehrmals und suchte die weitere Umgebung ab, doch er konnte nicht entdecken, woher das Mädchen gekommen war.

„Scheiße!", fluchte er und schoss die letzte Aufnahme des Tages.

Seine Hoffnung, den Ausgangspunkt der Spur zu finden, war buchstäblich vom Winde verweht worden und es blieb ihm nichts anderes übrig, als den Rückweg anzutreten. Auch wenn die Sicht an diesem klaren, sonnigen Nachmittag optimal war, konnte Bussard zwischen den Bäumen nicht schnell und flüssig abfahren.

Zu leicht hätte er mit einem Ski plötzlich im Unterholz hängen bleiben und sich beim unvermeidlichen Sturz verletzen können. Da er alleine unterwegs war, konnte bei der sibirischen Kälte selbst ein Beinbruch tödliche Folgen haben. Er stieg aus den Bindungen, montierte die Felle ab und verstaute sie in seiner Jacke, dann schnallte er die Skier wieder an und querte so lange den Hang zwischen den Bäumen, bis er auf einen Forstweg traf. Zwei Stunden hatte er für den Aufstieg und die Strecke bis zum Forstweg benötigt. In sanften Schwüngen den Weg hinunterfahrend erreichte er das *Gasthaus zur Linde* nach nur zehn Minuten.

*

Ritchie Blackmore ließ seine Finger über das Griffbrett fliegen, doch Bussard beachtete ihn nicht. Die DVD mit Liveaufnahmen der englischen Rockgruppe Deep Purple, über die sich Bussard sehr gefreut hatte, war ein Geburtstagsgeschenk seiner Töchter gewesen, das Helen ausgesucht und wahrscheinlich auch bezahlt hatte. Während aus den Lautsprechern des Fernsehers die Klänge von Black Night hämmerten, überspielte Bussard die Fotos, die er während seiner Skitour am Nachmittag geschossen hatte, auf sein Notebook. Die Aufnahmen selbst interessierten ihn nur wenig, doch die Kompaktkamera war ein kleines Wunderwerk der Technik. Der integrierte GPS-Empfänger versah jede Aufnahme mit den Koordinaten des Standortes, an dem sie gemacht worden war. Bussard übertrug die GPS-Daten auf eine digitale Landkarte und betrachtete nachdenklich den so entstandenen Weg. Er hatte schon vorher vermutet, dass das Mädchen nicht auf geradem

Weg gegangen, sondern in einer Art Zick-Zack-Kurs durch den Wald geirrt war. Das Bild auf seinem Monitor bestätigte diese Annahme, doch die Stelle, an der Bussard die Spur verloren hatte, lag mitten im Nirgendwo. Weit und breit gab es keine Ski- oder Wanderhütte, die sich als logischer Ausgangspunkt für den Weg, den das Mädchen genommen hatte, angeboten hätte. Es schien, als sei die Unbekannte entweder vom Himmel gefallen oder der Erde entstiegen.

Bussard lehnte sich zurück und verschränkte die Arme hinter dem Kopf. Vielleicht, dachte er, war das Mädchen mit Freunden, die einen Geländewagen mit Allradantrieb besaßen, in den Schwarzwald hinaufgefahren, um an einem einsamen Ort mit schöner Aussicht einen Joint zu rauchen. Vielleicht war das Mädchen dann im bekifften Zustand von den beiden vergewaltigt worden und anschließend geflohen. Die Übeltäter hatten sie laufen lassen und waren, anstatt ihr zu folgen, wieder ins Tal hinuntergefahren. Das Mädchen hatte sich verlaufen und war schließlich erfroren. Dieses Szenario war reine Spekulation, bot aber eine schlüssige Erklärung für die unangemessene Kleidung des Mädchens und den ungewöhnlichen Fundort. Bussard war sicher, dass die Unbekannte nicht zu Fuß im Tal aufgebrochen und den Berg hinaufgestiegen war. Niemand, der bei klarem Verstand war, begann ein solches Unterfangen bei Temperaturen von minus zehn oder sogar minus zwanzig Grad nur mit dünnen Sneakers und ohne Mütze und Handschuhe.

Als die Band die ersten Klänge von Perfect Strangers intonierte, klappte Bussard sein Notebook zu. In diesem Fall, der keiner war, gab es nur Unbekannte. Es gab keine Straftat und deshalb auch keine offiziellen

Ermittlungen. Es gab keinen Täter, keinen Tatort und keine Tatwaffe. Es gab nur die Leiche eines Mädchens, das unter unglücklichen Umständen zu Tode gekommen war. Eines jedoch stand für Bussard zweifelsfrei fest: Das Mädchen war ein Opfer.

*

Den Sonntagnachmittag verbrachte Bussard im Fitness-Studio. Auch wenn er die alemannische Fastnacht, die sehr viel traditionsreicher gefeiert wurde als der Rheinische Karneval, eigentlich mochte, so verspürte er in diesem Jahr keine Lust, aktiv daran teilzunehmen. Der Winter, den er austreiben musste, steckte in seinem Kopf und seiner Seele. Der Ärger mit Helen und der Anblick des toten Mädchens im Schwarzwald hatten ihm zugesetzt. Er hatte das Gefühl, als habe sich in seinem Inneren etwas zusammengebraut, wofür er unbedingt ein Ventil brauchte. Sich richtig auszupowern war dafür gut geeignet. Zwei Stunden lang stemmte er Gewichte und trainierte seinen Körper. Anschließend genoss er Ruhe und Entspannung in der Sauna. Da er alleine war und keine Lust zum Kochen hatte, leistete er sich ein Abendessen in einem guten Lokal in der Nähe seiner Wohnung. Als er nach Hause kam und das Notebook auf dem Tisch liegen sah, dachte er wieder an das tote Mädchen. Er versorgte seine Sportklamotten, ließ sich auf die Couch fallen und rief Helen an. Nach drei, vier belangslosen Sätzen bat er darum, seine Töchter zu sprechen. Es tat gut, die Stimmen von Miriam und Tabea zu hören und zu wissen, dass es ihnen gut ging. Sie berichteten von einem Apfelstrudel, den Helens Mutter gebacken hatte. Das tote Mädchen, dachte

Bussard, hatte dem Aussehen nach wohl kaum jemals in seinem Leben Kuchen gegessen.

Nach dem Telefonat schaltete Bussard den Fernseher ein, zappte durch alle Kanäle und schaltete ihn wieder aus, weil er nichts fand, was ihn interessierte. Auf dem Nachttisch im Schlafzimmer lag Tolstois *Krieg und Frieden* und Bussard beschloss, früh zu Bett zu gehen, um noch zwei, drei Kapitel zu lesen.

Am nächsten Morgen traf Bussard gegen acht Uhr in seinem Büro ein. Noch bevor er seine Jacke ausgezogen hatte, rief er bei der Vermisstenstelle an. Die Kollegin berichtete von zwei Anrufern vom Samstag, die sich beide als Spinner erwiesen hatten. Einer hatte behauptet, die Tote sei seine 1945 verschollene Schwester und der andere wollte einen weiblichen Vampir auf dem Foto in der Badischen Zeitung erkannt haben. Einen ernstzunehmenden Anruf habe es leider nicht gegeben.

Verdammt, dachte Bussard. Er konnte sich nicht vorstellen, dass es in ganz Südbaden niemanden geben sollte, der das Mädchen kannte. Solange aber die Identität der Toten nicht geklärt war, konnte er kaum etwas unternehmen. Eine Vergewaltigung ließ sich nicht zweifelsfrei beweisen und das Mädchen war nicht durch Gewalteinwirkung gestorben. Trotzdem war Bussard davon überzeugt, dass es jemanden gab, der für den Tod des Mädchens verantwortlich gemacht und zur Rechenschaft gezogen werden konnte.

Den ganzen Tag über gab es wenig zu tun, was für einen Rosenmontag ungewöhnlich war. Bussard telefonierte mit Professor Münchrath, der den Kommissar davon in Kenntnis setzte, dass weder der histologische noch der toxikologische Befund Auffälligkeiten zeigten. Es bestand kein Zweifel mehr daran, dass das tote Mädchen vom Schwarzwald erfroren war. Als der Kommissar um siebzehn Uhr Feierabend machte und nach Hause fuhr, hatte er das Gefühl, einen Tag verloren zu haben.

Bussard hatte gerade den Motor seines Wagens abgestellt, als sein Handy läutete. Der Anruf kam aus der Zentrale und der Kollege informierte den Kommissar darüber, dass eine Frau den Notruf gewählt und berichtet hatte, dass ihr Mann von einem Unbekannten mit einem Gewehr niedergeschossen worden sei. Bussard ließ sich die Adresse geben, startete seinen Passat und fuhr los. Zwanzig Minuten später parkte er hinter zwei Einsatzfahrzeugen, die mit eingeschalteten Blaulichtern vor einer Villa im Freiburger Osten standen. Bussard stieg aus und ging an der akkurat geschnittenen Buchsbaumhecke entlang, die so hoch und dicht war, dass sie keinen Einblick auf das Grundstück erlaubte. Den Eingang bildete ein zweiflügeliges, schmiedeeisernes Tor, das weit geöffnet war. Bussard ging hindurch und folgte einem asphaltierten Weg, der vom Schnee befreit und sauber gekehrt war. Der Weg bog nach rechts ab zu einer offenen Doppelgarage, die neben der Villa etwas abseits stand und in der ein Mercedes SLK und ein Porsche Cayenne abgestellt waren, während ein ebenfalls sauber gekehrter Natursteinplattenweg zum Eingang des Hauses führte. Bussard hörte das Motorgeräusch eines Fahrzeugs, das sich schnell näherte und außerhalb des Grundstücks zum Stehen kam. Der Motor erstarb, Türen wurden geöffnet und wieder geschlossen und einen Moment später kamen die Kriminaltechniker Smirna und Mallmann durch das Hoftor. Bussard begrüßte die Kollegen und läutete an der Haustür, die unmittelbar danach von einem uniformierten Kollegen geöffnet wurde. Im großzügigen Eingangsbereich der Villa lag flach auf dem Marmorfußboden ausgestreckt die Leiche eines Mannes. Er war etwa dreißig Jahre alt, trug einen teuren, schwarzen Anzug und ein weißes Hemd, das im Brustbereich blutdurchtränkt war. Der gebrochene Blick des Mannes ließ keinen Zweifel daran, dass er tot war.

„Der Notarzt ist schon wieder weg“, berichtete der uniformierte Kollege, „der Mann war schon tot, als die Sanitäter eintrafen. Anscheinend bekam er eine Kugel direkt ins Herz. Er konnte nicht mehr wiederbelebt werden.“

„Wer ist der Mann?“, fragte der Kommissar.

„Sein Name ist Sebastian Klaasen. Er wohnt hier.“

Hat hier gewohnt, dachte Bussard und ging in die Hocke. Direkt über dem Herzen wies das Hemd des Toten ein Einschussloch auf.

„Was ist mit der Frau, die den Notruf gewählt hat?“

„Sie ist im Wohnzimmer“, antwortete der Uniformierte, „eine Kollegin ist bei ihr.“

„Geht es ihr gut?“

„Den Umständen entsprechend.“

„Okay“, sagte Bussard und erhob sich wieder, „gehen Sie zu den Nachbarn. Fragen Sie, ob jemand den Schuss gehört oder sonst etwas Auffälliges bemerkt hat.“

Der Beamte nickte, während der harmonische Zweiklang der Türglocke einen Besucher ankündigte. Der Kollege öffnete die Tür und ließ den Mann mit dem schwarzen Koffer eintreten, dann verließ er die Villa und zog die Tür hinter sich ins Schloss.

„Guten Abend“, wünschte Professor Münchrath und nickte den Anwesenden zu.

„So schnell sieht man sich wieder", antwortete Bussard und wies auf den Toten, „ich will Ihnen nicht Ihre Arbeit abnehmen, Professor, aber ich schätze, dass der Mann vor einer halben Stunde durch einen Gewehrschuss ins Herz getötet wurde."

„Wenn es Ihnen recht ist, würde ich Todeszeitpunkt und Todesursache gerne selbst bestimmen", antwortete Münchrath. „Ich werde allerdings keine Einschätzung abgeben, wer den Mann getötet hat."

Er stellte seinen Koffer ab, öffnete seinen Mantel und ging in die Hocke, um das Mordopfer selbst in Augenschein zu nehmen. Während Smirna und Mallmann ihre Schutzanzüge anzogen und mit der Spurensicherung begannen, ging Bussard durch den Eingangsbereich und gelangte in einen ausladenden Flur, von dem mehrere Räume abzweigten. Die moderne Einrichtung, die überwiegend aus Glas und Metall bestand, gefiel ihm nicht besonders. Auf dem Boden lag kein Teppich und es gab keine Holzmöbel, die für ein wenig Gemütlichkeit gesorgt hätten. Auch das anderthalb mal drei Meter große, abstrakte Gemälde, das an einer der Wände hing, sagte ihm nicht zu. Als er das Wohnzimmer erreichte, klopfte er kurz an den Türrahmen und trat ein. Auf einer riesigen, L-förmigen, weißen Ledercouch saß die uniformierte Kollegin neben einer Frau, die Jeans und ein Holzfällerhemd trug. Bussard schätzte sie auf Anfang bis Mitte fünfzig. Trotz ihrer einfachen Kleidung wirkte sie gepflegt. Ihre grauen, schulterlangen Haare waren perfekt frisiert, doch der hellblaue Lidschatten um ihre rotgeweinten Augen war verwischt.

„Frau Klaasen?", fragte der Kommissar.

„Ja?", antwortete sie und sah auf.

„Ich bin Kriminalhauptkommissar Bussard", stellte er sich vor und ging der Frau entgegen. „Fühlen Sie sich in der Lage, ein paar Fragen zu beantworten?"

„Ja", antwortete sie und deutete mit der Hand, in der sie ein zusammengeknülltes Taschentuch hielt, auf einen Sessel. „Nehmen Sie Platz."

„Der Tote ist Ihr Mann?", fragte Bussard und ließ sich auf dem weißen Ledersessel nieder, während er daran dachte, dass Frau Klaasen fast doppelt so alt war wie ihr Mann.

Er bezweifelte, dass es eine reine Liebesheirat gewesen war. Die Villa und die kühle, aber vermutlich teure Einrichtung ließen darauf schließen, dass auch eine gehörige Portion Geld im Spiel gewesen sein musste, zumindest, was die Beweggründe des deutlich jüngeren Mannes angingen.

„Können Sie mir beschreiben, was sich zugetragen hat?"

Frau Klaasen zog die Nase hoch und schluckte.

„Sebastian und dieser Mann haben gestritten", antwortete sie und sah Bussard an, „und dann fiel ein Schuss. Als ich ins Foyer kam, lag Sebastian auf dem Boden und der Mann rannte zur Tür hinaus. In seiner Hand hielt er ein Gewehr."

„Haben Sie den Mann erkannt?"

„Seinen Namen weiß ich nicht, aber ich habe ihn wiedererkannt."

„Wiedererkannt?", fragte Bussard.

„Ja", bestätigte sie nickend, „es war derselbe Mann, der auch gestern hier war."

„Was ist gestern passiert?"

Frau Klaasen putzte sich die Nase und rieb sich die Augen. Die obersten beiden Knöpfe ihres Holzfällerhemdes waren geöffnet und dem Kommissar fiel eine zweireihige, weiße Perlenkette auf, die von gleicher Machart war wie die beiden Ohrringe, die zum Vorschein kamen, als sie sich die Haare hinter die Ohren streifte. Am Ringfinger der rechten Hand steckte ein goldener Ehering, Ringfinger und kleiner Finger der linken zeugten mit zwei Brillantringen davon, dass sie nicht am Hungertuch nagte.

„Gestern Abend gegen neunzehn Uhr läutete es an der Tür", berichtete sie, „wir waren gerade beim Abendessen. Sebastian öffnete, aber er brachte keinen Gast herein. Dann hörte ich, wie er sich ziemlich lautstark mit einem Mann unterhielt. Die beiden begannen zu streiten."

„Worum ging es bei dem Streit?"

„Sebastian war ziemlich aufgebracht und ich hörte, wie er von einer Million sprach", antwortete sie.

„Eine Million Euro?"

„Ich nehme es an. Ich bin aufgestanden, um nachzusehen, was da vor sich ging. Als ich ins Foyer kam, verstummten beide. Anscheinend wollten sie nicht, dass ich erfuhr, worüber sie gestritten hatten. Dann sagte der Mann ‚vierundzwanzig Stunden', drehte sich um und ging. Ich habe Sebastian gefragt, was der Mann wollte, aber er hat es mir nicht gesagt."

„Haben Sie eine Vermutung?"

Frau Klaasen zuckte mit den Schultern und schüttelte den Kopf, aber es sah nicht so aus, als wollte sie die Frage verneinen. Bussard hatte eher den Eindruck, als ob es ein missbilligendes oder resignierendes Kopfschütteln gewesen sei.

„Was hat Ihr Mann beruflich gemacht?", fragte der Kommissar.

„Sebastian war Finanzberater", antwortete sie, „er hatte zusammen mit seinen beiden Geschäftspartnern eine eigene Firma."

„Finanzberater", wiederholte Bussard, „da ist immer viel Geld im Spiel. Könnte der Mörder ein verärgerter Kunde gewesen sein?"

„Das weiß ich wirklich nicht", erklärte sie und schüttelte erneut den Kopf, „ich kenne Sebastians Kunden nicht. Da müssen Sie seine Geschäftspartner fragen. Die werden Ihnen mehr sagen können."

Bussard zog seinen Notizblock aus der Jacke und bat um die Namen.

„Gernot Ahle und Jörg Grittner. Die Gesellschaft heißt AGK Invest. Die Firmenadresse lautet Zasiusstraße 215 in Freiburg."

Bussard notierte sich die Daten und sah auf seine Armbanduhr. Es war halb sieben und zu dieser Uhrzeit am Rosenmontag würde er niemanden mehr in den Geschäftsräumen der AGK Invest antreffen.

„Würden Sie den Mann wiedererkennen, der Ihren Mann erschossen hat?", fragte er.

„Jederzeit", antwortete sie und nickte, „ich habe ihn genau gesehen. Er ist etwa dreißig bis fünfunddreißig Jahre alt und sehr groß, mindestens einsfünfundneunzig bis zwei Meter. Er hat mittelblonde Haare, einen Seitenscheitel und ein schmales Gesicht mit einer Adlernase. Seine Augen waren hell, so wie Ihre. Allerdings kann ich nicht genau sagen, welche Farbe sie hatten. Auf jeden Fall waren sie nicht braun. Er trug einen billigen, grünen Anzug und einen ziemlich alten, dunkelgrauen Wollmantel."

„Einen billigen Anzug und einen alten Mantel", wiederholte Bussard, „er scheint nicht gerade Millionär gewesen zu sein."

„Unter den Millionären gibt es einige Exzentriker", erklärte sie, „aber trotzdem teile ich Ihre Einschätzung. Der Mann sah nicht exzentrisch aus, sondern eher wie jemand mit einem geringen Einkommen."

Die Täterbeschreibung, die Frau Klaasen abgegeben hatte, war detailliert, doch ein Mann in billiger Kleidung und mit geringem Einkommen passte nicht in diese Umgebung, in der es überall nach Geld roch.

„Und dieser Mann stritt sich mit Ihrem Mann um eine Million Euro?", fragte er.

Frau Klaasen hob die Hände in einer hilflosen Geste und ließ sie wieder sinken.

„Ich habe die Worte ‚eine Million' gehört, nicht eine Million Euro. Deshalb kann ich nur vermuten, dass es um Geld ging."

Bussard schrieb die Zahl *1.000.000* und *24 Stunden* auf seinen Notizblock. Sebastian Klaasen war Finanzberater gewesen. Sofern der Täter kein Anleger gewesen war, der sein Geld zurückgefordert hatte, was angesichts der beschriebenen billigen Kleidung unwahrscheinlich erschien, drängte sich ein anderer Verdacht geradezu auf.

„Womit hat der Täter Ihren Mann erpresst?", fragte er und beobachtete Frau Klaasens Gesicht genau.

Sie sah Bussard mit großen Augen an, dann schüttelte sie langsam den Kopf.

„Ich weiß wirklich nicht, worum es ging", antwortete sie und zuckte hilflos mit den Achseln, „Sebastian wollte es mir nicht sagen."

Der Kommissar registrierte, dass sie eine mögliche Erpressung nicht ausgeschlossen hatte. Ob sie wirklich so ahnungslos war, wie sie sich gab, würde sich im Lauf der Ermittlungen zeigen.

„Woher kannte Ihr Mann den Täter?"

„Das weiß ich auch nicht“, erwiderte sie und schüttelte abermals den Kopf, „dieser Mann war gestern zum ersten Mal in unserem Haus. Ich habe ihn vorher noch nie gesehen und ich weiß nicht einmal seinen Namen. Es tut mir leid, dass ich Ihnen nichts Genaueres sagen kann.“

„Keine Sorge, Sie haben uns schon sehr geholfen“, sagte Bussard und erhob sich, „hatte Ihr Mann einen Computer?“

„Ja, ein Notebook.“

„Das müssen wir mitnehmen. Außerdem benötigen wir Ihre schriftliche Aussage, Frau Klaasen, und ich bitte Sie, mit einem unserer Kollegen ein Phantombild zu erstellen.“

„Ich verstehe“, erwiderte sie. „Was geschieht jetzt mit Sebastian?“

„Man wird ihn ins Rechtsmedizinische Institut bringen“, antwortete Bussard. „Professor Münchrath muss die Todesursache feststellen und dokumentieren. Das wird nach Lage der Dinge jedoch nicht lange dauern. Ich denke, dass der Leichnam spätestens übermorgen wieder freigegeben wird.“

Frau Klaasen nickte und erhob sich ebenfalls. Ihre Finger zitterten, als sie dem Kommissar die Hand reichte.

„Ich habe diesen Mann gesehen“, sagte sie und hielt Bussards Hand für einen Moment fest, „aber er hat mich auch gesehen.“

„Sie befürchten, dass er wiederkommen könnte?“

„Ich weiß es nicht, aber ich werde die Nacht auf keinem Fall in diesem Haus verbringen, nicht nach …“

Sie beendete den Satz nicht, doch Bussard wusste genau, was sie meinte. Frau Klaasen wollte nicht die

Nacht in dem Haus verbringen, in dem ihr Mann ermordet worden war.

„Wir können jemanden abstellen, der heute Nacht bei Ihnen bleibt", bot er an, doch Frau Klaasen schüttelte den Kopf.

„Ich werde mir ein Zimmer im Colombi-Hotel nehmen", kündigte sie an, „Sie können mich dort erreichen, wenn es nötig ist."

„In Ordnung", stimmte er zu. „Können Sie mich morgen früh im Präsidium aufsuchen?"

„Wo ist Ihr Präsidium?"

„In der Heinrich-von-Stephan-Straße", erklärte er, nahm eine Visitenkarte aus seiner Jacke und übergab sie ihr. „Fragen Sie an der Pforte nach mir. Man wird Sie dann direkt in mein Büro bringen."

„Okay, Herr Bussard", erwiderte sie und sah den Kommissar flehend an. „Bitte finden Sie den Mann schnell."

Es war nicht nötig, dass sie zugab, Angst zu haben. Bussard konnte es in ihren Augen sehen.

## 4

Ulf Neudörfer, der Chef der Freiburger Kripo, hatte die Kollegen Bussard, Wegner und Smirna in sein Büro zu einer ersten Bestandsaufnahme gebeten. Bussard berichtete von dem Gespräch mit Frau Klaasen und dem mutmaßlichen Täter.

„Wissen wir schon etwas über das Motiv?", fragte Neudörfer.

„Nichts Konkretes", antwortete Bussard, „eine Million könnte eine Million Euro bedeuten. Sebastian

Klaasen war Finanzberater. Entweder hat er jemanden übers Ohr gehauen und dieser Jemand hat sich gerächt oder Klaasen wurde erpresst."

Er zog sein Notizbuch hervor und klappte es auf.

„Klaasen hatte zwei Geschäftspartner", fuhr er fort und las die Namen ab, „Gernot Ahle und Jörg Grittner. Ahle, Grittner und Klaasen führen zusammen die Firma AGK Invest in der Zasiusstraße. Wir haben Klaasens Notebook sichergestellt. Susanne soll es sich ansehen. Vielleicht findet sie etwas, das uns den Namen des Täters verrät."

„Was wissen wir über die Tatwaffe?", fragte Neudörfer.

„Wir haben das Projektil sichergestellt", berichtete Smirna, „Kaliber 7,62. Es hat Klaasens Körper durchdrungen und ist in der Wand stecken geblieben."

„Kaliber 7,62", wiederholte Neudörfer, „das ist Gewehrmunition."

„Richtig", bestätigte Bussard, während Smirna zustimmend nickte, „das deckt sich auch mit der Aussage von Frau Klaasen. Sie sagt, sie habe gesehen, wie der Täter das Haus verließ und dabei ein Gewehr in der Hand trug."

„Hat sie den Täter erkannt?"

„Sie sagt, es sei derselbe Mann gewesen, der am Tag zuvor mit ihrem Mann gestritten habe, wisse aber seinen Namen nicht. Sie hat eine genaue Täterbeschreibung abgegeben und morgen früh werden wir ein Phantombild erstellen. Vielleicht haben wir ja auch ein Foto von ihm in einer unserer Datenbanken. Frau Klaasen ist sich sicher, dass sie ihn wiedererkennen würde."

Neudörfer lehnte sich zurück, verschränkte die Arme vor der Brust und sah Smirna an.

„Was sagt die Spurenlage?", fragte er. „Gibt es Fingerabdrücke?"

„Ja, im Foyer haben wir Abdrücke von drei verschiedenen Personen sichergestellt", berichtete der Kriminaltechniker. „Wenn Frau Klaasen morgen früh ihre Aussage macht, werden wir ihre Abdrücke zu Vergleichszwecken nehmen. Es ist sehr wahrscheinlich, dass wir einen Abdruck ihr zuordnen können. Der zweite Abdruck stammt von einer unbekannten Person. Dabei könnte es sich um den Täter handeln. Der dritte Abdruck gehört einem gewissen Sebastian Pleuger."

„Sebastian Pleuger?", fragte Neudörfer und Smirna nickte.

„Sebastian Klaasen hieß früher Sebastian Pleuger", erklärte Sasha Wegner, der für die Ermittlungsgruppe Gewaltverbrechen im Innendienst arbeitete und die meisten Recherchearbeiten übernahm. „Bei seiner Heirat mit Barbara Klaasen hat er ihren Namen angenommen. Heute ist das ja ganz anders als früher. Der Mann kann auch den Namen der Frau annehmen oder seinen behalten. Man kann auch einen Doppelnamen …"

„Sasha!", unterbrach Bussard und sah den Kollegen tadelnd an.

„Sorry", entschuldigte sich Wegner und fuhr fort. „Pleuger, beziehungsweise Klaasen, ist schon lange aktenkundig. Wir haben seine Fingerabdrücke, weil er vor zwölf Jahren eine Bewährungsstrafe wegen Einbruchdiebstahls bekommen hat. Zwei Jahre später lief ein Ermittlungsverfahren wegen Betrugs, allerdings konnte ihm keine betrügerische Absicht nachgewiesen werden. Wiederum zwei Jahre später gab es nochmals ein Betrugsverfahren mit dem gleichen Ergebnis. Gegen seine Firma AGK Invest läuft derzeit ein Ermittlungsverfahren wegen Anlagebetrugs unter der Federführung von Staatsanwältin Lautenschläger. Heidi Peters ist die leitende Ermittlerin."

„Alle Achtung, Sasha", erwiderte Bussard und nickte Wegner anerkennend zu. „Ganz schön fix heute."

„Ja, danke, ich habe mich extra beeilt, weil ich heute Abend zum Rosenmontagsball will. Es ist schon halb zehn und ich muss noch nach Hause, um mich umzuziehen."

„Unser Opfer ist also kein unbeschriebenes Blatt", stellte Neudörfer fest. „Ich werde mich mit den Kollegen vom Wirtschaftsdezernat in Verbindung setzen. Es ist gut möglich, dass es hier eine Überschneidung gibt. Haben wir noch weitere Fakten?"

„Nicht viel", erklärte Smirna achselzuckend. „Die Spurenlage deckt sich mit der Aussage von Frau Klaasen. Die Haustür wurde nicht aufgebrochen und außerhalb des Hauses haben wir nichts Verwertbares gefunden. Mallmann wertet derzeit Klaasens Handy aus. Da Täter und Opfer sich kannten, haben sie vielleicht auch miteinander telefoniert."

„Okay", sagte Neudörfer und nickte den Beamten zu. „Ich informiere Oberstaatsanwalt Schmieder. Wenn das Tatmotiv etwas mit den Geschäften der AGK Invest zu tun hat, werden Sie auf die Hilfe der Kollegen vom Wirtschaftsdezernat angewiesen sein."

„Sollen wir nicht gleich einen Durchsuchungsbeschluss für die Firma beantragen?", fragte Smirna.

„Soweit ich sehe, gibt es noch keinen begründeten Verdacht, dass die beiden verbliebenen Gesellschafter etwas mit dem Mord an Klaasen zu tun haben", wehrte Neudörfer ab. „Schmieder braucht schon etwas, womit er den Beschluss beim Richter beantragen kann."

„Das könnte doch Staatsanwältin Lautenschläger machen", schlug Wegner vor, „vielleicht hat die schon etwas, das für eine Durchsuchung ausreicht und wir könnten dann ganz elegant aufs fahrende Trittbrett springen."

„Du meinst den Zug", korrigierte Smirna.

„Welchen Zug?"

Bussard ließ sich Wegners Vorschlag durch den Kopf gehen. Es war in der Tat eine elegante Lösung. Falls Staatsanwältin Lautenschläger genug Material hatte, um einen Durchsuchungsbeschluss wegen des Verdachts auf Anlagebetrug zu beantragen, dann hatten auch sie ganz legal und unbürokratisch Zugang zu dem sichergestellten Beweismaterial. Ein anderer Punkt jedoch bereitete dem Kommissar Kopfzerbrechen.

„Frau Klaasen konnte oder wollte uns nichts über das Motiv sagen", berichtete Bussard. „Wenn das Tatmotiv tatsächlich mit den Geschäften der AGK Invest zu tun hat, dann sind Klaasens Geschäftspartner unter Umständen ebenfalls gefährdet."

„Und?", fragte Wegner.

„Wenn eine Gefahrenlage besteht, dann müssen wir sie warnen", erklärte Neudörfer.

„Und wenn wir sie warnen", widersprach Bussard, „dann haben sie Gelegenheit, Beweismaterial verschwinden zu lassen und wir können uns die Durchsuchung sparen. Für die Kollegen von der Wirtschaft wäre das vermutlich ein mittleres Desaster."

Es war schwierig, die richtige Entscheidung zu treffen. Falls es der Täter auch auf Ahle und Grittner abgesehen hatte, dann durfte die Polizei die potenziellen Opfer nicht unwissend und schutzlos der Gefahr überlassen.

„Wir werden ihre Wohnungen heute Nacht observieren", entschied der Chef der Freiburger Kripo, doch Bussard hob abwehrend die Hand.

„Heute ist Rosenmontag", stellte der Kommissar fest. „Ahle und Grittner könnten sich die Nacht sonstwo um die Ohren schlagen. Außerdem wird das Thermometer heute Nacht wieder unter minus zwanzig Grad fallen. Bei dieser Kälte können wir die Kollegen unmöglich die ganze Nacht auf der Straße stehen lassen. Ich halte es für ausreichend, wenn wir in den Straßen, in denen Ahle und Grittner wohnen, verstärkt Streife fahren."

Neudörfer seufzte und kratzte sich am Kopf. Niemand konnte einschätzen, wie groß die Gefahr tatsächlich war.

„Okay", stimmte er schließlich zu, nachdem er das Für und Wider abgewogen hatte, „wir warnen sie nicht, aber wir werden bei den Wohnungen von Ahle und Grittner Präsenz zeigen. Hoffen wir, dass das ausreicht."

Bussard, Wegner und Smirna erhoben sich und verabschiedeten sich von ihrem Chef. Während Wegner sich eilig auf den Heimweg machte und Smirna noch einmal das Labor der KTU aufsuchte, um zu sehen, wie weit sein Kollege Mallmann mit der Auswertung von Klaasens Handy war, kehrte Bussard in sein Büro zurück. Er setzte sich an seinen Schreibtisch und rief sich die erste Vernehmung von Barbara Klaasen noch einmal in Erinnerung. Alle Fragen, die er ihr gestellt hatte, hatte sie spontan und ohne zu zögern beantwortet. Trotzdem war es möglich, dass sie nicht die Wahrheit gesagt hatte. Falls sie gelogen und sich die ganze Geschichte nur ausgedacht hatte, würde er ihr das innerhalb von vierundzwanzig Stunden nachweisen. Lügen hatten kurze Beine und Lügenkonstrukte waren so stabil wie Kartenhäuser. Wenn man sie kräftig genug anblies, stürzten sie augenblicklich in sich zusammen. Nur wenn die Ermittler Indizien fanden, die Klaasens Geschichte stützten und die sie nicht selbst lieferte, untermauerte das ihre Behauptungen.

Bussard lehnte sich zurück und dachte über die Alternative nach. Falls Barbara Klaasen die Wahrheit gesagt hatte und der große Unbekannte tatsächlich existierte, dann hatten sie es mit einem gefährlichen Mann zu tun, denn der mutmaßliche Täter hatte eine Augenzeugin am Leben gelassen. Entweder war er sich seiner Sache sehr sicher oder aber so verzweifelt, dass es ihn nicht scherte, erkannt worden zu sein. Frau Klaasen hatte davon gesprochen, die Worte „eine Million" und „vierundzwanzig Stunden" gehört zu haben. Das klang sehr nach einer Erpressung, die immer darauf basierte, dass der Erpresser Informationen besaß, deren Weitergabe oder Veröffentlichung dem Erpressten Schaden zufügte. Um diesen Schaden abzuwenden, zahlte der Erpresste. Kam es bei einer Erpressung zu einem Tötungsdelikt, dann war in der Regel der Erpresser das Opfer, weil der Erpresste ihn zum Schweigen bringen oder sich vor einer weiteren Erpressung schützen wollte. Für einen Erpresser machte es dagegen keinen Sinn, sein Opfer zu töten, denn damit beraubte er sich selbst der Möglichkeit, Kapital aus seiner Erpressung zu schlagen. Ein Mord als Teil einer Erpressung funktionierte nur dann, wenn es weitere Opfer gab, die der Erpresser damit unter Druck setzen konnte. Vielleicht besaß der Täter brisante Informationen über die AGK Invest oder er war selbst ein Anleger, den Ahle, Grittner und Klaasen um sein Geld gebracht hatten. Die Täterbeschreibung, die Frau Klaasen abgegeben hatte, sprach jedoch gegen die zweite Möglichkeit. Sie hatte die Vermutung geäußert, dass der Unbekannte seiner Kleidung nach zur unteren Einkommensschicht gehörte. Je länger Bussard darüber nachdachte, desto sicherer war er, dass der Mörder kein geprellter Anleger war. Viel wahrscheinlicher schien es, dass der Erpresser Informationen über möglicherweise illegale Geschäfte der AGK Invest besaß, deren Veröffentlichung er angedroht hatte. Klaasens Tod war demnach eine Warnung für Ahle und Grittner oder aber der Täter handelte im Auftrag eines geprellten Anlegers, der sein Geld zurückhaben wollte, wobei auch in diesem Fall die Ermordung des Finanzberaters Druck auf die verbliebenen Gesellschafter ausüben sollte.

Es war bereits nach zweiundzwanzig Uhr und Bussard beschloss, nach Hause zu fahren. Er hoffte, dass sich Ahle und Grittner an diesem Rosenmontagabend irgendwo feuchtfröhlich und in Sicherheit vergnügten, doch er befürchtete, dass ein Damoklesschwert über den Köpfen der beiden verbliebenen Gesellschafter der AGK Invest schwebte.

*

„Guten Morgen, meine Damen und Herren", begrüßte Neudörfer die Anwesenden.

Er hatte eine Versammlung im Besprechungsraum einberufen, an der neben Bussard und Wegner von der Ermittlungsgruppe Gewaltverbrechen auch Bertold Smirna als Leiter der Kriminaltechnik teilnahm.

„Ich möchte Ihnen die Kollegin Heidi Peters vorstellen, falls Sie sie noch nicht kennen", fuhr Neudörfer fort und nickte der jungen Frau zu, die etwas abseits von den anderen saß. „Frau Peters arbeitet beim Wirtschaftsdezernat und leitet die Ermittlungen im Fall AGK Invest. Sie wird uns einiges über die Firma von Sebastian Klaasen berichten."

Alle Augen wandten sich der jungen Frau zu, die Bussard auf Ende zwanzig schätzte. Er hatte sie schon häufiger im Präsidium gesehen, aber noch nie mit ihr gesprochen. Sie war kaum einen Meter sechzig groß, hatte eine Liza-Minelli-Frisur und trug einen grauen Hosenanzug mit weißen Nadelstreifen über einer weißen Bluse. Die hohen Pfennigabsätze ihrer schwarzen Schuhe ließen sie etwas größer erscheinen, doch ihrem Aussehen nach hätte man sie eher hinter einem Bankschalter vermutet als bei der Kriminalpolizei. Neudörfer setzte sich auf einen Stuhl und Heidi Peters trat an den Schreibtisch, auf dem ein aufgeklapptes Notebook lag, das mit einem Beamer verbunden war.

„Guten Morgen", sagte sie mit einer angenehmen Stimme und einem sympathischen, mädchenhaften Lächeln. „Herr Neudörfer hat mich über Ihren Fall, der auch unsere Ermittlungen betrifft, unterrichtet."

Sie tippte auf eine Taste des Notebooks und an der Wand hinter ihr erschienen die Gesichter dreier Männer, auf die sie nacheinander deutete.

„Gernot Ahle, Jörg Grittner und Sebastian Klaasen, die geschäftsführenden Gesellschafter der AGK Invest", berichtete sie. „Wir ermitteln seit einigen Monaten gegen sie wegen des Verdachts auf Anlagebetrug, Untreue, Beihilfe zur Steuerhinterziehung und Verstoß gegen das Geldwäschegesetz. Die AGK Invest ist eine von siebzehn Firmen, die Ahle, Grittner und Klaasen gehören."

„Siebzehn?", fragte Bussard ungläubig.

„Siebzehn“, bestätigte sie und tippte wieder auf das Notebook.

An der Wand erschien eine Art konfuses Organigramm, wo unterschiedliche Firmannamen durch kreuz und quer laufende Pfeile miteinander verbunden waren.

„Ahle, Grittner und Klaasen haben ein Netz von Firmen geschaffen, das schwer zu durchschauen ist“, fuhr die Kommissarin fort. „Ich will nicht zu sehr ins Detail gehen, sondern Ihnen nur die wesentliche Struktur erläutern. Wie Sie sehen, gibt es eine Menge Überkreuzverbindungen zwischen den einzelnen Firmen. A ist eine Tochter von B. B ist an C beteiligt, wobei C gleichzeitig eine Tochter von D ist. D hält Beteiligungen an A und B, aber D gehört eigentlich E und F und so weiter. Das Ganze erscheint völlig wirr und unorganisiert, doch dahinter steckt eine bestimmte Absicht. Gelder von Anlegern werden durch diese Überkreuzbeteiligungen in den verschiedenen Bilanzen so lange hin und her geschoben, bis sie sich buchstäblich in Luft aufgelöst haben. Die einzelnen Firmensitze befinden sich in Deutschland, in der Schweiz, in Liechtenstein, in Luxemburg, in den Niederlanden, auf den Niederländischen Antillen, auf den Cayman Islands und auf der britischen Kanalinsel Guernsey. Wir arbeiten zwar mit Interpol zusammen, doch auch für uns ist es schwierig, an bestimmte Informationen zu kommen. Mal beruft sich jemand auf das Bankgeheimnis oder wir stoßen auf taube Ohren, weil sie durch Schmiergelder verstopft wurden. In einem Punkt sind wir jedoch sicher. Die AGK Invest ist der Dreh- und Angelpunkt des Ganzen. Hier werden die Gelder eingesammelt und dann wie mit einer Gießkanne über die anderen Firmen ausgegossen.“

Bussard betrachtete das Gewirr von Pfeilen an der Wand, das aussah, als hätte jemand ein Mikado-Spiel mit Firmennamen versehen.

„Wie funktioniert das mit dem Geldeinsammeln?", fragte der Kommissar.

„Klaasen ist der Hauptakquisiteur", berichtete sie. „Er bringt die Kunden dazu, den Anlageempfehlungen der AGK Invest zu folgen. Wir sprechen hier nicht nur von ehrlichem, sauer verdientem Geld. Unseren Schätzungen nach handelt es sich bei fünfundzwanzig bis dreißig Prozent um Schwarzgeld. An dieser Stelle beginnt der Arbeitsbereich von Ahle. Er schafft das Bargeld ins benachbarte Ausland, in die Schweiz, nach Liechtenstein und Luxemburg. Wir vermuten, dass er Helfer beim Zoll hat, denn bisher ist Ahle bei den Kontrollen nie erwischt worden. Grittner ist der Kopf des Triumvirats. Er hat Wirtschaftswissenschaften studiert und nach unserer Überzeugung hat er die ganze Firmenstruktur entwickelt. Das Geld der Anleger bleibt in diesem Spinnennetz kleben und niemand erhält seine Einlagen zurück. Wir schätzen, dass sich der Schaden mittlerweile auf mindestens fünfzehn bis zwanzig Millionen Euro beläuft."

Wegner stieß einen leisen Pfiff aus.

„Fünfzehn bis zwanzig Millionen Euro", wiederholte er, „da muss meine Oma lange für stricken."

Klaasen muss ziemlich erfolgreich gewesen sein, dachte Bussard. Der Finanzberater hatte Anlegergelder in zweistelliger Millionenhöhe eingesammelt und wenn die Investoren ihr Geld nicht zurückbekamen, dann hatte sich Klaasen eine Menge Feinde gemacht.

„Wie viele Anleger sind betroffen?", fragte er.

„Das wissen wir nicht", antwortete die Kommissarin, „aber die Zahl dürfte in einer Größenordnung zwischen einhundertfünfzig und zweihundert liegen. Anscheinend hat es Klaasen immer wieder geschafft, neue Anleger an Land zu ziehen."

„Aber mit seinem Tod endet dieses Erfolgsmodell", stellte Bussard fest, „wenn er derjenige war, der immer neue Kunden brachte, muss er ziemlich clever gewesen sein. Es wird sich doch herumgesprochen haben, dass Anlegergeld bei der AGK Invest auf Nimmerwiedersehen verschwindet. Warum ist die Firma nicht schon längst aus dem Verkehr gezogen worden?"

„Weil wir der AGK Invest bisher noch keine Straftaten nachweisen konnten", antwortete sie. „Ahle, Grittner und Klaasen sind sehr raffiniert vorgegangen."

„Inwiefern?"

Heidi Peters schaltete das Notebook aus und das Mikadospiel an der Wand verschwand.

„Nehmen wir Sie als Beispiel, Herr …?"

„Bussard."

„Herr Bussard", wiederholte sie und setzte sich auf die Tischkante, „nehmen wir an, dass Sie mir eintausend Euro überlassen, weil ich Ihnen eine Verzinsung von vierzig Prozent garantiere."

„Vierzig Prozent?", fragte er ungläubig.

„Hört sich gut an, nicht wahr", antwortete sie. „Ihre tausend Euro investiere ich in kenianische Kupferminen, die atemberaubende Gewinne abwerfen. Sechs Wochen später überlässt Herr Neudörfer mir ebenfalls eintausend Euro zur Anlage in Kenia. Von seinen tausend Euro überweise ich einhundert Euro auf Ihr Konto, Herr Bussard. Einhundert Euro Gewinn nach sechs Wochen bei eintausend Euro Einsatz bedeutet eine Verzinsung von achtzig Prozent per annum. Die Marge ist doppelt so hoch, wie ich Ihnen versprochen habe.

Diese einhundert Euro bestätigen, dass Sie die richtige Entscheidung getroffen haben. Bei einer Verzinsung von achtzig Prozent p.a. verdoppeln Sie Ihr Kapital alle fünfzehn Monate. Wenn Sie Ihre Gewinne ebenfalls wieder anlegen, haben Sie nach fünf Jahren das Sechzehnfache Ihres Einsatzes, ohne dass Sie dafür einen Finger krumm machen müssen. Aus tausend Euro werden sechzehntausend, aus einer Million werden sechzehn Millionen und das innerhalb von nur fünf Jahren. Was spricht also dagegen, dass Sie mir nach und nach Ihr gesamtes Vermögen überlassen?"

„Aber das ist doch völlig unrealistisch", widersprach Bussard.

„Stimmt", bestätigte sie, „und deshalb funktioniert das Ganze so gut. Würde ich Ihnen dreieinhalb Prozent Zinsen in Aussicht stellen, könnte ich damit keinen Hund hinter dem Ofen hervorlocken. Bei einer prognostizierten Rendite von vierzig und einer realisierten Rendite von achtzig Prozent auf Ihr eingezahltes Kapital setzt jedoch Ihr Verstand aus …"

„… weil an seine Stelle die Gier tritt", führte Bussard den Satz weiter und die Kollegin vom Wirtschaftsdezernat nickte.

„Ganz genau. Die anfänglich ausbezahlten Gewinne heizen diese Gier an und der gesunde Menschenverstand setzt aus. Ich nehme an, dass keiner der Anleger jemals nach Kenia gereist ist, um die vermeintlichen Kupferminen zu besichtigen. Warum auch? Das Geld fließt ja scheinbar von alleine und die Zahlen auf den Depotauszügen werden immer größer. Lange Zeit kam niemand auf die Idee, dass es sich nur um Luftbuchungen handeln könnte. Es gibt nicht nur keine Gewinne, auch die Einlagen der Anleger existieren nicht mehr.

Wenn man auch nur einen Augenblick darüber nachdenkt, dann ist es unglaublich, mit welcher Bereitschaft die Leute der AGK Invest ihr Geld überlassen haben."

Bussard schüttelte fassungslos den Kopf. Auf der einen Seite war es in der Tat unglaublich, wie leichtgläubig manche Zeitgenossen waren, doch auf der anderen Seite wusste er, dass Gier grenzenlos war. Sie war die unersättliche Hydra, die windige Finanzjongleure mit Erwartungen fütterten. Je märchenhafter die Gewinnversprechen waren, desto weiter rissen die neun Köpfe ihre Mäuler auf und es war nur allzu leicht, aus der Gier Kapital zu schlagen.

„Wie ist der aktuelle Stand der Ermittlungen gegen die AGK Invest?", fragte Neudörfer.

„Wir haben nicht viel gegen sie in der Hand", gestand die Beamtin, „die AGK Invest fungiert lediglich als Makler. Das macht sie nahezu unangreifbar, weil sie die Geschäfte lediglich vermittelt, dabei aber jegliche Haftung ausschließt. Die Anleger schließen Verträge mit der Eurofin Treuhand, die ihren Sitz in Liechtenstein hat. Die Eurofin Treuhand wiederum gehört zu fünfzig Prozent der Venture Capital mit Sitz auf Guernsey und zu fünfzig Prozend der First Trade Worldwide mit Sitz auf den Cayman Islands."

„Und diese Firmen gehören Ahle, Grittner und Klaasen", vermutete Wegner.

„Im Prinzip ja", bestätigte sie, „allerdings ist der rechtliche Eigentümer die Capital Trust, die auf den Niederländischen Antillen ihren Firmensitz hat. Nach unseren Informationen besitzen Ahle, Grittner und Klaasen jeweils einen Anteil von dreiunddreißig Prozent an der Capital Trust. Als Anteilseigner sind sie rechtlich nur mit ihrem Kapital haftbar. Alle geschäftlichen Entscheidungen, die strafrechtlich relevant sein könnten, hat der Geschäftsführer zu verantworten, der das letzte Prozent der Anteile hält. Wir wissen zwar, wie er heißt, vermuten allerdings, dass es sich um einen Strohmann handelt, der gegen entsprechendes Entgelt seinen Namen und seine Unterschrift zur Verfügung gestellt hat. Ich bin davon überzeugt, dass Ahle, Grittner und Klaasen die Fäden selbst in der Hand halten."

„Klaasen hält keinen Faden mehr in der Hand", warf Smirna ein, „aber vielleicht findet Susanne etwas auf seinem Notebook. Irgendetwas findet man immer."

„Wo ist Susanne eigentlich?", fragte Bussard.

„Soweit ich weiß, hatte sie einen kleinen Unfall, aber es ist nichts Gravierendes passiert", antwortete Neudörfer und wandte sich an Heidi Peters. „Frau Bauer ist unsere EDV-Spezialistin. Kein Computer kann ihr lange Widerstand leisten."

„Wenn Frau Bauer auf Geldflüsse stoßen …", begann die Kommissarin, doch Bussard unterbrach sie, indem er abwehrend die Hand hob.

„Das Geld ist Ihre Baustelle", erklärte er. „Wir suchen einen Mörder. Klaasen und seine beiden Kumpane haben sich eine Menge Feinde gemacht. Einer von ihnen ist vielleicht unser Mann, entweder als Täter oder als Auftraggeber."

„Mit einer Kundenliste wäre die Suche einfacher", erwiderte sie. „Sie müssten sie nur abarbeiten."

„Genau das haben wir vor", erklärte Bussard.

„Sie haben einen Durchsuchungsbeschluss?", fragte die Kommissarin und sah Bussard mit großen Augen an.

„Den haben wir in Kürze", bestätigte Neudörfer. „Oberstaatsanwalt Schmieder hat mich bereits darüber informiert, dass er sich mit Frau Lautenschläger abgestimmt hat. Der Durchsuchungsbeschluss ist schon beantragt. Sobald er unterschrieben ist, geht´s los. Ich nehme an, dass Sie bei der Durchsuchung gerne mit von der Partie wären, oder?"

„Worauf Sie sich verlassen können", antwortete die Kollegin vom Wirtschaftsdezernat.

*

Bussard fuhr nicht in die Zasiusstraße, wo acht Kollegen unter der Leitung von Heidi Peters die Geschäftsräume der AGK Invest durchsuchten und körbeweise Beweismaterial sicherstellten. Er hatte nach der Besprechung einen Anruf von der Pforte erhalten und man hatte ihm mitgeteilt, dass sich eine Frau gemeldet habe, die behauptete zu wissen, wer das tote Mädchen sei. Bussard bat den Kollegen, die Frau in sein Büro zu schicken.

„Herein!", rief Bussard, als es zwei Minuten später an der Tür klopfte.

Eine etwa dreißigjährige Frau mit halblangen, braunen Haaren betrat das Büro. Sie trug eine dunkelblaue Daunenjacke, Jeans und Winterschuhe.

„Guten Tag", sagte sie und nickte Bussard zu, „man hat mich zu Ihnen geschickt. Es geht um das tote Mädchen aus der Zeitung."

Bussard deutete mit der Hand auf einen Stuhl.

„Bitte, nehmen Sie Platz."

Die Frau öffnete den Reißverschluss ihrer Daunenjacke und setzte sich.

„Mein Name ist Riether", stellte sie sich vor, „Ellen Riether. Ich habe das Foto in der Badischen Zeitung gesehen."

„Und Sie wissen, wer das Mädchen ist?", fragte der Kommissar erwartungsvoll.

„Ja", antwortete sie und nickte, „ihr Name lautet Alyssa Kettenring."

„Alyssa Kettenring", wiederholte Bussard und notierte den Namen auf einem Notizzettel. „In welcher Beziehung standen Sie zu dem Mädchen?"

„Beziehung?", fragte sie und schüttelte den Kopf. „In keiner!"

Bussard blickte in das sympathische Gesicht mit den braunen Augen.

„Woher kannten Sie das Mädchen?", hakte er nach.

Frau Riether fasste in die Innentasche ihrer Daunenjacke und zog eine Visitenkarte hervor.

„Ich arbeite bei SKIN", erklärte sie und überreichte Bussard die Karte. „Alyssa war eine der Jugendlichen, um die wir uns kümmern."

Bussard warf einen Blick auf die Karte. SKIN war die Abkürzung für Street Kids In Not e.V., einem gemeinnützigen Verein, für den Ellen Riether als Sozialarbeiterin tätig war.

„Alyssa Kettenring war ein Straßenkind?"

„Alyssa war vierzehn", antwortete sie, „und somit kein Kind mehr. Sie war eine Jugendliche in einer prekären Wohnsituation."

„Eine Jugendliche in einer prekären Wohnsituation", wiederholte er und lehnte sich zurück. „Was bedeutet das?"

„Alyssa hatte ihr Elternhaus verlassen, aber keine eigene Wohnung", erklärte die Sozialarbeiterin. „Ihr Lebensmittelpunkt war die Straße."

„Also war sie doch ein Straßenkind", beharrte Bussard.

„Nein", widersprach sie und schüttelte den Kopf, „in Deutschland gibt es keine Straßenkinder."

„Sondern?"

„In Deutschland unterliegen Kinder der besonderen Aufsichtspflicht der Eltern. Rein rechtlich dürfen Kinder nicht auf der Straße leben."

Sie sah Bussard mit einem vielsagenden Blick an und der Kommissar verstand, was die Sozialarbeiterin meinte. Dass es in Deutschland keine Straßenkinder gab, war keine Tatsache, sondern eine politische Sichtweise. Straßenkinder waren ein Synonym für Elend und Verarmung. Ihre Existenz zu leugnen diente dem Zweck, sich von Ländern wie Indien oder Brasilien abzugrenzen.

„Haben Sie die Adresse von Alyssas Eltern?", fragte er.

„Nein", antwortete sie, „ich weiß nur, dass sie aus Schwenningen stammt."

Bussard notierte *Schwenningen* unter Alyssas Namen.

„Erzählen Sie mir von ihr", forderte er sie auf, „wie haben Sie Alyssa kennengelernt?"

„Sie kam letztes Frühjahr zum ersten Mal zu uns", antwortete Frau Riether und seufzte, „sie war eine der Jüngsten, die wir betreuen. Alyssa war intelligent und hätte eigentlich auf eine Realschule gehen und die Mittlere Reife machen können, doch sie war noch nicht so weit."

„Was meinen Sie damit?"

„Jugendliche, die in prekären familiären Verhältnissen leben, verlieren den Halt", erklärte sie. „Wenn sie auf der Straße leben, dann geht damit auch immer ein gewisser Realitätsverlust einher. Sie wissen, dass Sonntag ist, wenn die Läden geschlossen haben, können aber kaum einen Dienstag von einem Donnerstag unterscheiden, geschweige denn einen Dreizehnten von einem Siebzehnten. Bei einer solchen zeitlichen Orientierungslosigkeit ist es nahezu unmöglich, ein festes Ziel wie einen Schulabschluss ins Auge zu fassen. Wir versuchen deshalb, die Jugendlichen in Wohnprojekten unterzubringen. Erst wenn sie wieder ein Dach über dem Kopf und einen festen Wohnsitz haben, können sie damit beginnen, ihr Leben zu organisieren und womöglich auch die Regelschule wieder besuchen, sofern sie dafür nicht schon zu alt sind. Bei der Wohnungsnot in Freiburg ist das allerdings nicht gerade einfach."

„Und warum lebte Alyssa auf der Straße?", fragte Bussard.

Die Sozialarbeiterin zuckte mit den Achseln und schüttelte den Kopf.

„Weil sie es zu Hause nicht mehr ausgehalten hat, vermute ich. Fast alle reißen deswegen aus."

Was sonst, dachte Bussard und nickte. Im Sommer sah man häufiger Jugendliche in der Stadt, die ihr gesamtes Hab und Gut mit sich herumtrugen, weil sie ihr Elternhaus verlassen hatten, um sich auf der Straße durchzuschlagen. Solange sie keine Straftaten begingen, wurden sie mehr oder weniger toleriert. Gern gesehen waren sie allerdings nicht, vor allem nicht bei den Freiburger Geschäftsleuten in der Innenstadt.

„Was wissen Sie über Alyssas Elternhaus oder ihre Familie?", fragte der Kommissar.

„Nichts", antwortete Frau Riether und schüttelte wieder den Kopf, „wir fragen nicht danach und die Jugendlichen wollen auch nichts darüber erzählen."

„Warum fragen Sie nicht danach?"

„Weil die Antworten immer gleich ausfallen würden. Vernachlässigung, Gewalt, Armut, Misshandlung, Alkohol, Drogen, Missbrauch und so weiter. Es gehört viel Mut dazu, wenn ein Jugendlicher von zu Hause ausreißt, um in der großen, unbekannten Welt alleine zu überleben. Wenn das Leben auf der Straße besser ist als das Elternhaus, dann wollen Sie nicht wissen, woher die Jugendlichen kommen und was sie in ihrem kurzen Leben schon durchgemacht haben."

Bussard schüttelte den Kopf. Was die Sozialarbeiterin ihm berichtete, fügte sich nahtlos in das Bild ein, das Münchrath von dem toten Mädchen gezeichnet hatte. Alyssa hatte auf der Straße gelebt. Das erklärte den schlechten Allgemeinzustand, in dem sich das Mädchen befunden hatte. Körperpflegeprodukte oder Zahnarztbesuche waren für sie Luxusgüter gewesen, die sie sich nicht hatte leisten können. Im sozialen Gefüge der Stadt oder des Landes waren die Straßenkinder, die es offiziell gar nicht gab, die unterste Kategorie. Eine Stufe tiefer gab es nur noch den Tod.

„Wir haben Alyssa im Schwarzwald gefunden", berichtete er, „sie ist im St. Wilhelmer Tal erfroren. Haben Sie eine Ahnung, wie sie dort hingekommen ist oder was sie dort gewollt haben könnte?"

„Nein", antwortete Frau Riether, „ich habe sie vor etwa zwei, zweieinhalb Wochen zum letzten Mal gesehen."

„Hat sie dabei einen Ausflug erwähnt, eine Skihütte oder etwas in der Art?"

„Machen Sie Witze?", fragte die Sozialarbeiterin und sah Bussard verständnislos an. „Wenn Sie am Morgen noch nicht wissen, woher Sie Ihr Abendessen bekommen sollen, dann ist eine Skihütte so ziemlich das Letzte, woran Sie denken."

„Da haben Sie vermutlich recht", gab er zu. „Ich danke Ihnen, dass Sie gekommen sind. Geben Sie mir bitte noch Ihren Personalausweis fürs Protokoll."

Frau Riether gab ihm das Dokument und Bussard fertigte sich eine Fotokopie an, dann verabschiedete er sich von der Sozialarbeiterin. Nachdem sie das Büro verlassen hatte, gab er die Begriffe „Alyssa Kettenring" und „Schwenningen" in die Suchmaske auf seinem Monitor ein. Zwei Sekunden später hatte er die Adresse der Eltern und beschloss, die Nachricht vom Tod der Tochter persönlich zu überbringen, denn es gab noch einige Fragen, die er beantwortet haben wollte.

## 5

Für Heidi Peters und die Kollegen vom Wirtschaftsdezernat war die Ermordung von Sebastian Klaasen ein Glücksfall, denn der Tod des Finanzberaters hatte eine Hausdurchsuchung in den Geschäftsräumen der AGK Invest gerechtfertigt. Die Ermittlerin war sicher, dass das Verfahren wegen Anlagebetrugs damit einen großen Schritt vorankommen würde und Bussard hoffte, dass man in den beschlagnahmten Unterlagen auch Hinweise auf das Motiv für den Mord an Sebastian Klaasen finden würde. Obwohl zwei unterschiedliche Verfahren, die von zwei verschiedenen Staatsanwälten geleitet wurden, einander überschnitten, gab es kein Kompetenzgerangel. Bussard überließ es den Wirtschaftsermittlern, das gesicherte Beweismaterial zu sichten und auszuwerten. Auch wenn er annahm, dass der Mord an Klaasen mit den Geschäften der AGK Invest zusammenhing, so hatte er doch eine genaue Täterbeschreibung, die den Kreis möglicher Verdächtiger erheblich einengte. Der Kommissar suchte einen Mann, der etwa zwei Meter groß und sehr schlank war.

Gernot Ahle und Jörg Grittner, die beiden verbliebenen Geschäftsführer der AGK Invest, warteten im Vernehmungszimmer auf ihre Befragung. Laut Aussage von Heidi Peters war Grittner der Kopf des Trios gewesen, während Ahle Bargeld ins Ausland geschmuggelt hatte. Bussard und Neudörfer betrachteten die Zeugen durch die einseitig verspiegelte Scheibe, die den Vernehmungsraum mit dem Überwachungsraum verband. Grittner trug einen dunkelgrauen Maßanzug mit Weste, hatte die Beine übereinandergeschlagen und die Finger im Schoß lässig verschränkt. Seine mit blondierten Spitzen versehenen, braunen Haare waren modisch frisiert und unter der Manschette seines weißen Hemdes lugte eine goldene Armbanduhr hervor. Ahle hingegen trug einen Anzug von der Stange, der ihm weniger gut passte und Bussard erkannte die Hierarchie in der Firma auf den ersten Blick.

„Sie scheinen weder beunruhigt noch schuldbewusst zu sein“, stellte Neudörfer fest.

„Abwarten“, erwiderte Bussard, „kriegen wir eine Genehmigung für eine Telefonüberwachung?“

„Mit welcher Begründung?“

„Ahle und Grittner könnten sich eines Geschäftspartners entledigt haben. Habgier ist ein häufiges Motiv.“

„Ich sehe noch keinen Anfangsverdacht, Bussard", wehrte Neudörfer ab, „Oberstaatsanwalt Schmieder braucht schon etwas Handfestes."

„Schade, ich wüsste zu gerne, wen die beiden anrufen, wenn ich mit ihnen fertig bin."

„Was haben Sie vor?"

„Sie sitzen doch in der ersten Reihe, Chef", antwortete Bussard ausweichend.

Er verließ den Überwachungsraum und ließ die Tür hinter sich ins Schloss fallen. Ahle und Grittner konnten durchaus mit dem Mord an Klaasen in Verbindung stehen, aber sie waren als Zeugen und nicht als Verdächtige geladen. Als Täter kamen sie ohnehin nicht in Frage. Barbara Klaasen kannte die beiden, von denen keiner größer als einen Meter und fünfundachtzig war. Bussard hätte sie damit konfrontieren können, dass sie von der Ermordung Klaasens profitierten, doch es war klar, dass die beiden jede Tatbeteiligung rundweg abstreiten würden. Da es gegen die Finanzberater in der Mordsache weder Beweise noch Indizien gab, wollte er sie auch nicht einem harten Verhör unterziehen. Er hatte beschlossen, Ahle und Grittner auf eine elegantere Art unter Druck zu setzen.

„Guten Tag", sagte der Kommissar, als er das Vernehmungszimmer betrat, „mein Name ist Bussard. Ich leite die Ermittlungen im Mordfall Klaasen."

Ahle blickte auf und straffte sich, doch Grittner reagierte kaum. Er betrachtete Bussard stumm mit einem nichtssagenden Gesichtsausdruck. Der Kommissar stellte ein Diktiergerät auf den Tisch, schaltete es ein und setzte sich.

„Wie Sie wissen, wurde gestern Abend Ihr Geschäftspartner Sebastian Klaasen ermordet", begann er, „und wir vermuten, dass sein Tod im Zusammenhang mit den Geschäften der AGK Invest steht."

Grittner reagierte noch immer nicht. Seine entspannte Haltung und sein Gesichtsausdruck strahlten lässige Selbstsicherheit aus.

„Sebastians Tod hat uns sehr getroffen", erklärte Ahle und setzte eine schlecht imitierte Trauermiene auf. „Wir können es immer noch nicht fassen."

Lügner und Betrüger, dachte Bussard, doch er spielte das Spiel nach den gleichen Regeln wie sie und sein Gesicht zeigte schlecht gespielte Anteilnahme.

„Meine Kollegen werten das Beweismaterial aus, das in Ihren Geschäftsräumen sichergestellt wurde", fuhr er fort und betrachtete Grittners Gesicht aufmerksam, „das wird Tage, vermutlich sogar Wochen dauern. Wir können Sie unmöglich so lange schützen."

„Uns schützen?", fragte Grittner überrascht und beugte sich ein wenig vor.

Bussard verbuchte seinen ersten Treffer ohne mit der Wimper zu zucken. Es war nicht schwierig gewesen, Grittners Selbstsicherheit zu erschüttern. Der Kommissar hatte den Zeugen mit einem einzigen Satz verunsichert und der Treffer war nur die Vorbereitung für die Breitseite gewesen, die Bussard sofort danach abfeuerte.

„Wenn der Mord an Sebastian Klaasen in Zusammenhang mit den Geschäften Ihrer Firma steht, dann ist die Wahrscheinlichkeit groß, dass Sie beide die nächsten Opfer sein werden."

Ahle sah seinen Geschäftspartner an, während Grittner die Stirn in Falten zog und Bussard skeptisch anblickte. Es war offensichtlich, dass den beiden der Gedanke einer eigenen Gefährdung bisher noch nicht durch den Kopf gegangen war.

„Es ist also auch in Ihrem persönlichen Interesse, dass wir den Täter so schnell wie möglich fassen", erklärte Bussard, „wir sind quasi gegenseitig auf Unterstützung angewiesen."

Grittner nickte unmerklich, während Ahle sich mit offenem Mund von seiner Überraschung zu erholen versuchte.

„Was wollen Sie wissen?", fragte Grittner und Bussard wusste, dass der Finanzberater den Köder geschluckt hatte.

„Wir haben einen Augenzeugen", berichtete der Kommissar. „Der Täter ist einsfünfundneunzig bis zwei Meter groß, schlank, blond und hat ein schmales Gesicht mit einer Adlernase. Er war mit einem grünen Anzug und einem Wollmantel bekleidet. Kennen Sie diesen Mann?"

Wieder zog Grittner die Stirn in Falten, doch Bussard konnte nicht einschätzen, ob es eine spontane, unwillkürliche Reaktion oder eine bewusst eingesetzte Mimik gewesen war. Ahle hingegen hatte kurz mit den Augenbrauen gezuckt.

„Tut mir leid", antwortete Grittner, „die Beschreibung sagt mir nichts. Ich wüsste nicht, wer das sein sollte."

„Denken Sie nach", beharrte Bussard, „Ihr Leben könnte davon abhängen."

„Ich kann schon selbst auf mich aufpassen", erklärte Grittner, doch er wirkte nicht mehr so selbstsicher wie zu Beginn der Vernehmung.

„Was ist mit Ihnen, Herr Ahle", fragte Bussard, „können Sie mir sagen, wer Ihren Geschäftspartner erschossen hat?"

„Keine Ahnung", antwortete Ahle und schüttelte den Kopf.

Er lügt, dachte Bussard. Er hatte zwar nichts in der Hand, um Ahle die Lüge nachzuweisen, doch er konnte die Schraube noch ein Stückchen weiter anziehen.

„Klaasen wurde mit einem Jagdgewehr erschossen", berichtete er. „Die Waffe ermöglicht es dem Täter, auch auf große Entfernung zu töten. Das können wir unmöglich verhindern, es sei denn, wir würden Sie in Schutzhaft nehmen."

„Schutzhaft?", fragte Grittner und schüttelte ungläubig den Kopf.

„Keine Sorge", erwiderte Bussard beruhigend, „im Untersuchungsgefängnis wären Sie rund um die Uhr bewacht. Dort wird der Täter keinen Zugriff auf Sie haben."

Er faltete die Hände im Schoß, lehnte sich zurück und ließ den Schrecken, den er Ahle und Grittner eingejagt hatte, noch ein wenig nachwirken. Die beiden Finanzberater sollten zu der Überzeugung gelangen, dass ihr Leben davon abhing, ob sie mit der Polizei zusammenarbeiteten.

„Ich weiß wirklich nicht, wer der Mann sein könnte", sagte Grittner noch einmal, „ich kennen niemanden, auf den diese Beschreibung passen könnte."

„Das habe ich mir fast schon gedacht", erwiderte Bussard und behielt seine lässige Haltung bei, während er den nächsten Schuss punktgenau abfeuerte. „Wir halten es für durchaus möglich, dass es sich bei dem Täter um einen Auftragsmörder handelt. Die Kaltblütigkeit, mit der die Tat begangen wurde, lässt darauf schließen."

Ahle und Grittner sahen sich gegenseitig an. Bussard registrierte die schnellen Augenbewegungen, die einen leisen Anflug von Panik verrieten. Wie groß die Gefahr für Ahle und Grittner tatsächlich war, wusste Bussard nicht. Wichtig war nur, dass die beiden selbst glaubten, in großer Gefahr zu schweben.

„Wer könnte der Auftraggeber für einen mutmaßlichen Killer sein?", fragte der Kommissar.

„Keine Ahnung", antwortete Grittner, „irgendjemand, der sein Geld zurückhaben will."

„Was meinen Sie damit?"

Grittner atmete ein und setzte zum Sprechen an, doch er antwortete nicht. Bussard konnte in Grittners Gesicht ablesen, dass der Zeuge im letzten Augenblick die Gefahr erkannt hatte. Jede Aussage, die Grittner in dieser Hinsicht machte, hätte ihn vermutlich selbst belastet.

„Es kommt manchmal vor, dass jemand aufs falsche Pferd setzt", antwortete Grittner schließlich, „und dann wollen es die Kunden nicht einsehen, dass sie in einem solchen Fall ihr Geld verloren haben. Wir geben diverse Anlageempfehlungen, doch die Entscheidung liegt stets beim Kunden selbst. Deshalb ist der Kunde auch für die getroffene Entscheidung selbst verantwortlich."

Du miese Ratte, dachte Bussard, ließ sich aber nichts anmerken. Nach dem, was er von Heidi Peters gehört hatte, war ihm nur allzu klar, wie die AGK Invest ihre Kunden über den Tisch zog.

„Das ist einleuchtend", erklärte er stattdessen und nickte Grittner verständnisvoll zu. „Wir haben es oft mit Tätern zu tun, die jegliche Schuld von sich weisen und immer andere für ihre Taten verantwortlich machen. So jemanden suchen wir auch in diesem Fall. Welcher Ihrer Kunden könnte so empfinden? Wer hat eine falsche Entscheidung getroffen und viel Geld verloren?"

Grittner rieb sich die Nase und schüttelte den Kopf.

„Das kann ich Ihnen ad hoc nicht sagen. Die Finanzkrise hat auch einige unserer Kunden getroffen. Ich müsste erst in unseren Unterlagen nachsehen, um wen es sich konkret dabei handelt."

„Das ist nicht nötig", erwiderte Bussard und hob abwehrend die Hand, „meine Kollegen werden Ihre Kundendaten auswerten. Ich bin sicher, dass sie dabei auf den einen oder anderen Namen stoßen werden."

Er erhob sich und nickte beiden noch einmal zu.

„Wenn Sie sich bedroht fühlen", erklärte er, „dann nehmen Sie mein Angebot an."

„Sie meinen die Schutzhaft?", fragte Grittner und stand auf.

„Ja", bestätigte Bussard, „im Untersuchungsgefängnis sind Sie wirklich sicher."

„Haben Sie denn kein Zeugenschutzprogramm?", fragte Ahle und erhob sich ebenfalls.

Bussard hatte sie am Haken, aber er wollte ihnen genügend Leine geben, damit sie ordentlich zappeln konnten.

„Das Zeugenschutzprogramm greift in Ihrem Fall nicht", erklärte der Kommissar, „Sie sind zwar potenziell gefährdete Personen, aber als Zeugen haben Sie für uns keinen Wert, weil Sie keine sachdienlichen Hinweise zur Ergreifung des Täters liefern können. Anscheinend wissen Sie nichts, was Sie in einem Prozess gegen den mutmaßlichen Täter aussagen könnten. Tut mir leid."

Er streckte Grittner die Hand entgegen, um sich zu verabschieden. Als Grittner Bussards Hand ergriff, spürte der Kommissar, dass der Zeuge feuchte Hände bekommen hatte.

„Seien Sie vorsichtig", ermahnte er Grittner, „wenn Sie abends unterwegs sind, vermeiden Sie es, unter einer Laterne stehen zu bleiben, um kein Ziel zu bieten. Verlassen Sie Ihre Wohnung nur, wenn es sich absolut nicht vermeiden lässt und öffnen Sie niemals die Tür, wenn Sie nicht sicher sind, wer davor steht. Ziehen Sie auch tagsüber die Vorhänge zu und zeigen Sie sich nicht am Fenster."

„Glauben Sie, dass das notwendig ist?", fragte Grittner, doch Bussard beantwortete die Frage nicht direkt.

„Lassen Sie uns jederzeit wissen, wo Sie sich aufhalten, damit wir im Notfall so schnell wie möglich eingreifen können. Bleiben Sie in der Stadt, aber zeigen Sie sich möglichst nicht öffentlich, solange wir den Täter nicht gefasst haben."

Er schüttelte Ahle die Hand, dann nahm er das Diktiergerät und schaltete es aus.

„Warten Sie bitte noch, bis das Protokoll geschrieben ist", sagte er und öffnete die Tür. „Ein Kollege wird es Ihnen nachher zur Unterschrift vorlegen."

Grittner und Ahle sahen sich gegenseitig an und setzten sich wieder auf ihre Stühle. Bussard nickte ihnen noch einmal zu, verließ das Vernehmungszimmer und schloss die Tür hinter sich. Er hatte sie aufgescheucht und ihnen Angst eingejagt. Die meisten Menschen neigten dazu, Fehler zu begehen, wenn sie sich vor etwas fürchteten. Auch wenn Bussard noch nicht wusste, welche Rolle Ahle und Grittner bei der Ermordung von Klaasen gespielt hatten, war er gespannt darauf, wer von beiden den ersten Fehler begehen würde. Beide wussten mehr als sie aussagten, doch bei Ahle war Bussard sicher, dass der Geldschmuggler den Täter kannte oder zumindest eine konkrete Vorstellung hatte, wer den Mord an Klaasen verübt haben konnte.

„Du kommst wie gerufen“, sagte Bussard, als er auf dem Flur seinen Kollegen Wegner traf, „ich brauche zwei Protokolle.“

Er reichte Wegner das Diktiergerät.

„Auf dem Band ist die Vernehmung von Ahle und Grittner.“

„Und ich soll mal wieder deine Sekretärin spielen“, maulte Wegner.

„Du brauchst dir keinen Rock anzuziehen“, erwiderte Bussard und schlug Wegner auf die Schulter, „außerdem hast du nicht die richtige Körbchengröße.“

„Haha, sehr lustig.“

„Ahle und Grittner sitzen im Vernehmungsraum“, fuhr Bussard fort, „sie warten darauf, dass ihnen jemand die Protokolle zur Unterschrift vorlegt. Die Wartezeit wird das Feuer unter dem Kessel noch ein wenig anblasen.“

„Was meinst du damit?“

„Sie werden sich über die Vernehmung unterhalten wollen, aber sie wissen, dass wir ihnen dabei zuhören können, also müssen sie sich auf die Zunge beißen und in Geduld üben.“

„Sonst noch was?“

„Ja“, sagte Bussard nachdenklich, „es gibt in Freiburg einen Verein namens SKIN. Das steht für Street Kids In Not. Man kümmert sich dort um wohnungslose Jugendliche. Sieh nach, was du darüber in Erfahrung bringen kannst.“

„Wozu?“

„Weil ich es wissen will.“

„Hat das etwas mit dem Mord an Klaasen zu tun?“

„Nein.“

„Warum willst du es dann wissen?“

„Tu es einfach, Sasha!“

„Und was machst du?“

Bussard wollte nach Schwenningen fahren, um mit der Familie des toten Mädchens zu sprechen, doch in diesem Augenblick trat Barbara Klaasen aus dem Aufzug.

„Ich vernehme die nächste Zeugin“, antwortete er und nahm Wegner das Diktiergerät wieder aus der Hand.

Er nahm die Kassette heraus und gab sie seinem Kollegen, dann wandte er sich um, ging auf Frau Klaasen zu und begrüßte sie. Der Kommissar brachte die Zeugin in sein Büro und bot ihr Kaffee an, den sie jedoch ablehnte. Ihre schwarze Kleidung ließ sie blass erscheinen und als sie ihre Handschuhe auszog, bemerkte Bussard, dass sie sowohl die auffälligen Brillantringe als auch ihren Ehering abgelegt hatte. Aus der Schublade seines Schreibtischs nahm er eine neue Kassette, steckte sie in das Diktiergerät und schaltete es ein. Mit einer einladenden Handbewegung bot er Frau Klaasen an Platz zu nehmen, dann setzte er sich hinter seinen Schreibtisch und forderte die Zeugin auf, den Ablauf der Geschehnisse noch einmal zu schildern. Sie berichtete von dem unbekannten Besucher, der am Sonntag mit ihrem Mann gestritten hatte und vom zweiten Besuch des Unbekannten am Montag, bei dem es zu dem tödlichen Schuss gekommen war. Zum Motiv für den Mord, etwas, das über „eine Million“ hinausging, konnte sie keine Angaben machen.

„Dieser Mann sah ziemlich fies aus“, berichtete sie, „wie jemand, dem es Spaß macht, andere zu quälen.“

„Der Täter könnte Ihren Mann erpresst haben“, erwiderte Bussard. „Anscheinend hat die AGK Invest einige Anleger um ihr Geld gebracht.“

„Keine Ahnung“, antwortete sie, „aber so langsam halte ich alles für möglich.“

„Was wollen Sie damit sagen?“

Frau Klaasen zuckte hilflos mit den Achseln und schüttelte gleichzeitig den Kopf.

„Jemand kommt in mein Haus und erschießt Sebastian“, erklärte sie, „dafür muss es doch einen Grund geben. Man erschießt doch nicht jemanden einfach so. Da muss doch vorher etwas passiert sein. Was hat Sebastian bloß getan?“

„Das werden wir herausfinden“, erwiderte der Kommissar. „Erzählen Sie mir etwas über seine beiden Geschäftspartner.“

Bussard bemerkte, wie sich ihre Haltung plötzlich versteifte. Der Gedanke an die Geschäftspartner ihres Mannes schien ihr mindestens unangenehm, vielleicht sogar widerwärtig zu sein. Auch ihr Gesicht zeigte deutlich, dass sie die Männer nicht mochte.

„Ich habe Ahle und Grittner bei unserer Hochzeit kennengelernt“, begann sie.

„Wann war das?“

„Vor zwei Jahren. Grittner war Sebastians Trauzeuge. Er ist intelligent, gewieft und hat sich tadellos benommen. Ahle allerdings ist das genaue Gegenteil. Er hat schlechte Manieren und einige der weiblichen Gäste haben sich hinterher bei mir über ihn beschwert, weil er sie sexuell belästigt hatte. Ich fand ihn vom ersten Augenblick an widerlich. Bei Grittner hat es etwas länger gedauert.“

„Warum haben Sie Ihre Meinung über Grittner geändert?“

„Grittner ist ebenso skrupellos wie Ahle“, antwortete sie und noch immer stand die Ablehnung deutlich in ihrem Gesicht geschrieben. „Ein paar Monate nach unserer Hochzeit saßen Sebastian und Grittner zusammen in unserem Wohnzimmer und haben sich über eine Kundin unterhalten, deren Mann kurz zuvor gestorben war. Nach seinem Tod war die Frau in finanzielle Schwierigkeiten geraten, weil sie die Kredite für ihr Haus nicht mehr bezahlen konnte. Sie hätte das Geld, das ihr Mann vor seinem Tod bei der AGK Invest angelegt hatte, dringend gebraucht, doch Grittner hat das nicht interessiert. Er wollte sie von der Verpflichtung, die ihr Mann eingegangen war, nicht entbinden. Es ging wohl um einen Sparplan mit monatlichen Einlagen, den die Frau nicht mehr bedienen konnte."

„Wie ging die Geschichte aus?"

„So, wie solche Geschichten immer ausgehen, Herr Bussard. Die Frau konnte die Raten für das Haus nicht mehr bezahlen. Daraufhin hat die Bank den Kredit fällig gestellt und das Haus wurde zwangsversteigert. Die Frau saß mitsamt ihren beiden Kindern auf der Straße."

„Kennen Sie den Namen der Frau?"

„Ja", antwortete Frau Klaasen und schlug die Augen nieder.

Bussard sah, wie sich ihr Gesichtsausdruck veränderte. Aus der offensichtlichen Ablehnung wurde Bitterkeit, als ob sie selbst am Schicksal der Witwe mit den beiden vaterlosen Kindern schuld sei.

„Ihr Name ist Eleonore Rothmann", fuhr sie fort und sah den Kommissar mit feuchten Augen an. „Sie war meine Trauzeugin. Nach dieser Geschichte habe ich Ahle und Grittner verboten, mein Haus jemals wieder zu betreten."

„Wie hat sich Ihr Mann dabei verhalten?"

„Er hat sich gewunden wie ein Aal. Ich habe ihm bittere Vorwürfe gemacht und Grittners Einstellung als unmenschlich bezeichnet, doch Sebastian hat auf Zeit gespielt. Er müsse zuerst die Verträge prüfen und dann sehen, was er tun könne und so weiter. Er hat mich so lange hingehalten und vertröstet, bis ich aufgehört habe zu fragen."

Die Witwe hatte ohne es zu ahnen ein erstes konkretes Mordmotiv geliefert. Vielleicht hatte die erwähnte Eleonore Rothmann jemanden mit der Ermordung von Sebastian Klaasen beauftragt, um sich für das erlittene Unrecht zu rächen. Es war nicht schwierig, die Zusammenhänge herzustellen. Barbara Klaasen und Eleonore Rothmann waren befreundet gewesen und über diese Freundschaft war das Ehepaar Rothmann an die AGK Invest geraten. Sebastian Klaasen, den Heidi Peters als Hauptakquisiteur bezeichnet hatte, war die treibende Kraft gewesen. Er hatte den verstorbenen Herrn Rothmann überzeugt, eine langfristige Verpflichtung einzugehen, die später der Witwe finanziell das Genick gebrochen hatte. In ihren Augen war vermutlich nicht Grittner, sondern Klaasen schuld daran, dass sie ihr Haus verloren hatte.

„Haben Sie die Adresse von Frau Rothmann?", fragte er und notierte den Namen auf einem Notizzettel.

„Nein", antwortete Frau Klaasen, „aber Eleonore stammt aus Donaueschingen, wo ihre Eltern ein Schreibwarengeschäft besitzen. Nachdem sie das Haus verloren hatte, ist sie mit ihren Kindern dorthin zurückgekehrt. Wir haben seitdem keinen Kontakt mehr."

Bussard hatte einen ersten Namen, doch er war sicher, dass im Lauf des Tages nach der Hausdurchsuchung bei der AGK Invest noch weitere auftauchen würden. Einen anderen Aspekt, der Barbara Klaasen persönlich betraf, hatte der Kommissar bisher jedoch noch nicht abgeklopft.

„Hatte Ihr Mann eine Lebensversicherung?"

„Nein, nicht dass ich wüsste."

„Ich habe noch keinen Überblick über das Vermögen Ihres Mannes", erklärte er und beobachtete ihr Gesicht aufmerksam, „können Sie ungefähr beziffern, wieviel Sie erben werden?"

Frau Klaasen sah ihn überrascht an.

„Erben?", fragte sie und schüttelte den Kopf. „Das weiß ich wirklich nicht und im Grunde ist das auch unerheblich. Ich stamme aus einer wohlhabenden, hanseatischen Familie. Als ich Sebastian kennenlernte, besaß er kaum mehr als den Anzug, den er auf dem Leib trug. Wie es jetzt um sein geschäftliches Vermögen bestellt ist, kann ich, wie gesagt, nicht beurteilen, aber von seinem Privatvermögen kann ich nichts erben, was mir nicht sowieso schon gehört."

„Okay", sagte Bussard und schaltete das Diktiergerät aus.

Er nahm sein Telefon und rief bei den Kollegen der Kriminaltechnik an.

„Jemand wird Sie gleich abholen", erklärte er, nachdem er aufgelegt hatte. „Wir benötigen Ihre Fingerabdrücke zu Vergleichszwecken. Außerdem werden Sie sich unsere Fotoalben ansehen. Wenn wir Glück haben, dann ist der Täter schon aktenkundig. Andernfalls werden wir anhand Ihrer Angaben ein Phantombild erstellen."

„Sie wissen noch nicht, wer er ist?", fragte sie unbehaglich.

„Nein, aber das ist nur eine Frage der Zeit. Machen Sie sich keine Sorgen."

„Ich mache mir Sorgen, Herr Bussard", widersprach sie. „Er weiß, dass ich ihn gesehen habe. Solange er nicht verhaftet ist, bleibe ich im Hotel. Zu Hause fühle ich mich nicht sicher. Was ist, wenn er wiederkommt?"

Bussard verstand ihre Besorgnis. Dass der Täter wiederkommen würde, war nicht ganz auszuschließen, auch wenn der Kommissar das für wenig wahrscheinlich hielt.

„Ich denke nicht, dass Sie in Gefahr sind, Frau Klaasen", erwiderte er beruhigend. „Der Täter war in Ihrem Haus und hätte Sie auch erschießen können, aber er hat es nicht getan. Sie waren nicht sein Ziel. Bleiben Sie fürs Erste im Hotel. Das ist eine gute Idee. Früher oder später kriegen wir den Täter, verlassen Sie sich darauf."

„Früher wäre mir lieber", erwiderte sie.

Nach einem kurzen Klopfen wurde die Tür geöffnet und Smirna streckte den Kopf herein.

„Du kannst Frau Klaasen mitnehmen", erklärte Bussard, „wir sind fertig. Bevor sie nach Hause geht, muss sie aber noch das Protokoll unterschreiben. Ich werde Sasha das Band geben."

„Alles klar", erwiderte der Kriminaltechniker.

Frau Klaasen erhob sich und Bussard stand ebenfalls auf, um sie zur Tür zu bringen. Er verabschiedete sich von ihr und bat sie, beim Aufzug auf den Kriminaltechniker zu warten.

„Was machen die Verbindungsdaten von Klaasens Handy?", fragte er, als die Zeugin außer Hörweite war.

„Wir sind dran", antwortete Smirna, „im Lauf des Vormittags werde ich dir Genaueres sagen können."

„Okay, sag Bescheid, wenn ihr die Anrufliste habt. Ich fahre nach Donaueschingen, um eine Zeugin zu befragen, von der Frau Klaasen gesprochen hat."

„Eine Augenzeugin?“

„Nein, eine Zeugin mit einem Motiv.“

Die Täterbeschreibung war die einzig konkrete Spur im Mordfall Klaasen, doch die Ermittler hatten noch keinen Namen, auf den die Beschreibung passte. Bussard hielt es für möglich, dass die Auswertung der beschlagnahmten Unterlagen der AGK Invest einige Namen liefern würde, die als potenzielle Drahtzieher für einen möglichen Auftragsmord in Frage kamen. Angesichts der Fülle des Materials und der Komplexität der Beweismittel würde noch einige Zeit ins Land gehen, bis Heidi Peters und ihre Kollegen etwas Brauchbares liefern konnten. Der einzige Faden, den der Kommissar in der Hand hielt, hieß Eleonore Rothmann. Für Bussard gab es allerdings zwei Gründe, nach Donaueschingen zu fahren.

*

Die Straßen der Innenstadt von Donaueschingen waren mit Konfetti und Luftschlangen übersät. Kinder in bunten Kostümen, die während der närrischen Tage schulfrei hatten, zogen durch die Straßen. Zwischen all den Cowboys und Indianern, Schlümpfen, Prinzessinnen, Vampiren, Dinos und Aliens sah Bussard auch immer wieder Kinder, die traditionelle Kostüme der Faschingszünfte trugen. Die sogenannten „Häs“ wurden einzeln angefertigt und zu jedem Kostüm gehörte eine handgeschnitzte Maske, die meist ein Hexengesicht darstellte. Die furchterregenden Aufmachungen hatten in früheren Jahrhunderten dazu gedient, den Winter auszutreiben. Das Mystische war im Lauf der letzten Jahrzehnte fast gänzlich verloren gegangen, doch es gab im Schwarzwald, am Oberrhein und auf der Schwäbischen Alb noch immer viele Anhänger dieses Brauchtums.

Der Schreibwarenladen Rothmann lag am Rand der Innenstadt. Als der Kommissar eintrat, bimmelte ein kleines Glöckchen, das von der aufschwingenden Eingangstür angeschlagen wurde. Bussard konnte sich nicht erinnern, wann er zum letzten Mal einen Laden betreten hatte, wo die Kundschaft von einem solch altmodischen, aber nicht minder sympathischen Signal empfangen wurde. Das Holz der Einrichtung war in Jahrzehnten nachgedunkelt. Alle Schranktüren und Schubladen waren mit Messinggriffen versehen, die ebenso alt waren wie die Möbel selbst. Auch wenn die Schreibwaren, Bücher, Zeitschriften und Spielwaren in schreiend bunter Aufmachung um das Interesse der Kundschaft buhlten, hatte der Laden etwas der Zeit Entrücktes. Selbst beim ersten Betreten hatte man den Eindruck, in seine eigene Kindheit, wenn nicht gar in die Kindheit der Eltern zurückversetzt worden zu sein. Unzählige Jahrgänge von ABC-Schützen hatten hier ihre Schultüten bekommen und Bussard hätte sich nicht gewundert, wenn er in einem Regal noch Schiefertafeln samt Schwämmen und Kreide vorgefunden hätte. Der alte Dielenboden knarrte bei jedem Schritt, während Bussard zum Verkaufstresen ging, hinter dem eine Frau mittleren Alters stand. Sie trug die gleiche Pippi-Langstrumpf-Perücke, die Bussard bei der Bedienung im *Gasthaus zur Linde* gesehen hatte und ein blauweißes Ringel-T-Shirt. Ihre Wangen schmückten aufgemalte Sommersprossen. Offensichtlich starb diese beliebte Faschingsverkleidung niemals aus.

„Eleonore Rothmann?“, fragte er.

„Ja?“, antwortete die Frau hinter dem Tresen.

„Mein Name ist Bussard, Kripo Freiburg“, stellte er sich vor und zog seinen Dienstausweis aus seiner Jacke. „Können wir uns ein paar Minuten unterhalten?“

Frau Rothmann warf einen kurzen Blick auf den Ausweis und sah Bussard fragend an.

„Worum geht es?“

„Sebastian Klaasen.“

Sie verzog verächtlich das Gesicht und schüttelte den Kopf.

„Es gibt nichts, was ich Ihnen über Sebastian sagen könnte“, erwiderte sie, „höchstens, dass ich ihm die Augen auskratze, wenn ich ihn noch einmal zu Gesicht bekomme.“

„Sie mögen ihn nicht?“

„Nein“, bestätigte sie und ihre grünen Augen blitzten, als sie weitersprach. „Sebastian hat uns alles genommen, was wir besaßen. Er hat unser Leben zerstört und dafür soll er in der Hölle schmoren!“

„Vielleicht tut er das schon“, erwiderte Bussard, „Sebastian Klaasen wurde gestern ermordet.“

„Ermordet?“, wiederholte sie ungläubig und Bussard sah die Überraschung auf ihrem Gesicht.

„Ja, gestern Abend“, bestätigte er.

Der überraschte Ausdruck auf ihrem Gesicht wich einem verächtlichen Lächeln.

„Ich war gestern Abend in der Krone beim Rosenmontagsball“, erklärte sie, „da können Sie jeden fragen.“

Die Schreibwarenhändlerin hatte die Nachricht von der Ermordung Klaasens erst mit Überraschung und dann mit Befriedigung aufgenommen. Ihre Mimik war ein Beleg dafür, dass sie aus ihrem Herzen keine Mördergrube machte.

„Der Täter ist ein Mann“, erwiderte Bussard und ließ ihr Gesicht nicht aus den Augen, „aber er hat vermutlich im Auftrag eines anderen gehandelt … oder einer anderen.“

Frau Rothmann zog die Augenbrauen zusammen und sah Bussard durchdringend an.

„Wenn ich Sebastian hätte töten wollen, dann hätte ich es damals schon getan, als er uns aus dem Haus werfen ließ, unserem eigenen Haus.“

Ihre Antworten kamen spontan und klangen überzeugend, doch Bussard hatte im Lauf seines Lebens als Kommissar schon viele überzeugende Lügner kennengelernt.

„Rache ist eine Speise, die kalt genossen wird, sagt ein spanisches Sprichwort“, erwiderte er, „vielleicht haben Sie abgewartet, bis Gras über die Sache gewachsen war.“

„Nein, habe ich nicht“, fauchte sie und wieder blitzten ihre grünen Augen, „und eines kann ich Ihnen versichern, Herr Kommissar. Wenn ich Sebastian hätte umbringen wollen, dann hätte ich es selbst getan, mit meinen eigenen Händen! Das hätte ich mir nicht nehmen lassen!“

Bussard vertraute auf sein Gefühl, das ihm sagte, bei der falschen Adresse zu sein. Eleonore Rothmann war eine impulsive, temperamentvolle Frau, aber er hatte nicht den Eindruck, als habe sie den Mord an Klaasen in Auftrag gegeben. Rache war zwar ein starkes Tatmotiv, doch Frau Rothmann hätte nicht weiter vom Tod des Finanzberaters profitiert. Wenn sie sich hätte rächen wollen, dann hätte sie es selbst getan, dessen war Bussard sicher.

„Wir suchen einen Mann, der etwa zwei Meter groß und sehr schlank ist“, berichtete er. „Kennen Sie jemanden, auf den diese Beschreibung passt?“

„Ist das der Mann, der Sebastian ermordet hat?"
„Vermutlich."
„Ich wüsste nicht, wer das sein soll", antwortete sie, ging einen Schritt zur Seite und griff nach einem großen Lutscher mit einem langen Stiel, der zusammen mit anderen in einem Einmachglas steckte. Der Lutscher hatte ein grinsendes Clownsgesicht, das in durchsichtige Klarsichtfolie eingewickelt war.
„Hier", sagte sie und reichte Bussard den Lutscher.
„Nein, danke", lehnte er ab, doch sie schüttelte den Kopf.
„Wenn Sie den Mörder finden", erklärte sie, während sich ihre grünen Augen verengten, „dann geben Sie ihm diesen Lutscher von mir und sagen Sie ihm meinen besten Dank. Er hat der Menschheit einen großen Gefallen getan."
Bussard nahm den Lutscher am Stiel und betrachtete das Clownsgesicht.
„Ich werde vielleicht noch einmal mit Ihnen sprechen wollen", erwiderte er. „Sie sollten in den nächsten Tagen nicht verreisen."
„Ich laufe Ihnen schon nicht weg", antwortete sie und verschränkte die Arme vor der Brust, „außerdem kann ich es mir finanziell gar nicht leisten, in Urlaub zu fahren."
Der Kommissar nickte und wandte sich zum Gehen.
„Okay, danke für Ihre Zeit, Frau Rothmann."
„Keine Ursache", erwiderte sie und nickte ebenfalls, „gute Nachrichten sind immer willkommen."
Bussard verließ den Schreibwarenladen und ging zu seinem Wagen. Bevor er einstieg, fischte er eine Plastiktüte aus der Innentasche seiner Jacke und ließ den Lutscher hineinfallen. Er verschloss die Tüte und steckte

sie ein. Mit etwas Glück befanden sich Fingerabdrücke auf dem Cellophanpapier. Er glaubte zwar nicht, dass sie mit den Abdrücken, die Smirna und Mallmann am Tatort sichergestellt hatten, aber noch nicht zuordnen konnten, übereinstimmten, doch die Kriminaltechniker sollten für alle Fälle einen Abgleich machen. Bussard stieg in seinen Passat, startete den Wagen und schlug den Weg zur Autobahn A61 ein. Bis nach Schwenningen waren es nur zwanzig Kilometer und er hatte noch fünfzehn Minuten Zeit, um über den Fall Klaasen nachzudenken.

Es war eine Art morbider Dankbarkeit gewesen, mit der Eleonore Rothmann ihre Genugtuung über die Ermordung von Sebastian Klaasen zum Ausdruck gebracht hatte. Ihre sarkastische Danksagung war unzweifelhaft von Herzen gekommen. Sie hatte Klaasen gehasst und sie hatte ihre Gefühle vor dem Kommissar nicht verborgen. Ob sie die Auftraggeberin für die Bluttat gewesen war, ließ sich nach Lage der Dinge nicht beurteilen. Wenn Rache das Motiv gewesen war, stand sie weit oben auf der Liste der möglichen Verdächtigen, doch Bussard glaubte nicht daran. Seine Intuition sagte ihm, dass die Schreibwarenhändlerin nicht in die Tat involviert war. Außerdem war die Annahme, dass es sich um einen Auftragsmord gehandelt haben könnte, nicht mehr als eine vage Vermutung, die lediglich auf der Kleidung des Täters beruhte. Die Täterbeschreibung, die Barbara Klaasen abgegeben hatte, ließ diesen Schluss zu. Ein Ausschluss war es jedoch nicht. Auch die mutmaßliche Erpressung war nüchtern betrachtet ebenfalls nur reine Spekulation, basierend auf den Worten „eine Million“. Ein anderer Gedanke, dem der Kommissar bisher noch wenig Beachtung geschenkt hatte, drehte sich um die Frage des „cui bono“, einem elementaren Ermittlungsansatz bei der Aufklärung von Verbrechen. Bussard hatte sich bisher noch nicht näher mit der Frage beschäftigt, wer vom Tod des ehemaligen Finanzberaters profitierte. Barbara Klaasen hatte ausgesagt, dass sie selbst das Vermögen in die Ehe mitgebracht hatte. Ihr Mann habe vor ihrer Hochzeit kaum mehr als den Anzug besessen, den er auf dem Leib getragen hatte. Sein Tod würde ihr möglicherweise sein Firmenvermögen bescheren, doch vertrauen konnte sie darauf nicht, denn das Vermögen der AGK Invest samt ihrer Schwester- und Tochterfirmen war höchstwahrscheinlich illegal erworben worden. Die Frage, wieviel sie von den Geschäften ihres Mannes gewusst und ob sie nicht doch davon profitiert hatte, war noch nicht hinlänglich geklärt. Bei den beiden verbliebenen Geschäftsführern der AGK Invest sah die Sache anders aus. Grittner war gerissen genug, um für den Fall des Todes eines Geschäftspartners Vorsorge zu treffen. Bei der undurchsichtigen Unternehmensstruktur war es ein Leichtes für ihn, Klaasens Geschäftsvermögen vor einer Testamentsvollstreckung zu verstecken. Wenn Klaasen nicht mehr lebte, dann teilten Ahle und Grittner nur noch durch zwei.

Bussard rief im Präsidium an und ließ sich mit Heidi Peters verbinden.

„Wie kommt Ihr voran?“, fragte er, nachdem sie sich gemeldet hatte.

„Wir sind erst am Anfang“, antwortete sie, „einhundertzwanzig Aktenordner müssen gesichtet und ausgewertet werden. Es wird noch eine Weile dauern, bis wir uns einen Überblick verschafft haben.“

„Für die AGK Invest existiert doch sicherlich ein Gesellschaftsvertrag. Ich wüsste gerne, ob es in diesem

Vertrag eine Todesfallregelung gibt und ob Ahle und Grittner vom Tod Klaasens profitieren."

„Ich werde danach suchen", erwiderte sie. „Falls der Vertrag nicht bei den Unterlagen ist, die wir beschlagnahmt haben, frage ich beim Amtsgericht nach. Dort muss eine Kopie hinterlegt sein. Sobald ich etwas weiß, melde ich mich."

Bussard bedankte sich und ließ sich zum Kollegen Wegner weiterverbinden, während sein Handy ihm mitteilte, dass der Akku fast vollständig entladen war. Bussard hatte am Abend zuvor vergessen, ihn aufzuladen.

„Wie geht es Ahle und Grittner?", fragte er, als Wegner sich meldete.

„Die sind schon gegangen", antwortete Wegner. „Ich schätze, du hast ihnen ganz schön Feuer unter dem Hintern gemacht. Die sind hier weg wie von der Tarantel abgeschossen."

„Sehr gut", erwiderte Bussard und grinste.

Im Gegensatz zu Smirna hatte es Bussard längst aufgegeben, Wegner jedes Mal darauf hinzuweisen, wenn der Kollege vom Innendienst einen Ausdruck verwendete, der haarscharf neben dem richtigen Wort lag. Bussard wusste stets, was Wegner meinte und das genügte dem Kommissar vollkommen.

„Ich möchte, dass du die Finanzen von Barbara Klaasen unter die Lupe nimmst", fuhr Bussard fort. „Verschaff dir einen Überblick über ihre Vermögensverhältnisse!"

„Alles klar, Bussard", antwortete Wegner, während das Handy des Kommissars einen letzten Warnton von sich gab.

„Und stell fest, ob Sebastian Klaasen ein Testament verfasst hat", ergänzte Bussard.

Ob Wegner die Anweisung noch verstanden hatte, wusste der Kommissar nicht, denn das Handy hatte bereits abgeschaltet.

Die Ausfahrt „Villingen-Schwenningen“ kam in Sicht. Bussard setzte den Blinker und wechselte auf die Abbiegespur. Es waren nur noch wenige Minuten, bis er endlich die Frage stellen konnte, die ihn seit Tagen beschäftigte.

# 6

„Ey Alder, was willst du in mein Haus?“

Der Jugendliche, den Bussard auf etwa sechzehn schätzte, stand herausfordernd vor der Haustür des Mietshauses in der Neckarstraße, während seine beiden Kumpels und ein Mädchen den Kommissar von der Treppe aus beobachteten. Seinem Aussehen nach hatte der Halbstarke orientalische Wurzeln, was man politisch korrekt mit „Migrationshintergrund“ bezeichnete.

„Das ist dein Haus?“, fragte Bussard.

„Ja, Mann, mein Haus“, antwortete der Jugendliche und schlug sich mit der rechten Hand auf die Brust. „Was willst du, ey?“

„Komm, sei brav und mach Platz“, erwiderte Bussard und stieg die drei Stufen nach oben.

Die beiden Jugendlichen, die lässig am Geländer gelehnt hatten, bauten sich drohend vor Bussard auf.

„Verpiss dich, Alder“, forderte einer von ihnen.

Es war das typische Muskelspiel Pubertierender.

„Handelt euch keinen Ärger ein, Jungs“, sagte Bussard und zog seinen Dienstausweis aus der Jacke, „ich bin Polizist.“

Mit einer schnellen Bewegung nahm der Anführer Bussard den Dienstausweis aus der Hand.

„Scheiß gefälschter Ausweis", triumphierte er und wedelte mit dem Dienstausweis vor Bussards Nase herum.

„Gib her", erwiderte der Kommissar und wollte danach greifen, doch der Jugendliche zog grinsend seine Hand zurück.

Sie wollen spielen, dachte Bussard und reagierte blitzschnell. Mit seiner rechten Hand packte er das Handgelenk des Anführers, verdrehte dessen Arm in einer kreisförmigen Bewegung nach unten, während er gleichzeitig das Handgelenk nach hinten bog. Mit einem halb überraschten und halb schmerzhaften Aufschrei fiel der Jugendliche auf die Knie. Bussard, der dessen Handgelenk noch immer im festen Griff hatte, zog seinen Dienstausweis aus den kraftlosen Fingern.

„Der Ausweis ist echt", erklärte er und sah den beiden anderen in die Augen.

Keiner von ihnen machte Anstalten, sich zu bewegen. Bussards wirkungsvolle Nahkampftechnik hatte sie gehörig beeindruckt.

„Scheiße! Mein Arm!", jammerte der gebückt auf dem Boden Kniende.

„Ich lass dich jetzt los", kündigte Bussard an, „und dann ist die Sache erledigt, okay?"

„Scheiße, Mann!"

„Du machst mir keinen Ärger mehr, verstanden?"

„Ich mach dich tot, Mann!"

Bussard erhöhte den Druck auf das überstreckte Handgelenk und der Jugendliche schrie vor Schmerz auf.

„Keinen Ärger mehr", sagte der Kommissar noch einmal, „verstanden?"

„Ja, ja!“

Bussard ließ ihn los, trat einen Schritt zur Seite und steckte seinen Dienstausweis wieder ein, während der Jugendliche sich aufrappelte. Mit seiner linken Hand hielt er das rechte Handgelenk und drückte es gegen seinen Bauch. Bussard erwartete einen Angriff, doch die Jugendlichen hatten die Lust am Spielen verloren.

„Wo wohnen die Kettenrings?“, fragte der Kommissar.

„Fick dich, Alder“, knurrte der Jugendliche.

Bussard wusste, dass der Anführer seinen Kumpanen gegenüber das Gesicht verloren hatte, weil ein in ihren Augen alter Mann ihn mühelos besiegt hatte.

„Was ist mit dir“, fragte Bussard und wandte sich an das Mädchen, das noch immer am Geländer lehnte, „kennst du Alyssa Kettenring?“

„Was willst du von meiner Schwester?“, fragte der Jugendliche, der Bussard herausgefordert hatte.

„Deine Schwester?“

„Ja, meine Schwester. Was willst du von ihr, Bulle?“

Bussard sah in das Gesicht des Heranwachsenden, doch es fiel ihm schwer zu beurteilen, ob eine gewisse Ähnlichkeit zwischen den Geschwistern bestand. Auffällig waren einzig die eingefallenen Wangen, die die dunklen Augen größer wirken ließen und die sehr schlanke Statur.

„Ich muss mit dir reden“, erklärte er, „mit dir und deinen Eltern.“

„Habt ihr sie verhaftet?“, fragte das Mädchen.

„Nein“, antwortete Bussard.

„Alyssa ist schon lange weg“, berichtete sie und schlang die Arme um ihren Körper.

Obwohl die Temperaturen weit unter null Grad lagen, trug sie einen ziemlich kurzen Minirock. Bussard lag eine Bemerkung über die Gefahr einer Blasenentzündung auf der Zunge, doch er sprach sie nicht aus. Das Mädchen würde ohnehin darauf pfeifen, was er sagte.

„Lass uns reingehen", schlug Bussard vor und wandte sich wieder an den Jugendlichen, „es ist wichtig. Wie heißt du eigentlich?"

„Was ist mit Alyssa?", fragte der Jugendliche.

Bussard schüttelte den Kopf. Er wollte dem Bruder nicht auf der Straße vom Tod der Schwester berichten.

„Wie heißt du?", fragte er noch einmal.

„Fick dich!"

„Okay, Fickdich", sagte Bussard und drückte die Haustür auf, „ich gehe jetzt rein. Mir ist es hier draußen zu kalt. Außerdem bin ich gekommen, um mit deinen Eltern zu reden."

Er ging in den Hausflur und sah sich um. Im trüben Licht erschienen die mit Graffittis besprühten Wände noch dunkler als sie nach Jahren ohne Renovierung sowieso schon waren. Aus den oberen Stockwerken drangen Geschrei und die wummernden Bässe lauter Hip-Hop-Musik an seine Ohren. Es wurde für einen Augenblick heller, als die Haustür geöffnet wurde.

„Hier", sagte der Jugendliche, der seinen Namen noch nicht genannt hatte und deutete mit der Hand auf eine Tür auf der linken Seite.

Er zog einen Schlüsselbund aus der Hosentasche, öffnete die Tür und trat ein. Bussard folgte ihm und nahm als Erstes einen üblen, modrigen Geruch wahr, dessen Ursache die gesamte Wohnung zu sein schien. Fußboden und Wände waren so verdreckt, dass es keine rechtwinkligen Kanten mehr gab, sondern nur noch dunkelbraune, konkav gewölbte Übergänge. Eine Unmenge leerer Spirituosenflaschen füllte den halben Flur aus und von den Wänden schälte sich die altersschwache Tapete. In der Küche plärrte ein Radio einen alten Faschingshit. Der Jugendliche blieb an der Küchentür stehen und lehnte sich gegen den Türrahmen.

„Hey, du Schlampe", sagte er, „hier is'n Bulle wegen Alyssa."

„Du sollst nich so mit deiner Mutter reden, Kevin", antwortete eine männliche Stimme.

„Fick dich, Alder", erwiderte Kevin, „du hast mir gar nix zu sagen."

Bussard ging an Kevin vorbei und klopfte gegen den Türrahmen.

„Bussard, Kripo Freiburg", stellte er sich vor und sah in die Küche, deren Zustand dem des Flurs in nichts nachstand.

Am Tisch saß ein unrasierter Mann mit fettigen Haaren, den Bussard auf Mitte bis Ende zwanzig schätzte. Seinem Alter nach war er nicht Alyssas Vater. Jahrelanger Alkoholkonsum hatte ihn ebenso aufgeschwemmt wie die Frau, die am Kühlschrank stand. Sie war etwa ein Meter sechzig groß und zwei Zentner schwer. Ihr dreckiger, rosafarbener Jogginganzug spannte über Busen, Hintern und Oberschenkel, ihre strähnigen, dunkelblonden Haare hingen in das aufgedunsene Gesicht und in ihrem Mundwinkel steckte eine Filterzigarette. Sie nahm eine Bierflasche aus dem Kühlschrank und stellte sie auf den Tisch, während sie der Kühlschranktür einen Tritt verpasste.

„Alyssa is nich da", nuschelte sie und setzte sich ächzend auf einen Stuhl, „die Fotze is abgehaun."

Kein Wunder, dachte Bussard und schüttelte unmerklich den Kopf. Die kalte, ungeheizte Küche glich einer Müllkippe und die beiden verwahrlosten Menschen, die am Tisch saßen, passten auf fatale Weise perfekt in dieses ekelerregende Stilleben.

„Sind Sie Frau Kettenring, Alyssas Mutter?“, fragte Bussard.

„Es is mir scheißegal, was die Drecksfotze angestellt hat“, antwortete sie und griff nach dem Flaschenöffner, „sie is abgehaun und ich kann alles alleine machen.“

Wieder schüttelte Bussard unmerklich den Kopf. Dem Zustand der Wohnung nach zu urteilen gab es nichts, was Frau Kettenring machte. Noch widerlicher als Müll und Gestank war jedoch, wie sie über Alyssa sprach. Bussard wollte kaum glauben, dass eine Mutter die eigene Tocher als Drecksfotze bezeichnete.

„Können Sie bitte das Radio ausschalten?“, fragte er.

„Das is mein Radio“, erwiderte sie und trank von ihrem Bier.

Kevin löste sich vom Türrahmen, ging zum Küchenschrank und schaltete das Radio aus.

„Was ist mit Alyssa?“, wollte er wissen.

„Die soll bloß nich wieder auftauchen“, blaffte Kevins Mutter, „sonst kann sie was erleben, elende Drecksfotze. Wenn sie noch einmal …“

„Alyssa ist tot“, sagte Bussard und sah Kevin an, „es tut mir leid.“

„Tot?“, fragte Kevin ungläubig, „Alyssa ist tot?“

„Ja“, bestätigte Bussard und nickte.

Der Schock über die Nachricht hatte Kevin bleich werden lassen. Er öffnete den Mund, um etwas zu sagen, doch er brachte keinen Ton heraus.

„Nein“, rief Frau Kettenring, „oh mein Gott! Alyssa!“

Kevin wirbelte auf dem Absatz herum und verschwand im Flur. Einen Augenblick später wurde eine Tür mit lautem Knall zugeschlagen.

„Mein Baby", jammerte sie und begann zu weinen, „mein armes Baby! Sie kann doch nich tot sein!"

„Was'n passiert?", fragte der Mann am Tisch.

Seine lallende Aussprache verriet, dass er schon einige Flaschen Bier gefrühstückt hatte.

„Sind Sie der Lebensgefährte von Frau Kettenring?", wollte Bussard wissen.

„Ich bin ihr Stecher", antwortete der Mann mit einem breiten Grinsen und grabschte nach ihrem Busen, „ich besorg's ihr, wenn sie's braucht."

„Mein armes Baby", klagte sie, ohne einen Versuch zu unternehmen, seine Hand von ihrem Busen zu entfernen, „sie war doch das Liebste, was ich hatte, meine kleine Alyssa."

Bussard, der gekommen war, um die Todesnachricht zu überbringen, schüttelte zum dritten Mal den Kopf. Sein Mitgefühl hatte sich von Anfang an in Grenzen gehalten. Alyssa war in einem erbärmlichen Zustand gewesen und jahrelange Mangelernährung hatte ihre Entwicklung verlangsamt. Bussard hatte die Eltern dazu befragen wollen. Er hatte wissen wollen, wie jemand die eigene Tochter so sehr hatte vernachlässigen können und er hatte ein Ziel für seine Wut gesucht, doch angesichts der grotesken Situation verwandelte sich seine Wut in Abscheu und Verachtung. Alyssa war halbverhungert im Wald erfroren und ihre fette, aufgedunsene Mutter ließ sich von ihrem Stecher begrabschen, während sie den Tod ihres armen Babys beweinte, das sie eine Minute zuvor noch als Drecksfotze bezeichnet hatte.

Aus einem der Zimmer drang plötzlich laute Hip-Hop-Musik. Bussard ging durch den Flur und klopfte an die Tür, obwohl er ahnte, dass Kevin nicht reagieren würde. Er drückte auf die Klinke und die Tür gab nach. Kevin saß auf dem Bett seines Zimmers, das wesentlich sauberer war als der Rest der Wohnung, auch wenn eine für Teenager typische Unordnung herrschte. Er hatte die Ellenbogen auf die Knie und den Kopf in die Hände gestützt. Bussard bemerkte, dass eine einzelne Träne zu Boden tropfte. Der Kommissar sah sich im Zimmer um, entdeckte die Stereoanlage und drehte die Lautstärke herunter, dann setzte er sich neben Kevin und legte ihm die Hand auf die Schulter.

„Es tut mir wirklich leid, was mit deiner Schwester passiert ist", sagte er leise.

Kevin richtete sich auf. Er zog die Nase hoch und rieb seine Augen mit den Handballen.

„Alyssa ist meine Halbschwester", antwortete er, „jeder von uns hat einen anderen Vater."

„Du hast noch mehr Geschwister?"

„Noch drei, aber die sind im Heim. Das Jugendamt hat sie abgeholt."

Bussard drückte Kevins Schulter und nickte. Es wunderte ihn nicht, dass man der Mutter die Kinder weggenommen hatte. Auch wenn das Leben im Heim kein Zuckerschlecken war, so war es doch allemal besser als der katastrophale Zustand, für den der Ausdruck „Zuhause" alles andere als geeignet war. Die Frage, warum Alyssa ausgerissen war, erübrigte sich. Bussard wollte mehr über das Mädchen erfahren, doch gleichzeitig wollte er Kevins Schmerz nicht unnötig vergrößern.

„Wann ist Alyssa weggelaufen?", fragte er.

„Im April", antwortete Kevin und seine Haltung veränderte sich.

Er drückte den Rücken durch, straffte seine Schultern und zog die Nase hoch.

„Was ist im April passiert?", hakte Bussard nach und ahnte, dass Kevin dabei eine Rolle gespielt hatte.

„Die Schlampe hatte 'nen neuen Stecher", erwiderte Kevin, „so 'ne Kanakensau. Ich hab Alyssa gehört, nachts. Sie hat geschrien. Ich bin in ihr Zimmer gegangen und er lag auf ihr. Dann hab ich ihn platt gemacht."

„Du hast den Freund deiner Mutter verprügelt?"

„Scheißfreund! Drecksau!"

Kevin spie die Worte förmlich aus, während sich seine Hände zu Fäusten ballten.

„Du hast deine Schwester beschützt", erklärte der Kommissar, „sie hatte Glück, dass du da warst."

„Und", fragte Kevin und blickte Bussard zum ersten Mal ins Gesicht, „jetzt ist Alyssa tot. Jetzt hat sie niemand beschützt."

Bussard sah, dass die vermeintliche Schuld an Alyssas Tod an Kevin nagte. Er machte sich Vorwürfe, seiner Schwester nicht geholfen zu haben, als es am nötigsten gewesen war.

„Wie ist sie gestorben?", fragte Kevin.

„Alyssa hat sich im Wald verlaufen", berichtete Bussard.

„Und?"

„Sie ist erfroren."

„Erfroren?"

„Ja", antwortete Bussard und nickte, „es war sehr kalt. Sie hat sich unter einen Baum gesetzt und ist eingeschlafen. Ich glaube, sie hat den Tod überhaupt nicht gespürt."

Kevin wandte seinen Blick ab und stützte den Kopf wieder in die Hände. Er weinte und seine Schultern zitterten, während die Schluchzer seinen Körper erbeben ließen. Bussard legte den Arm um den Jungen und hielt ihn fest.

„Sie hat nichts gespürt", sagte er tröstend, „sie ist einfach eingeschlafen und nicht wieder aufgewacht."

Es war ein schwacher Trost, doch Bussard fiel nichts ein, was er sonst hätte sagen können. Alyssas Tod war tragisch und der Bruder weinte um die Schwester. Eine Weile saß der Kommissar neben dem Jungen, bis Kevin die Nase wieder hochzog und sich die Augen rieb. Bussard seufzte, denn er hatte noch eine Nachricht zu übermitteln, die für den Jungen schwer zu ertragen sein würde.

„Alyssa ist im Augenblick in Freiburg im Rechtsmedizinischen Institut", berichtete er, „wir brauchen jemanden, der sie identifiziert. Deine Mutter muss …"

„Ich mach das", unterbrach Kevin und drückte seinen Rücken durch.

„Bist du sicher?"

„Ja, ich mach das."

„Okay", stimmte Bussard zu, ließ Kevin los und schlug ihm sanft auf die Schulter.

Er war froh, dass Kevin sich angeboten hatte, die Identifizierung zu übernehmen, denn der Kommissar bezweifelte, dass Alyssas Mutter dazu willens und in der Lage war.

„Ich kann dich mit nach Freiburg nehmen", schlug Bussard vor und stand auf.

Kevin zog noch einmal die Nase hoch, rieb seine Augen und wischte seine Hände an der Hose ab.

„Ja, okay", antwortete er, stand ebenfalls auf und sah Bussard nickend ins Gesicht, „danke, Mann."

*

Eigentlich hätte Alyssas Mutter die Adresse für Bussards Wut sein sollen, doch stattdessen tröstete er Alyssas Halbbruder. Auf der einstündigen Fahrt nach Freiburg berichtete Kevin von seiner gemeinsamen Zeit mit seiner Halbschwester. Er erzählte Anekdoten, um mit seiner Trauer nicht alleine zu sein. Bussard hörte zu, stellte hin und wieder eine Frage und nickte nur verständnisvoll, als Kevin berichtete, wie er und Alyssa zusammen Lebensmittel in einem Supermarkt geklaut hatten, weil im Kühlschrank der Mutter selten etwas anderes als Bier und Wodka zu finden war. In Freiburg angekommen begleitete der Kommissar den Jungen in die Rechtsmedizin, wo der Bruder die Schwester identifizierte. Kevin versuchte, seine Tränen zurückzuhalten, doch es gelang ihm nicht. Bussard legte seinen Arm um die Schultern des schluchzenden Jungen und brachte ihn aus der Kühlkammer. Im Hof des Instituts rauchten sie zusammen zwei Zigaretten, bis Kevin sich wieder gefangen hatte. Bussard entschuldigte sich für einen Augenblick, ging ins Gebäude zurück und sprach mit Professor Münchrath. Der Rechtsmediziner bestätigte, was der Kommissar ohnehin schon wusste. Sebastian Klaasen war durch einen Schuss ins Herz aus etwa zwei bis drei Metern Entfernung getötet worden.

Bussard fuhr Kevin zum Bahnhof und gab ihm zehn Euro für eine Fahrkarte nach Schwenningen, dann kehrte er ins Präsidium zurück. Das tote Mädchen aus dem Schwarzwald war identifiziert und die Familie, die diese Bezeichnung in Bussards Augen nicht verdiente, war informiert worden. Mehr gab es für den Kommissar in dieser Angelegenheit nicht zu tun. Als Bussard die Tür zu seinem Büro öffnen wollte, kam Smirna den Flur entlang.

„Gut, dass du wieder da bist“, begrüßte ihn der Kriminaltechniker, „ich versuche schon seit einer Stunde, dich zu erreichen.“

„Sorry“, erwiderte Bussard, „mein Akku ist leer. Was gibt´s?“

„Wir haben einen Namen!“

„Vom mutmaßlichen Mörder?“

„Ja, in Klaasens Telefondaten sind wir auf einen alten Bekannten gestoßen. Sein Name ist Maximilian Götz.“

„Maxi Götz?“, fragte Bussard.

„Genau, der Lange Max“, bestätigte Smirna, „wir haben Frau Klaasen ein Foto von ihm gezeigt. Sie hat ihn eindeutig als den Mann wiedererkannt, der Sebastian Klaasen erschossen hat.“

Maxi Götz oder der Lange Max, wie er in Freiburgs Unterwelt genannt wurde, war in der Tat ein alter Bekannter. Bussard hatte ihn zweimal wegen Drogenhandels verhaftet, doch Götz war auch wegen Einbruchdiebstahls, Körperverletzung und unerlaubtem Waffenbesitz verurteilt worden. Ein Verfahren wegen Förderung der Prostitution und Zuhälterei hatte aus Mangel an Beweisen eingestellt werden müssen. Die Ermittler wussten, dass Götz seinen Lebensunterhalt mit Rauschgift- und Waffenhandel, Einbrüchen, Hehlerei und Erpressung finanzierte, doch sie konnten dem Langen Max nur selten etwas nachweisen. In der Regel fanden sich keine Zeugen, die gegen Maxi Götz aussagen wollten.

„Was hatte Klaasen mit Götz zu tun?“, fragte Bussard.

„Eigentlich nichts“, antwortete Smirna, „zuerst haben wir uns auch gewundert, dass Götz Klaasen angerufen hat, doch dann haben wir uns an Sebastian Pleuger erinnert."

„Sebastian Pleuger?"

„Ja, so hieß Klaasen, bevor er den Namen seiner Frau angenommen hatte. Bei Pleuger hat es dann geklingelt. Pleuger und Götz sind zusammen wegen Einbruchdiebstahls verhaftet worden. Götz wurde zu einer Haftstrafe verurteilt, Pleuger kam mit Bewährung davon. Die beiden waren alte Kumpels."

„Und jetzt ist Pleuger, alias Klaasen tot", stellte Bussard fest. „Schön, wenn man alte Kumpels hat."

Der Kommissar hielt es für durchaus möglich, dass Klaasen und Götz in der jüngeren Vergangenheit in geschäftlicher Beziehung zueinander gestanden hatten. Die AGK Invest stand im Verdacht, Geld zu waschen. Vielleicht hatte der Lange Max Gelder aus seinen illegalen Geschäften an den Kumpel weitergereicht oder war ein Mittelsmann gewesen, der Gelder der Drogenmafia durch die AGK Invest waschen ließ. Klaasen hatte die Gelder veruntreut und Götz wollte oder sollte sie wiederbeschaffen. Als Klaasen sie nicht rausrückte, hatte Götz ihn erschossen.

„Und es gibt keinen Zweifel, dass es sich um Maxi Götz handelt?", fragte Bussard.

„Nein", bestätigte Smirna, „Frau Klaasen hat ihn sofort erkannt. Außerdem passt er genau auf die Täterbeschreibung, die sie uns vorher gegeben hat. Götz ist blond, schmal und laut seinem Ausweis genau zwei Meter groß."

„Gute Arbeit, Bertold", lobte Bussard anerkennend und gab dem Kollegen einen Klaps auf den Oberarm. „Ist die Fahndung schon eingeleitet?"

„Ja, die Handyortung läuft, aber Götz′ Gerät ist ausgeschaltet", berichtete Smirna, „das MEK ist bereits unterwegs zu seiner Wohnung. Schmieder hat beim Richter schon einen Haftbefehl beantragt."

Bussard war froh, dass die Kollegen so schnell jemanden ermittelt hatten, der dringend tatverdächtig war. Sofern sich Götz nicht ins Ausland abgesetzt hatte, war es nur eine Frage der Zeit, bis sie seiner habhaft werden würden.

„Weiß das MEK über das Jagdgewehr Bescheid?", fragte der Kommissar.

„Natürlich, die Kollegen wurden eingehend über Götz unterrichtet", antwortete Smirna. „Er gilt als gewaltbereit, bewaffnet und äußerst gefährlich."

Das ist er, dachte Bussard. Auch wenn seine persönlichen Erfahrungen mit dem Langen Max schon einige Zeit zurücklagen, erinnerte er sich genau an den Mann, der keine Skrupel kannte. Bei jeder Verhaftung war Götz bewaffnet gewesen und hatte jedes Mal Widerstand geleistet.

„Okay, hoffen wir, dass niemand bei dem Zugriff verletzt wird", sagte der Kommissar. „Ich traue dem Langen Max zu, dass er versuchen wird, sich den Weg frei zu schießen. Schließlich hat er nichts mehr zu verlieren."

„Mal den Teufel nicht an die Wand, Bussard", beschwichtigte Smirna. „Die Kollegen wissen, mit wem sie es zu tun haben und was zu tun ist."

Bussard nickte halbherzig. Er hatte kein gutes Gefühl bei der Sache. Mit einem Jagdgewehr, das mit einem Zielfernrohr ausgestattet war, konnte man auch auf große Distanzen präzise schießen. Die Kollegen des MEK trugen zwar Schutzwesten und Helme, doch sie waren nicht unverwundbar.

„Wir haben übrigens das Projektil untersucht", berichtete Smirna und wechselte das Thema, „aber es gibt keine Übereinstimmung in unserer Datenbank. Dafür haben wir vermutlich den unbekannten Fingerabdruck aus dem Foyer der Klaasen-Wohnung identifiziert. Frau Klaasen meint, er könnte von ihrer Putzhilfe stammen. Mallmann ist bereits unterwegs zu der Frau."

„Okay", erwiderte Bussard und klopfte Smirna noch einmal auf die Schulter. „Ich fahre zur Wohnung von Götz. Wir treffen uns dort."

*

„Zielperson nicht anwesend, Sicherheit vorhanden", berichtete der Einsatzleiter des MEK.

„Danke", antwortete Bussard.

Das Mobile Einsatzkommando hatte die Wohnung gestürmt, aber Götz nicht angetroffen. Für die Männer, deren Aufgabenbereich der gefährlichste bei der Polizei war, endete dieser Einsatz, ohne dass sie eine Verhaftung hatten durchführen können. Der Einsatzleiter gab den Befehl zum Abrücken und die vermummten Kollegen in den schwarzen Uniformen verließen die Wohnung.

Bussard sah sich im unaufgeräumten Wohnzimmer um. Götz war nicht gerade ein Sauberkeitsfanatiker. Auf dem Tisch standen zwei leere Weinflaschen und ein gebrauchtes Glas. Der Aschenbecher quoll über und die Asche verteilte sich auf der Rauchglasplatte. Auf dem Fußboden unter dem Tisch stand eine gläserne Wasserpfeife, die seit der letzten Reinigung mehrmals benutzt worden war. Bussard war sicher, dass die Kollegen der Kriminaltechnik im Pfeifenkopf Reste von Haschisch nachweisen würden. Auf dem Sofa stapelte sich schmutzige Wäsche, die von zwei Pizzaschachteln gekrönt wurde. Sowohl der Plasmafernseher in Heimkinogröße als auch die Stereoanlage mit den überdimensionalen Hifi-Boxen hätten vermutlich mehrere Tausend Euro gekostet, wenn Bussard sie in einem Geschäft gekauft hätte. Bei der Wohnungsdurchsuchung würden die Kollegen aber sicherlich keine Kassenzettel dazu finden. Auf einem kleinen Tisch an der Wand stand ein Joystick. Ein Notebook oder einen PC konnte Bussard nicht entdecken, obwohl unter dem Tisch ein Netzkabel lag, dessen Stecker noch in der Dose an der Wand steckte.

Bussard zog ein Paar Latexhandschuhe an und öffnete eine der Türen des Wohnzimmerschranks. Auf den beiden Fachböden reihten sich mehrere Dutzend Porno-DVDs aneinander. Bussard schloss die Tür und versuchte es mit der nächsten, hinter der sich eine Sammlung PC-Spiele und mehrere Armbanduhren verbargen. Ob sie echt waren oder ob es sich um chinesische Plagiate handelte, konnte Bussard nicht erkennen. Er schloss die Tür und zog eine Schublade auf.

„Schau an", murmelte der Kommissar.

Er hatte Götz´ Waffenarsenal entdeckt. In der Schublade lagen mehrere Spring- und Butterfly-Messer, ein Schlagring, ein selbstgebautes Nunchaku, eine Gaspistole und eine Glock 17, Kaliber 9 mm samt Munition und Schalldämpfer. Nacheinander öffnete Bussard auch die anderen Schubladen, aber außer einer Plastiktüte mit weißen Tabletten, bei denen es sich vermutlich um Drogen handelte und einem Stapel gebrauchter Geldscheine erregte nichts sein Interesse. Er durchstöberte den Schrank und sah unter die Couch, dann ging er ins Schlafzimmer. Das Bett war zerwühlt und seit längerer Zeit nicht mehr frisch bezogen worden.

Auf einer Kommode stand ein Flachbildfernseher samt DVD-Player und weiteren Pornos. Die Nachttischschublade war voll mit Sex-Utensilien und an zwei Reißnägeln an der Wand hing ein roter BH von enormen Ausmaßen. Bussard durchstöberte den Kleiderschrank, fand jedoch nichts Unerwartetes. Nach einem Blick unter das Bett ging er ins Wohnzimmer zurück. Er hörte Geräusche an der Wohnungstür und spähte in den Flur. Vor der Tür standen Smirna und Mallmann, die gerade ihre weißen Overalls anzogen.

„Götz war nicht da", berichtete der Kommissar, „das MEK ist schon wieder abgerückt."

Er sah sich im Flur um, wo auf einem Beistelltisch ein Telefon und ein Funkmodem standen. Bussard nahm das Telefon, drückte die Wahlwiederholungstaste und lauschte dem Freizeichen, doch der Anruf wurde von einer Computerstimme beantwortet, die ihm mitteilte, dass der Teilnehmer zurzeit nicht erreichbar sei. Er zog sein Handy aus der Tasche, doch dann fiel ihm ein, dass der Akku leer war.

„Schon was entdeckt?", fragte Smirna, der mit seinem Koffer in den Flur kam.

„Eine Glock 17 und eine Tüte mit Pillen, vermutlich Ecstasy, im Wohnzimmerschrank", antwortete Bussard und steckte sein Handy ein, „aber kein Jagdgewehr."

„Wenn es in der Wohnung ist, werden wir es finden", erklärte Mallmann und folgte Smirna ins Wohnzimmer.

„Moment", rief Bussard ihm nach, „gib mir dein Handy."

„Wozu?"

„Mein Akku ist leer."

Mallmann reichte Bussard sein Handy und der Kommissar rief Wegner im Präsidium an. Er gab dem Kollegen die letzte von Götz gewählte Rufnummer durch und bat um eine Überprüfung sowie einen Rückruf auf Mallmanns Handy. Während die Kriminaltechniker im Wohnzimmer ihre Arbeit aufnahmen, ging Bussard in die Küche und öffnete Schranktüren und Schubladen, fand aber nichts Ungewöhnliches.

„Bussard", meldete er sich, als das Handy läutete.

„Ich habe die Rufnummer überprüft", erklärte Wegner. „Der Anschluss ist auf eine gewisse Nathalie Reina in der Haslacher Straße angemeldet."

„Haben wir etwas über sie?"

„Augenblick ... Nathalie Reina ist als Prostituierte gemeldet, unter der gleichen Adresse."

„Okay", erwiderte der Kommissar, „schick einen Einsatzwagen hin. Die Kollegen sollen aber nicht vor das Haus fahren, sondern beim ADAC parken und warten, bis ich vor Ort bin."

Bussard unterbrach die Verbindung und ging ins Wohnzimmer zurück.

„Ich bin unterwegs", erklärte er und gab Mallmann das Handy zurück. „Ruft mich an, wenn ihr etwas habt."

„Auf deinem Handy?"

„Ja, wieso?"

„Ich dachte, der Akku wäre leer."

„Verdammt", knurrte Bussard.

## 7

Der Kommissar stellte seinen Passat hinter dem Einsatzwagen der Kollegen ab, die vor der Geschäftsstelle des ADAC geparkt hatten. Er unterrichtete sie von seinem Vorhaben, eine Zeugin aufzusuchen, bei der sich möglicherweise ein gesuchter und äußerst gefährlicher Mordverdächtiger versteckt haben könnte. Nachdem alle drei Beamten ihre Schutzwesten angelegt hatten, überquerten sie gemeinsam die Straße und gingen etwa einhundert Meter zu Fuß, bis sie das Haus erreicht hatten, in dem Nathalie Reina gemeldet war. Bussard fand ihren Namen auf einem der Klingelschilder und läutete.

„Ja?“, fragte eine weibliche Stimme.

„Polizei“, antwortete Bussard, „öffnen Sie die Tür!“

Der Türsummer ertönte und Bussard drückte gegen den Knauf. Zusammen mit den beiden uniformierten Kollegen betrat er das Wohnhaus. Er zog seine Dienstwaffe und nickte den Kollegen zu, die ebenfalls ihre Waffen zogen.

„Entsichern!“, flüsterte er und stieg die Treppe hinauf.

Die Wohnungstür im ersten Obergeschoss war geöffnet und eine etwa dreißigjährige Frau, die einen schwarzen, seidenen Morgenmantel trug, erwartete die Beamten.

„Frau Reina?“, fragte Bussard.

„Ja“, antwortete sie.

„Kommen Sie heraus und treten Sie zur Seite!“

Die Prostituierte zog die Augenbrauen nach oben, zuckte mit den Achseln und folgte der Aufforderung. Bussard drückte die Wohnungstür auf und spähte in den Flur. Niemand war zu sehen.

„Ist noch jemand in der Wohnung?“, fragte er.

„Nein“, antwortete sie.

„Wir gehen rein“, erklärte er und nickte seinen beiden Kollegen zu.

Vorsichtig betrat er den Flur, von dem drei Zimmer abzweigten. Mit vorgehaltener Waffe sah er zuerst in die Küche, dann ins Bad und schließlich ins Wohnzimmer, wo eine weitere Tür den Blick ins Schlafzimmer verwehrte. Wieder nickte Bussard den Kollegen zu und öffnete die Schlafzimmertür. Auch dieser Raum war leer. Bussard sah hinter die Tür und spähte unter das Bett, doch Götz befand sich nicht in der Wohnung. Die drei Beamten sicherten ihre Waffen und steckten sie in die Holster.

„Danke, Kollegen", sagte Bussard. „Ihr könnt wieder fahren."

Die beiden Uniformierten verließen die Wohnung und die Prostituierte kehrte in den Flur zurück.

„Wir suchen Maximilian Götz", erklärte der Kommissar.

„Hier ist er nicht", erwiderte sie und schloss die Wohnungstür.

„Haben Sie eine Ahnung, wo er sich aufhalten könnte?"

„Nein", antwortete sie kopfschüttelnd und ging an Bussard vorbei in die Küche. „Was wollen Sie eigentlich von ihm?"

Bussard folgte ihr und blieb am Türrahmen stehen.

„Er steht im dringenden Tatverdacht, einen Mann getötet zu haben."

„Maxi?", fragte sie und sah Bussard überrascht an.

„Wann haben Sie ihn zum letzten Mal gesehen?"

„Samstagabend."

„Welchen Eindruck machte er auf Sie?"

„Er war gut drauf. Anscheinend hatte er ein großes Ding am Laufen. Er war ziemlich spendabel."

„Was für ein großes Ding?", fragte Bussard.

„Keine Ahnung", antwortete sie, „Maxi hat immer irgendetwas am Laufen."

Bussard bemerkte, dass ihre Überraschung nur einen Augenblick lang angehalten hatte. Sie lehnte mit verschränkten Armen am Küchentisch, antwortete leichthin und schien nicht sonderlich nervös zu sein.

„Der Mordvorwurf scheint Sie nicht zu überraschen", stellte er fest.

„Maxi ist kein Kind von Traurigkeit", erwiderte sie. „Wenn ihm einer blöd kommt, kann´s schon mal Ärger geben."

Stimmt, dachte Bussard. Götz fackelte nicht lange, wenn es darum ging, jemanden zu überzeugen.

„Wie lange kennen Sie ihn schon?", fragte er.

„Keine Ahnung", antwortete sie, ging zum Herd und schaltete eine Platte ein, auf der ein Wasserkessel stand, „vier, fünf Jahre vielleicht."

„Hat er jemals einen Sebastian Klaasen erwähnt?"

„Nicht, dass ich wüsste."

Sie öffnete die Tür eines Hängeschranks und sah den Kommissar fragend an.

„Kaffee?"

Bussard wollte schon ablehnen, entschied sich dann aber doch dafür.

„Schwarz, mit Zucker", antwortete er.

Sie stellte zwei Tassen auf den Tisch und legte zwei Löffel dazu, dann holte sie eine Zuckerdose und ein Glas löslichen Kaffee aus dem Vorratsschrank. Während sie darauf wartete, dass das Wasser zu kochen begann, nahm sie eine Packung Zigaretten und ein Feuerzeug aus einer Schublade.

„Rauchst du?", fragte sie und streckte ihm die geöffnete Packung entgegen.

„Ja, aber ich drehe selbst“, antwortete Bussard.

Es störte ihn nicht, dass sie vom „Sie“ zum „du“ übergegangen war. Huren duzten jeden und wurden von jedem geduzt. Während sie sich eine Zigarette anzündete, zog er den Reißverschluss seiner Jacke auf und nahm ein Päckchen Tabak aus der Außentasche.

„Ist das Ding nicht unbequem?“, fragte sie, als sie seine Schutzweste sah.

„Ein Einschussloch im Bauch ist unbequem“, erwiderte er und öffnete die Klettverschlüsse der Schutzweste.

„Setz dich“, forderte sie ihn auf und deutete mit dem Kopf auf einen der Stühle, „mach's dir bequem.“

Bussard setzte sich und begann zu drehen.

„Wie heißt du eigentlich?“, fragte sie.

„Bussard.“

„Hast du auch einen Vornamen?“

„Jeder nennt mich Bussard.“

Sie öffnete den Schraubverschluss des Kaffeeglases, gab zwei Löffel löslichen Kaffee in ihre Tassen und füllte sie mit heißem Wasser auf.

„Erzähl mir vom Samstagabend“, forderte er sie auf und zündete seine Zigartette mit ihrem Feuerzeug an.

„Willst du wissen, wie ich es Maxi besorgt habe?“, fragte sie und gab Zucker in beide Kaffeetassen.

„Nein, ich will wissen, was Maxi erzählt hat“, erwiderte er, „hat er irgendetwas über das große Ding gesagt, das er am Laufen hatte?“

„Nicht viel“, antwortete sie, „er wollte bei irgendjemandem groß abkassieren, aber ich weiß weder bei wem noch um was es ging.“

„Hast du nicht danach gefragt?“

„Bin ich die Polizei oder du?“

Bussard trank einen Schluck Kaffee und betrachtete Nathalie über den Rand der Tasse. Sie hatte dichte, schulterlange Haare und ein hübsches Gesicht mit großen, braunen Augen. Dezent geschminkt am Tisch sitzend sah sie aus wie das nette Mädchen von nebenan, mit dem man gerne einmal ausgehen würde.

„Ist Maxi dein Zuhälter?“, fragte er und stellte seine Tasse wieder auf den Tisch.

„Nein, ich arbeite auf eigene Rechnung.“

„Dann ist er eher so etwas wie ein Stammkunde?“

Nathalie zog an ihrer Zigarette und blies den Rauch nachdenklich in die Luft.

„So etwas in der Art“, erwiderte sie ausweichend.

„Was meinst du damit?“

Sie schlürfte von ihrem Kaffee und zog noch einmal an ihrer Zigarette, bevor sie antwortete.

„Vor etwa zwei Jahren ist ein Albaner hier aufgetaucht“, erzählte sie, „das Schwein wollte mich abkassieren. Zuerst habe ich so getan, als würde ich nachgeben, aber ich habe Maxi davon erzählt. Maxi hat eine Videokamera in meinem Schlafzimmer versteckt und als der Albaner das nächste Mal kam, habe ich ihn heimlich gefilmt. Ich habe Maxi die Aufnahme gegeben und danach nie wieder etwas von dem Albaner gehört. Seitdem ist Maxi so etwas wie ein Vorzugskunde.“

„Was hat Maxi mit dem Albaner gemacht?“

„Keine Ahnung. Er hat es mir nicht erzählt und ich habe nicht weiter danach gefragt. Maxi kann auf seine Art sehr überzeugend sein.“

Bussard nickte. Der Lange Max war ein Krimineller, für den der Einsatz von Gewalt zur Lösung eines Problems etwas ganz Alltägliches war. Für ihn galt lediglich das Gesetz der Straße und bei den Leuten, mit denen er

Umgang hatte, war das nicht anders. Der Schlagring, den Bussard in Götz' Wohnung entdeckt hatte, war ein Beleg dafür. Der einstige Kleinkriminelle Sebastian Pleuger jedoch hatte sich als Sebastian Klaasen in einer ganz anderen Gesellschaftsschicht bewegt, wo der Einsatz von physischer Gewalt überaus selten war. Reiche Unternehmer und erfolgreiche Freiberufler benutzten nicht ihre Fäuste, sondern engagierten Anwälte.

„Hat Maxi in der letzten Zeit mal über Geldanlagen gesprochen?", fragte der Kommissar.

„Was für Geldanlagen?"

„Aktien, Anleihen, Beteiligungen und solche Sachen."

„Maxi und Aktien", erwiderte sie und lachte kurz auf, „nein, sicher nicht. Seine einzige Geldanlage ist sein Auto. Wenn Maxi Geld hat, dann bringt er es so schnell wie möglich wieder unter die Leute."

Bussard zog an seiner Zigarette und blies einen Rauchring.

„Wo könnte Maxi sich versteckt halten?", fragte er und nippte von seinem Kaffee, während der Rauchring langsam größer wurde und durch die Küche waberte.

„Maxi kennt alles und jeden in der Stadt", antwortete Nathalie und zuckte mit den Achseln, „er kann überall sein."

„Gib mir wenigstens einen Tipp."

„Tut mir leid, Bussard", erwiderte sie und schüttelte den Kopf, „Maxi hat mir einen Gefallen getan, für den ich ihm heute noch dankbar bin. Ich weiß nicht, wo er ist, aber wenn ich es wüsste, würde ich ihn auf keinen Fall ans Messer liefern."

Bussard verstand ihre Loyalität, aber er musste Götz finden.

„Maxi steht im Verdacht, einen Mann erschossen zu haben", beharrte er.

„Wenn Maxi jemanden erschossen hat, dann wird er seine Gründe dafür gehabt haben", erwiderte sie. „Ich weiß nicht darüber Bescheid und es geht mich auch nichts an."

„Okay", sagte Bussard und nickte.

Es wunderte ihn nicht, dass sich Nathalie bei der Frage nach Götz′ möglichem Aufenthaltsort so zugeknöpft zeigte. Huren konnten auf lange Sicht nur dann erfolgreich sein, wenn sie verschwiegen waren. Sie wussten nicht nur von den sexuellen Vorlieben und Neigungen der Männer, die zu ihnen kamen. Eine Hure war oftmals auch so etwas wie eine Beichtmutter, der man intime Geheimnisse anvertraute, die nicht immer etwas mit Sex zu tun hatten. Huren konnten zuhören und waren verständnisvoll, vorgeblich oder tatsächlich, und manchmal nutzte ein Kunde die Möglichkeit, sich etwas von der Seele zu reden, ohne dafür kritisiert oder schief angesehen zu werden. Prostitution galt in Deutschland und vielen anderen Ländern immer noch als moralisch verwerflich und doch leisteten die Huren manchmal der Allgemeinheit gute Dienste, wenn ihre Kunden den eigentlich notwendigen Weg zu einem Therapeuten scheuten. Ihre selbst auferlegte Schweigepflicht war die Voraussetzung dafür. Dass die Prostituierte möglicherweise einen mutmaßlichen Mörder schützte, war die Kehrseite der Medaille.

Bussard drückte seine Zigarette aus und trank seinen Kaffee. Er zog eine Visitenkarte aus seiner Jacke und legte sie auf den Tisch.

„Wenn du etwas von Maxi hörst, ruf mich an!"

Nathalie sah ihn mit großen Augen an, ohne die Karte anzurühren. Beide wussten, dass der Anruf nie stattfinden würde.

„Danke für den Kaffee", sagte Bussard und stand auf.

Als er aus der Küche ging, folgte sie ihm in den Flur.

„Du bist ein netter Kerl, Bussard", sagte sie, „und du darfst gerne wiederkommen."

Bussard wandte sich um, weil er sich von ihr verabschieden wollte und sah, wie sie die Gürtelschleife ihres Morgenmantels öffnete.

„Du kannst aber auch gleich bleiben", bot sie an.

„Ich bin verheiratet", erwiderte er.

„Und du liebst deine Frau", ergänzte sie, „das tun die meisten meiner Kunden, aber sie kommen trotzdem."

Ihr Lächeln war ehrlich und in keiner Weise anzüglich. Einen Augenblick betrachtete Bussard ihren schönen, vollen Busen, der in einem knappen, schwarzen Spitzen-BH äußerst vorteilhaft und appetitlich verpackt war.

„Entzückend", sagte er lächelnd, drehte sich um und verließ die Wohnung.

*

Im Präsidium rief Neudörfer alle an dem Fall Klaasen beteiligten Beamten zu einer Lagebesprechung zusammen, weil Oberstaatsanwalt Schmieder sich über den aktuellen Stand der Ermittlungen informieren lassen wollte. Es war halb vier am Nachmittag und für sechzehn Uhr war eine Pressekonferenz angesetzt worden, bei der die Öffentlichkeit über den „Rosenmontagsmord" unterrichtet werden sollte. Schmieder, der wie immer einen schwarzen Mantel über einem schwarzen Anzug trug, saß an einem Besprechungstisch und trommelte ungeduldig mit den Fingerspitzen auf der Tischplatte.

„Was ist nun mit dem Kollegen Bussard?", fragte er und sah demonstrativ auf seine Armbanduhr.

„Er wird sicher gleich hier sein", antwortete Neudörfer.

Schmieder schnaubte und brachte seinen massigen Körper, der Jahr für Jahr an Umfang zunahm, in eine bequemere Position.

„Herr Smirna, fangen Sie schon einmal an", befahl er, „wir haben nicht den ganzen Tag Zeit. Was sagt die Auswertung der Tatortspuren?"

„Es gibt keine Einbruchspuren", berichtete der Kriminaltechniker. „Sebastian Klaasen hat seinen Mörder selbst ins Haus gelassen. Im Foyer wurde ein Schuss abgegeben. Die Kugel traf Klaasen ins Herz und er verstarb wohl innerhalb weniger Augenblicke. Das Projektil hat den Körper durchdrungen und ist in der Wand steckengeblieben, wo wir es sichergestellt haben. Es handelt sich um Gewehrmunition, Kaliber 7,62. Der Abgleich in der Datenbank war negativ. Über das Gewehr wissen wir …"

„Ja, ja, schon gut", unterbrach der Oberstaatsanwalt, „sagen Sie mir lieber, was wir über den Täter wissen."

Smirna schüttelte den Kopf, ersparte sich jedoch eine Bemerkung. Er wollte gerade zu einer Antwort ansetzen, als die Tür geöffnet wurde.

„Herr Bussard", sagte Schmieder ironisch und sah zum zweiten Mal demonstrativ auf seine Armbanduhr, „schön, dass auch Sie es einrichten konnten."

„Herr Oberstaatsanwalt", erwiderte der Kommissar im gleichen Tonfall, „es ist immer wieder eine Freude, Sie zu sehen. Wie geht´s der Familie?"

„Setzen Sie sich, Bussard“, wies Neudörfer ihn an und Bussard suchte sich den Stuhl neben Heidi Peters aus.

Er setzte sich, streckte die Beine aus, legte die Füße übereinander und nickte Schmieder zu.

„Frau Klaasen hat uns eine Täterbeschreibung gegeben“, fuhr Smirna fort und alle Augen richteten sich auf ihn, „und bei der Auswertung von Klaasens Telefondaten sind wir auf Maximilian Götz gestoßen, auf den die Täterbeschreibung passt. Götz ist einschlägig vorbestraft und Frau Klaasen hat ihn anhand eines Fotos als den Mann identifiziert, der Sebastian Klaasen erschossen hat. Götz ist flüchtig, aber die Fahndung läuft auf Hochtouren. Sobald er sein Handy einschaltet, wissen wir, wo er sich aufhält.“

„Das MEK ist in Bereitschaft und kann jederzeit ausrücken“, fügte Neudörfer an, „Götz ist bewaffnet und gewaltbereit. Er gilt als äußerst gefährlich.“

„Was ist mit dem Motiv?“, fragte Schmieder.

„Darüber gibt es im Augenblick noch keine gesicherten Erkenntnisse“, räumte Neudörfer ein.

„Aber es gibt Indizien“, erklärte Bussard. „Götz und Klaasen sind alte Bekannte. Sie wurden vor einigen Jahren zusammen wegen Einbruchdiebstahls verurteilt. Möglicherweise trennten sich dann ihre Wege, das wissen wir nicht. Es könnte sich also um eine alte Rechnung gehandelt haben, aber das ist reine Spekulation. Ziemlich sicher ist jedoch, dass Geld eine Rolle gespielt hat. Frau Klaasen hat ausgesagt, die Worte ‚eine Million‘ beim Streit zwischen ihrem Mann und Götz gehört zu haben. Wir nehmen an, dass Götz Klaasen erpresst hat. Dafür spricht noch ein weiteres Indiz. Die letzte Rufnummer, die Götz von seinem Telefon in seiner Wohnung gewählt hat, gehört einer gewissen Nathalie Reina. Ich habe Frau Reina aufgesucht und sie hat ausgesagt, dass Götz am Samstagabend davon gesprochen hat, bei jemandem ganz groß abkassieren zu wollen."

„Und damit meinte sie Klaasen?", fragte Schmieder.

„Sie wusste keinen Namen", antwortete Bussard.

„Ist diese Nathalie Reina glaubwürdig?"

„In meinen Augen schon. Sie ist eine Prostituierte, die Götz seit vier oder fünf Jahren kennt."

„Eine Prostituierte", wiederholte der Oberstaatsanwalt und verzog das Gesicht. „Sie wissen, was das heißt."

„Dass sie Kondome nicht als Werbungskosten von der Steuer absetzen kann", erklärte Bussard und genoss für einen Augenblick Schmieders verblüfftes Gesicht.

„Dass sie vor Gericht keine gute Zeugin abgibt", blaffte Schmieder, dessen rotes Gesicht eine Spur dunkler geworden war.

„Keine Sorge, Herr Oberstaatsanwalt", gab Bussard zurück, „Frau Reina wird vor Gericht sowieso nicht gegen Götz aussagen."

„Warum nicht?"

„Weil Götz ihr aus einer misslichen Situation geholfen hat. Sie schuldet ihm etwas und wird ihn nicht verpfeifen."

„Es gibt Mittel und Wege, eine Aussage zu erzwingen!", fauchte der Oberstaatsanwalt und unterstrich die Drohung mit einem erhobenen Zeigefinger.

„Herr Schmieder, Herr Bussard, bitte", mischte sich Neudörfer ein und hob beschwichtigend die Hände, „wir brauchen uns um das Fell des Bären keine Gedanken zu machen, solange wir ihn nicht erlegt haben. Lassen Sie uns zu den Fakten zurückkehren. Vielleicht kann uns Frau Peters jetzt von ihren Ermittlungen berichten."

Die Kommissarin, die den Disput zwischen Bussard und Schmieder staunend zur Kenntnis genommen hatte, räusperte sich.

„Wir haben sehr viel Material sichergestellt", berichtete sie, „und mit der Sichtung begonnen. Die Auswertung wird aber einige Wochen in Anspruch nehmen."

„Einige Wochen?", fragte Schmieder und beugte sich vor.

„Es sind mehrere tausend Seiten Aktenmaterial von insgesamt siebzehn verschiedenen Firmen", erklärte sie. „Ich werde wochenlang nichts anderes lesen."

Schmieder lehnte sich zurück und verschränkte die Arme vor der Brust.

„Berührt das den Mord an Klaasen überhaupt?", fragte er.

„Das wissen wir noch nicht", antwortete sie.

„Wissen Sie eigentlich überhaupt irgendetwas?"

Heidi Peters klappte den Mund auf und wieder zu. Vor dieser Besprechung hatte sie den Oberstaatsanwalt noch nicht gekannt und auf diese Mischung aus Überheblichkeit und Ungeduld hätte sie gut verzichten können.

„Was ist mit dem Geld?", fragte Schmieder.

„Sie meinen die Gelder, die Ahle, Grittner und Klaasen von ihren Kunden eingesammelt haben?", fragte sie nach.

„Was denn sonst? Herr Bussard sagte vorhin, dass Geld eine Rolle gespielt hat. Wo ist das Geld dieser betrügerischen Firma?"

„Das wissen wir auch noch nicht", gestand sie, „wir müssen zuerst das Material auswerten und uns Bankauskünfte einholen. Ich bin allerdings ziemlich sicher, dass Ahle, Grittner und Klaasen das meiste Geld bereits ins Ausland geschafft haben."

Bussard sah, dass Schmieder sich auf die junge Kollegin einschoss, obwohl es dafür überhaupt keinen Grund gab. Sie war für das Wirtschaftsdezernat tätig und arbeitete an dem Fall AGK Invest. Die Leitung des Verfahrens lag bei Oberstaatsanwältin Lautenschläger. Schmieder war der Kommissarin gegenüber nicht weisungsbefugt, doch Bussard wusste, dass das den Oberstaatsanwalt nicht interessierte.

„Ist der Gesellschaftsvertrag der AGK Invest schon aufgetaucht?", fragte Bussard, um die Kollegin ein wenig aus Schmieders Fokus zu nehmen.

„Nein, noch nicht", erwiderte sie, „aber ich werde gleich morgen früh zum Amtsgericht gehen und mir eine Kopie besorgen."

Bussard nickte ihr zu und schenkte ihr ein Lächeln, doch für den Oberstaatsanwalt war das Thema noch nicht erledigt.

„Gibt es eine Verbindung zwischen Götz und der AGK Invest?", fragte Schmieder und sah die Beamtin aus dem Wirtschaftsdezernat herausfordernd an.

„Vermutlich nicht", antwortete Bussard, „Götz ist kein Geldanleger. Was er mit seinen Drogen- und Waffengeschäften verdient, verjubelt er gleich wieder."

„Wir haben viertausend Euro in bar in seiner Wohnung sichergestellt", berichtete Smirna, „bei den Uhren und den Elektrogeräten könnte es sich um gestohlene Waren handeln."

„Was heißt könnte?", fragte Schmieder.

„Könnte heißt, dass wir die Seriennummern überprüfen werden, sobald diese Besprechung beendet ist", antwortete der Kriminaltechniker und bevor Schmieder die nächste Spitze abschießen konnte, fuhr Smirna fort: „Es gibt noch weitere gesicherte Fakten. Wir haben den unbekannten Fingerabdruck aus dem Foyer der Klaasen-Villa identifiziert. Es handelt sich, wie Frau Klaasen vermutet hat, um den Abdruck ihrer Putzhilfe. In der Götz-Wohnung haben wir eine nicht registrierte Schusswaffe sichergestellt, eine Glock 17, Kaliber 9 mm. Die ballistische Untersuchung führte zu einem Treffer. Vor zwei Jahren wurde in der Ambulanz der Uni-Klinik ein Mann mit einer Schussverletzung eingeliefert. Die Ärzte, die das Projektil aus seinem Knie entfernt hatten, haben es uns damals übergeben. Es stammt eindeutig aus Götz´ Waffe."

„Der Mann war Albaner, richtig?", fragte Bussard und drehte sich zu Smirna um.

„Ja, ein Kosovo-Albaner namens Luan Gashi", antwortete der Kriminaltechniker und sah Bussard überrascht an. „Woher weißt du das?"

„Das hat nichts mit dem Fall Klaasen zu tun", erwiderte Bussard ausweichend, ohne Smirnas Frage zu beantworten.

„Gibt es sonst noch etwas, das ich der Presse im Fall Klaasen mitteilen kann?", fragte Schmieder und sah in die Runde, erntete aber nur Kopfschütteln und Achselzucken.

„Dann gehen Sie wieder an Ihre Arbeit, damit wir baldmöglichst einen Fahndungserfolg vermelden können."

Er wuchtete seinen massigen Körper aus dem Stuhl, nahm seinen Aktenkoffer und verließ die Besprechung grußlos.

„War der schon immer so?", fragte Heidi Peters, nachdem Schmieder den Raum verlassen hatte.

„Ich kenne ihn erst seit drei Jahren", antwortete Bussard, „aber jedes halbe Jahr hat sein Gürtel ein neues Loch. Je mehr Schmieder an Gewicht zunimmt, desto mehr geht er mir auf die Nerven."

„Dann habe ich ja Glück gehabt, dass ich beim Wirtschaftsdezernat gelandet bin", erwiderte sie. „Oberstaatsanwältin Lautenschläger ist ziemlich umgänglich. Ich komme ganz gut mit ihr aus, aber um Ihren Schmieder sind Sie wirklich nicht zu beneiden."

Sie packte ihre Notizen zusammen und stand auf. Auch Bussard erhob sich. Obwohl sie Schuhe mit hohen Absätzen trug, war er immer noch fast fünfzehn Zentimeter größer als sie, auch wenn er selbst nur einen Meter achtzig maß.

„Wir sind Kollegen und arbeiten am selben Fall", erklärte er und streckte ihr seine Hand entgegen, „deshalb können wir auf das ‚Sie' verzichten. Was meinst du?"

„Gerne", erwiderte sie und ein mädchenhaftes Lächeln, das ihm schon am Tag zuvor gut gefallen hatte, glitt über ihr Gesicht. „Heidi, aber das weißt du ja schon."

„Ja", antwortete Bussard und schüttelte ihre Hand.

„Und?", fragte sie.

„Bussard", erwiderte er achselzuckend, „alle nennen mich so, einfach Bussard."

„Na gut, Bussard, dann vergrabe ich mich mal wieder in meinen Akten."

Der Kommissar runzelte die Stirn und legte den Kopf zur Seite.

„Die Computer der AGK Invest wurden doch auch sichergestellt", sagte er.

„Ja", bestätigte sie, „warum fragst du?"

„Wegen der Akten. Ginge es nicht schneller, wenn ihr die Computer durchforsten würdet?"

„Aber das tun wir doch. Wir haben Akten in digitaler und in Papierform. Zu jedem Schriftstück gibt es in der Regel auch einen Datensatz. Wir sehen uns zuerst nur die Datensätze an, aber gegebenenfalls müssen sie mit den Schriftstücken abgeglichen werden. Das Ganze ist nun mal leider ziemlich zeitintensiv."

Bussard nahm seinen Notizblock aus der Jacke und schrieb die Namen *Eleonore Rothmann, Maximilian Götz* und *Nathalie Reina* untereinander.

„Kannst du überprüfen, ob diese Namen in einer der Datenbanken auftauchen?", fragte er und riss den Zettel vom Block ab.

„Kein Problem", antwortete sie und nahm den Notizzettel entgegen. „Soll ich dich anrufen, wenn ich etwas gefunden habe?"

„Ja."

Sie ließ sich seine Rufummer nennen, tippte sie in ihr Handy ein, vervollständigte den Eintrag mit seinem Namen und stellte eine Verbindung her.

„Hast du dein Handy stumm geschaltet?", fragte sie, als sie das Freizeichen hörte.

„Mein Handy liegt in meinem Büro", erklärte er, „mein Akku war leer."

Heidi unterbrach die Verbindung und steckte ihr Handy ein.

„Meine Nummer hast du ja jetzt", erklärte sie, „ruf mich an, wenn du noch etwas wissen willst. Andernfalls melde ich mich, sobald ich die Namen überprüft habe."

Während sie den Besprechungsraum verließ, wandte sich Bussard an seinen Chef.

„Sollten wir nicht doch die Telefone von Ahle und Grittner überwachen lassen?"

„Wozu?", gab Neudörfer zurück.

„Vielleicht meldet sich Götz bei einem von ihnen. Da er von Klaasen kein Geld bekommen hat, wird er es möglicherweise bei den beiden anderen versuchen."

Neudörfer schüttelte den Kopf und hob abwehrend die Hand.

„Ahle und Grittner sind keine Verdächtige im Mordfall Klaasen", erklärte er. „Der vage Verdacht, dass Götz sich bei einem von beiden melden könnte, wird für einen Beschluss nicht ausreichen. Wenn Götz sein Handy einschaltet, wissen wir, wo er sich aufhält."

„Und wenn nicht?"

„Die Fahndung läuft. Mallmann hat die Telefondaten von Götz' Provider ausgewertet und ich habe Ihre ehemaligen Kollegen von der Drogenfahndung um Mithilfe gebeten. Sie arbeiten die Liste ab und hören sich in der Szene um. Wenn Götz noch in der Stadt ist, dann kriegen wir ihn."

*

Nach der Besprechung zog sich Bussard in sein Büro zurück, um in Ruhe über den Fall Klaasen nachzudenken. Obwohl das Rauchen im gesamten Gebäude verboten war, drehte er sich eine Zigarette, öffnete einen Fensterflügel, lehnte sich hinaus und zündete die Selbstgedrehte an. Es war sonnig und fast windstill, aber noch immer bitterkalt. Die Ellenbogen auf die Fensterbank gestützt, blickte er über den Westteil der Stadt, während er sich die Gespräche, die er in den vergangenen vierundzwanzig Stunden geführt hatte, in Erinnerung rief.

Nathalie Reina hatte ausgesagt, dass Maxi Götz jemanden ganz groß abkassieren wollte. Vieles sprach dafür, dass dieser Jemand Sebastian Klaasen gewesen war, denn Barbara Klaasen hatte „eine Million" erwähnt und von einem Streit zwischen Götz und ihrem Mann gesprochen. Um eine Million Euro zu erpressen, musste Götz etwas Schwerwiegendes gegen Klaasen in der Hand gehabt haben. Vielleicht hatte Götz tatsächlich Drogengelder aus der Freiburger Unterwelt an Klaasen weitergereicht, um sie durch die AGK Invest waschen zu lassen und hatte Klaasen anschließend damit erpresst. Bussard traute dem Langen Max durchaus zu, ein doppeltes Spiel zu spielen und für Klaasen wäre die Situation doppelt gefährlich gewesen. Geldwäsche war ein Straftatbestand, aber noch weitaus schwerer wog der Umstand, dass sich Klaasen die Drogenmafia zum Feind gemacht hätte. Zur Lösung des Problems hätten die Dealer sicherlich keine Anwälte engagiert. Auf der anderen Seite hätte Klaasen wissen müssen, auf was er sich einließ, wenn er mit Götz Geschäfte machte, denn schließlich kannten sich die beiden seit Jahren. Es war jedoch auch möglich, dass der Mord nichts mit der AGK Invest zu tun hatte. Vielleicht hatte Klaasen früher eine Straftat begangen, von der Götz wusste und die noch nicht aufgeklärt war. Götz könnte gedroht haben, Klaasen zu verpfeifen, wenn der Finanzberater nicht eine Million locker machen würde. Auch das wäre eine plausible Erklärung für die Erpressung. Allerdings musste es sich dabei um eine schwerwiegende Tat handeln, die noch nicht verjährt war. Für einen einfachen Einbruchdiebstahl hätte Götz wohl kaum eine Million verlangt. Auch für die Aufdeckung einer möglichen Affäre mit einer potenziellen

Geliebten hätte Klaasen sicher nicht so viel Geld locker gemacht.

Bussard zog an seiner Zigarette und blies den Rauch in die kalte Februarluft hinaus. Etwas störte ihn an dem Fall Klaasen, aber er war nicht sicher, ob es nicht nur seine eigene Ungeduld war. Klaasen war noch nicht einmal vierundzwanzig Stunden tot und Bussard wusste selbst, dass er und seine Kollegen die Beweise nach und nach finden würden. Von Schmieder, dem es nie schnell genug gehen konnte, ließ er sich jedenfalls nicht drängen. Ermittlungen brauchten ihre Zeit und Eile führte in der Regel immer zu Fehlern. Es war besser, in Ruhe über die Fakten nachzudenken, um daraus die richtigen Schlüsse zu ziehen. Genau das aber war das Problem. Klaasen war tot. Das war ein über jeden Zweifel erhabener Fakt, aber er passte überhaupt nicht zu den Spekulationen, die Bussard angestellt hatte. Warum sollte Götz Klaasen erschießen, wenn er ihn doch hatte abkassieren wollen? Bussard versuchte, sich die Situation im Foyer der Klaasen-Villa bildlich vorzustellen. Götz hatte Klaasen mit dem Jagdgewehr bedroht. „Eine Million oder ich knall dich ab", hatte er vielleicht gesagt. Klassen jedoch hatte nicht zahlen wollen. Götz hatte die Waffe an die Schulter und den Finger um den Abzug gelegt, um zu demonstrieren, dass es ihm ernst gewesen war. Hatte er vielleicht den Finger ungewollt zu weit gekrümmt und Klaasen dabei versehentlich erschossen?

Bussard hob überrascht die Augenbrauen. Er war die ganze Zeit von einem vorsätzlichen Mord ausgegangen, doch ein Unfall mit Todesfolge, der später das Prädikat „Totschlag" bekommen würde, war ebenso denkbar. Vielleicht war Maxi Götz zu unvorsichtig oder einfach zu blöd gewesen und Klaasen hatte dafür mit seinem Leben bezahlen müssen.

Der Kommissar zog ein letztes Mal an seiner Zigarette und schnippte die Kippe in die kalte Nachmittagsluft hinaus. Er schloss das Fenster und ging zu seinem Schreibtisch, wo er das Ladekabel aus seinem Handy zog. Auf dem Display wurde ein Anruf in Abwesenheit vermeldet. Er speicherte die Nummer in seinem Telefonbuch und versah sie mit dem Namen von Heidi Peters, dann steckte er das Handy in die Tasche seiner Jacke und setzte sich an seinen Schreibtisch. Die Frage, die ihn am meisten interessierte, drehte sich um das Druckmittel, das Götz gegen Klaasen in der Hand gehabt hatte. Die Indizien sprachen für eine Erpressung und Bussard wollte wissen, womit. Er nahm sein Telefon und rief in der Kriminaltechnik an, wo Smirna sich meldete.

„In der Wohnung von Götz habe ich ein Funkmodem gesehen", berichtete Bussard, „außerdem stand ein Joystick auf einem der Tische. Habt ihr ein Notebook oder einen Computer gefunden?"

„Nein", antwortete Smirna, „wir haben keinen Rechner gefunden."

„Was ist mit Datendisketten oder USB-Sticks?"

„Fehlanzeige. In der Wohnung gab es weder einen Rechner noch Speichermedien."

„Kommt dir das nicht merkwürdig vor?"

„Merkwürdig", wiederholte Smirna, „wenn du mich so fragst, eigentlich schon. Heutzutage gibt es in jedem Haushalt einen Computer. Vielleicht hat Götz sein Notebook bei sich, aber dass wir weder CDs noch USB-Sticks gefunden haben, ist schon ungewöhnlich. Schließlich schleppt niemand seine ganze Sicherungsbibliothek mit sich herum."

„Es sei denn, Götz wollte belastendes Material verschwinden lassen", spekulierte Bussard, „und das bedeutet, dass er ungebetenen Besuch erwartet hat. Mit anderen Worten: uns."

„Götz ist kein Anfänger", stimmte Smirna zu. „Wenn er davon ausging, dass wir Klaasens Handydaten checken, dann war ihm klar, dass wir auf ihn kommen würden. Deshalb hat er seine Bude sauber gemacht, bevor er geflüchtet ist."

„Habt ihr eine Videokamera gefunden?"

„Nein."

„Und Gewehrmunition?"

„Auch nicht."

„Okay, danke Bertold", sagte Bussard und legte auf.

Götz hatte ganze Arbeit geleistet. Bei der Durchsuchung seiner Wohnung hatten die Kollegen nichts gefunden, was ihn mit dem Mord an Sebastian Klaasen oder einer möglichen Erpressung in Verbindung bringen konnte. Auf der anderen Seite gab es jedoch eine Augenzeugin. Hatte Götz nicht bemerkt, dass Barbara Klaasen ihn beobachtet hatte? Sie war davon überzeugt, dass er sie gesehen hatte, doch sie konnte sich auch irren. Ihre Angst und der psychische Stress, unter dem sie in der Situation gestanden hatte, hatten bei ihr vielleicht zu einer falschen Wahrnehmung geführt. Nach dem Mord an Klaasen hätte Götz die vermeintliche Augenzeugin wahrscheinlich nicht am Leben gelassen. Da Barbara Klaasen aber nicht tot war, konnte das bedeuten, dass Götz nicht wusste, dass es eine Augenzeugin gab. Das war eindeutig ein Vorteil für die Ermittler, denn Götz würde sich sicherer wähnen als er war. Er hatte keine Fingerabdrücke in der Klaasen-Villa hinterlassen und so gab es offenbar keinen Beweis für seine Anwesenheit am Tatort. Wenn es seiner Meinung nach auch keine Augenzeugen gab und er alles, was mit Klaasen zu tun hatte, verschwinden ließ, würden ihm Polizei und Staatsanwaltschaft nichts anhaben können.

Scheiße, dachte Bussard, als ihm einfiel, dass drei Stockwerke unter ihm gerade eine Pressekonferenz stattfand. Schmieder würde wahrscheinlich nicht zögern, eine schnelle Aufklärung des „Rosenmontagsmordes" zu versprechen, weil er eine Augenzeugin hatte, die den Täter eindeutig identifizieren konnte.

## 8

In der ganzen Stadt wurde nach Maxi Götz gefahndet. Streifenbeamte suchten die einschlägigen Plätze und Kneipen auf, wo Kleindealer und Drogenkonsumenten ihren illegalen Geschäften nachgingen. Immer wieder sprang irgendwo irgendjemand auf, wenn er eine Polizeiuniform sah, um sich einer möglichen Verhaftung durch Flucht zu entziehen. Meist verzichteten die Beamten auf eine Verfolgung, doch die intensive Fahndung nach dem mutmaßlichen Mörder schreckte die Freiburger Rauschgiftszene gehörig auf. Bussards Kollegen vom Drogendezernat, deren Chef er gewesen war, bevor er sich zur Ermittlungsgruppe Gewaltverbrechen hatte versetzen lassen, arbeiteten die Liste ab, die Mallmann nach Auswertung von Götz' Telefondaten erstellt hatte. Sie suchten Götz' Freunde und Bekannte sowie seine ehemaligen Knastkollegen auf. In einigen Fällen wurde das Auftauchen der Ermittler falsch interpretiert und an keinem anderen Tag des Jahres fanden so viele Drogen ihren Weg in die Freiburger Kanalisation wie an diesem Faschingsdienstag. Einige Befragungen führten zu neuen Namen und neuen Adressen, doch der Aufenthaltsort von Götz konnte nicht ermittelt werden. Ein Fahndungsfoto wurde an jedes Hotel und jede Pension gefaxt und zwei Teams suchten alle bekannten Bordelle auf, doch der Lange Max war wie vom Erdboden verschwunden.

Gegen siebzehn Uhr stellte sich endlich ein Erfolg ein. Zwei Beamte hatten auf dem Parkplatz eines Einkaufszentrums im Freiburger Norden Götz' schwarzen BMW entdeckt. Das MEK rückte sofort aus und Streifenbeamte riegelten das Gelände weiträumig ab. Die Kunden und die Angestellten des Einkaufszentrums wurden aufgefordert, das Gebäude einzeln durch den Haupteingang zu verlassen, wo uniformierte und schwerbewaffnete Beamte Personenkontrollen bei jedem Mann durchführten, der einigermaßen auf die Täterbeschreibung passte. Als der Filialleiter erklärte, dass das Gebäude menschenleer sei, begann das MEK mit der Durchsuchung.

Auch Bussard war zu dem Einkaufszentrum gefahren. Zusammen mit Smirna und Mallmann stand er bei dem BMW, der auf Götz zugelassen war.

„Könnt ihr ihn nicht aufmachen?", fragte der Kommissar.

„Können schon", antwortete Smirna, „aber nicht, ohne dass die Alarmanlage anspringt."

„Und?"

„Wir müssen ihn sowieso mitnehmen, um ihn zu untersuchen", erwiderte Mallmann. „Ich habe schon mit einem BMW-Händler telefoniert. Morgen früh bekommen wir einen Ersatzschlüssel."

Bussard legte die Hand an die Scheibe der Fahrertür und spähte ins Innere des Wagens. Die Kilometeranzeige stand bei über 140.000. Sitzbezüge, Lenkrad, Schaltknauf und Armaturenbrett zeigten deutliche Abnutzungsspuren. Der BMW der Baureihe fünf hatte schon einige Jahre auf dem Buckel, doch er war nachträglich mit einigen Extras aufgemotzt worden. Sowohl die Räder mit den verchromten Edelstahlfelgen als auch die Kotflügel waren breiter als beim Original und man hatte die Federwege verkürzt, um den Wagen tieferzulegen. In der Hutablage hinter den Rücksitzen thronten zwei fußballgroße Lautsprecher, die von einer leistungsfähigen Stereoendstufe angesteuert wurden. Bussard umrundete den Wagen und blieb vor dem Kofferraum stehen. Er versuchte, ihn zu öffnen, doch das Schloss war verriegelt.

Das Jagdgewehr könnte im Kofferraum liegen, dachte der Kommissar. Götz hatte es höchstwahrscheinlich nicht mit in das Einkaufszentrum genommen, falls er sich überhaupt in dem Gebäude befand.

„Kannst du nicht wenigstens den Kofferraum öffnen?“, fragte Bussard, doch Smirna schüttelte den Kopf.

„Die Alarmanlage wird anspringen“, widersprach der Kriminaltechniker.

Bussard nickte, ging einen halben Schritt rückwärts, hob das rechte Bein an und trat mit der Schuhsohle gegen den Kofferraumdeckel. Eine Sekunde später ging der Alarm los.

„Wenn du die Batterie abhängst, hört die Huperei auf“, erklärte er.

Smirna seufzte, schüttelte abermals den Kopf und öffnete seinen Koffer. Bussard nahm seinen Tabak aus der Jacke und drehte sich eine Zigarette, während er dabei zusah, wie der Kriminaltechniker den Wagen öffnete. Als Smirna das Schloss geknackt und die Fahrertür geöffnet hatte, zog er am Verschlusshebel der Motorhaube. Mallmann öffnete die Haube und klemmte die Batterie ab. Die Alarmanlage verstummte.

„Zufrieden?“, fragte Smirna.

„Ich will sehen, was im Kofferraum ist“, antwortete Bussard.

Smirna nahm seine Werkzeuge und knackte das Schloss. Als der Deckel aufsprang, hob er ihn an und die beiden Beamten spähten in den Kofferraum, doch sie konnten kein Jagdgewehr entdecken.

„Was ist das?“, fragte Bussard und deutete auf den großen, dunklen Fleck, der die Textilmatte verunreinigt hatte.

„Klaus, den Koffer!“, rief Smirna.

Mallmann brachte den Koffer und Smirna entnahm ein Wattestäbchen, mit dem er an dem Fleck rieb. Er führte einen Schnelltest durch, hob es hoch und sah Bussard nickend an.

„Blut“, stellte er fest.

„Blut“, wiederholte Bussard, zog sein Handy aus der Tasche und rief den Kollegen Wegner im Präsidium an.

„Du musst sofort etwas für mich tun, Sasha“, erklärte er. „Ruf bei der AGK Invest an. Sollten Ahle und Grittner nicht erreichbar sein, versuch es auf ihren Handys und bei ihnen zu Hause. Wir müssen wissen, wo sie sich aufhalten. Es ist dringend!“

„Was ist passiert?“, fragte Wegner.

„Wir haben Götz′ Wagen gefunden“, berichtete Bussard, „im Kofferraum ist Blut. Es könnte entweder von Ahle oder von Grittner stammen.“

Der Gedanke, dass es sich auch um das Blut einer anderen Person handeln könnte, ließ Bussard für einen Moment verstummen.

„Noch etwas?", fragte Wegner.

„Ja", antwortete Bussard, „ruf Frau Klaasen an. Ihre Handynummer steht in der Akte. Falls sie sich nicht meldet, setz dich mit dem Colombi-Hotel in Verbindung. Gib mir Bescheid, sobald du etwas in Erfahrung gebracht hast!"

Bussard unterbrach die Verbindung, steckte sein Handy ein und betrachtete den dunklen Fleck im Kofferraum.

„Das gefällt mir nicht", murmelte er und schüttelte den Kopf. „Das gefällt mir ganz und gar nicht."

*

Die Suche im Einkaufszentrum blieb erfolglos. Eine Stunde lang durchkämmten die Beamten des MEK das Gebäude, doch sie fanden keine Spur von Maxi Götz. Zahlreiche Zeugen wurden befragt, doch niemand konnte sich erinnern, den zwei Meter großen Mann mit dem schmalen Gesicht und der Adlernase gesehen zu haben. Mallmann nahm die Bänder der zahlreichen Überwachungskameras mit, um sie im Präsidium zu analysieren, doch nach den erfolglosen Zeugenbefragungen glaubte Bussard nicht, dass der Kollege Erfolg haben würde. Smirna rief bei der Zulassungsstelle an und glich die Fahrgestellnummer des schwarzen BMW mit deren Datenbank ab. Es war definitiv Götz' Wagen, doch wie lange er vor dem Einkaufszentrum gestanden hatte, wusste niemand.

Wegner meldete sich bei Bussard. Er berichtete, dass er mit Frau Klaasen, die sich noch immer im

Colombi-Hotel aufhalte, persönlich telefoniert habe. Ahle und Grittner jedoch seien beide nicht erreichbar. Bussard wies ihn an, zwei Streifenwagen zu den Wohnungen der beiden Geschäftsführer der AGK Invest zu schicken, um Ahle und Grittner ausfindig zu machen.

Nach dem Einsatz fuhren die Beamten ins Präsidium zurück. Bussard suchte seinen Chef auf, um Neudörfer über den Fund zu unterrichten.

„Es ist Götz' BMW, der auf dem Parkplatz des Einkaufszentrums stand", berichtete der Kommissar, „aber abgesehen von dem Blut im Kofferraum haben wir noch nichts Verwertbares gefunden. Wir haben den Wagen hierherbringen lassen. Smirna hat allerdings gerade erst angefangen, den BMW zu untersuchen."

„Rückschlüsse auf den Aufenthaltsort von Götz sind nicht möglich?", fragte Neudörfer.

„Nein", antwortete Bussard und schüttelte den Kopf, „ganz im Gegenteil."

„Wie meinen Sie das?"

Bussard, der mit seinem Chef an einem kleinen Besprechungstisch saß, stützte die Ellenbogen auf und legte die Fingerspitzen gegeneinander.

„In Götz' Wohnung gibt es ein Funkmodem", begann er, „außerdem besitzt Götz eine Sammlung von PC-Spielen und einen Joystick. Wir haben jedoch weder einen Computer noch ein Notebook noch irgendwelche Datenträger gefunden. Nichts davon befand sich in seinem Wagen, abgesehen von ein paar Musik-CDs."

Nachdenklich trommelte er mit den Fingerspitzen gegeneinander.

„Jeder macht hin und wieder Sicherungskopien", fuhr er fort, „aber wir haben weder CDs noch USB-Sticks noch eine externe Festplatte gefunden. Seine

Glock samt Munition und Schalldämpfer hat er zurückgelassen, doch Gewehrmunition des Kalibers 7,62 befand sich nicht in der Wohnung. Götz hat alles entsorgt."

„Aber warum hat er seinen Wagen dann auf dem Parkplatz eines Einkaufszentrums stehenlassen?"

„Weil er auf der Flucht ist. Götz benutzt sein Handy nicht, weil er weiß, dass wir es orten können. Er weiß auch, dass wir nach seinem Wagen fahnden, also lässt er ihn stehen."

„Er hätte ihn anzünden können, um Spuren zu vernichten", erklärte Neudörfer. „Warum hat er das nicht getan, wenn er doch alle anderen Beweise verschwinden lässt?"

Ein halb zynisches und halb amüsiertes Lächeln huschte über Bussards Gesicht und er rieb die Handflächen aneinander.

„Götz′ BMW ist tiefergelegt", erwiderte er, „er hat verchromte Felgen, breite Reifen, verbreiterte Kotflügel, Spoiler und eine teure Stereoanlage. Ich schätze, dass Götz es einfach nicht übers Herz gebracht hat, seinen Liebling anzuzünden."

Die gedämpften Klänge von Hells Bells unterbrachen Bussards Überlegungen. Er zog sein Handy aus der Tasche und beantwortete den Anruf.

„Das war Smirna", berichtete er, nachdem er das kurze Telefonat beendet hatte. „Das Blut im Kofferraum ist menschlich. Er konnte die Blutgruppe bestimmen, aber ein DNA-Abgleich braucht Zeit. Außerdem besitzen wir noch keine Vergleichsproben von Ahle und Grittner."

„Sie meinen, es könnte deren Blut sein?", fragte der Polizeirat.

„Möglich“, antwortete Bussard und zuckte mit den Achseln, „Ahle und Grittner sind verschwunden. Sasha hat versucht, sie telefonisch zu erreichen. Als das nicht gelang, haben wir zwei Streifenwagen zu den Wohnungen der beiden geschickt, doch die Kollegen standen jeweils vor verschlossenen Türen.“

„Was hat das zu bedeuten?“

„Das wüsste ich auch gerne“, erwiderte der Kommissar und erhob sich. „Wir sollten die beiden auf jeden Fall zur Fahndung ausschreiben.“

„Denken Sie, dass Götz sich auf einer Art Rachefeldzug befindet?“

Bussard ging zur Tür, griff nach der Klinke und verharrte für einen Moment.

„Schwer zu sagen“, erwiderte er unschlüssig. „Falls es so ist, dann ist Rache vermutlich nicht sein einziges Motiv. Ich bin sicher, dass Geld auch eine Rolle spielt. Vielleicht haben Ahle, Grittner und Klaasen Gelder von Kunden veruntreut, die Götz an die AGK Invest vermittelt hat. Wir wissen doch, dass unsere Freunde aus der Unterwelt ihre eigenen Inkassomethoden haben.“

Bussard ließ die Klinke los und rieb sich nachdenklich das Kinn.

„Sie glauben selbst nicht wirklich daran, oder?“, fragte Neudörfer, der Bussards Zweifel in dessen Gesicht gesehen hatte.

„Nein, eigentlich nicht“, gab der Kommissar zu. „Ich glaube eher, dass Götz auf eigene Rechnung handelt. Er will Kasse machen. Bei Klaasen hat das nicht funktioniert, deshalb wird er sich an Ahle und Grittner halten. Wir müssen die beiden finden und dürfen sie nicht mehr aus den Augen lassen.“

„Also gut“, erwiderte Neudörfer, „ich werde die Fahndung nach Ahle und Grittner veranlassen. Außerdem werde ich mit Schmieder reden, damit wir die Telefone der beiden überwachen können. Er soll sich um die richterlichen Beschlüsse kümmern.“

Bussard nickte, öffnete die Tür und verließ Neudörfers Büro. Er kehrte in sein eigenes Büro zurück, setzte sich an seinen Schreibtisch und griff nach dem Telefonhörer, um Smirna anzurufen, doch in diesen Augenblick läutete sein Handy.

„Hallo Papa“, rief Miriam fröhlich, nachdem er sich gemeldet hatte. „Wir sind wieder zu Hause.“

„Das ist schön“, erwiderte er. „Wie war die Fahrt?“

„Langweilig.“

„Na ja, aber jetzt seid ihr ja wieder da.“

„Wann kommst du?“

Bussard sah auf seine Armbanduhr und dachte einen Augenblick nach. Es war kurz vor neunzehn Uhr. Die Fahndungen nach dem weiterhin flüchtigen Götz und den spurlos verschwundenen Ahle und Grittner liefen. Solange keiner von ihnen auftauchte, gab es für den Moment nichts Dringendes zu tun.

„In einer Stunde bin ich zu Hause“, antwortete er und verabschiedete sich von seiner Tochter.

Er freute sich auf das Wiedersehen mit seinen Kindern, aber er hatte keine Ahnung, wie Helen ihn empfangen würde. Den Besuch bei ihrer Mutter hatte sie als Auszeit nutzen wollen, um über ihre Beziehung nachzudenken. Bussard wusste nicht, zu welchem Ergebnis sie gekommen war, aber er zweifelte nicht daran, dass es am Abend zu einer Aussprache kommen würde. Er holte seinen Anruf bei Smirna nach, doch der Kriminaltechniker konnte noch keine neuen Erkenntnisse vermelden.

Zehn Minuten später verließ Bussard das Präsidium, setzte sich in seinen Passat und fuhr Richtung Bahnhof. Als er den Friedrichring erreichte, bog er kurzentschlossen rechts ab und fuhr bis zum Karlsplatz, wo er seinen Wagen abstellte. Er hatte beschlossen, kleine Willkommensgeschenke für Helen und die Kinder zu kaufen und schlug den Weg in die obere Altstadt ein. In der Konviktstraße, die nach Bussards Meinung eine der schönsten Straßen der Stadt war, suchte er ein kleines Ladengeschäft auf, das bis zwanzig Uhr geöffnet hatte und indianischen Schmuck verkaufte. Er erstand einen silbernen, reich verzierten Armreif mit einem türkisfarbenen Opal und war sicher, dass Helen das Schmuckstück gefallen würde. Für Miriam und Tabea suchte er jeweils einen aus Stein geschnitzten Biber aus, den man an einem Lederband als Halskette tragen konnte. Er ließ sich die Präsente verpacken und verließ den Laden mit einer kleinen Jutetasche, die mit einem Indianerkopf bedruckt war. Als er ins Freie trat, wandte er den Kopf nach links. Er liebte den Anblick der schmalen, winkligen Häuser, von denen jedes in einer anderen Farbe gestrichen war und an deren Wänden sich hie und da Weinreben emporrankten. Zwischen Ostern und Oktober konnte man hier oben in der Altstadt manch launige Stunde verbringen und selbst im bitterkalten Februar wirkte die schmale Gasse mit den kleinen Wein- und Speiselokalen einladend. Mit Kreide bemalte Tafeln wiesen auf Faschingsveranstaltungen hin und einige verkleidete Freunde der fünften Jahreszeit flanierten oder torkelten über das Kopfsteinpflaster. Bussard wollte seinen Blick schon abwenden, als er ein Mädchen bemerkte, das halb versteckt neben einer Treppe saß. Es hatte die Beine angezogen und die Arme um die Unterschenkel geschlungen. Die Kleidung des Mädchens war ebenso schmutzig wie der alte, grüne Armeerucksack, der neben ihr auf dem Boden stand. Bussard ging auf sie zu und blieb vor ihr stehen.

„Ist dir kalt?", fragte er.

Das Mädchen hob kurz den Kopf und nickte. Bussard schätzte, dass sie etwa sechzehn Jahre alt war. In einer Augenbraue und einem Nasenflügel steckte jeweils ein kleiner, silbernen Ring. Dichte Dreadlocks lugten unter ihrer dunkelblauen Strickmütze hervor und um den Hals hatte sie einen Schal geschlungen, der alle Farben des Regenbogens aufwies.

„Hast du Hunger?"

Wieder nickte das Mädchen und Bussard sah sich um. Zwischen zwei Weinlokalen gab es einen asiatischen Imbiss.

„Komm", sagte er und nickte ihr auffordernd zu.

„Wohin?",

„Hier zum Chinesen. Ich spendiere dir ein Abendessen."

Das Mädchen betrachtete den Kommissar argwöhnisch.

„Und dann?"

Bussard sah sie überrascht an.

„Nix und dann", antwortete er, „wir setzen uns da rein, wo´s warm ist, reden ein bisschen und dann fahre ich nach Hause zu meinen Kindern. Ich habe selbst zwei Mädchen und die sind bestimmt auch hungrig."

„Und du spendierst mir´n Essen, einfach so?"

„Ja", antwortete er achselzuckend, „aber keinen Alkohol."

Noch immer sah das Mädchen den Kommissar argwöhnisch an. Bussard erkannte, dass sie ihn einzuschätzen versuchte. Es war mehr als wahrscheinlich, dass sie schon einige schlechte Erfahrungen mit Fremden gemacht hatte und er konnte ihr Misstrauen gut verstehen.

„Aber du lässt deine Finger bei dir", erklärte sie.

„Versprochen", erwiderte er.

Das Mädchen stand auf, nahm seinen Rucksack und überquerte zusammen mit Bussard die schmale Gasse. Als sie das Lokal betraten, schlug ihnen Faschingsmusik entgegen, die der Kommissar in einem asiatischen Lokal nicht vermutet hätte. Er wählte einen Tisch in der Nähe der Heizung und sie setzten sich. Als die Bedienung kam, bestellte Bussard einen schwarzen Tee.

„Kann ich aussuchen, was ich will?", fragte das Mädchen.

„Du bist eingeladen", erwiderte Bussard, „du kannst essen und trinken, was immer du willst."

„Nachtisch auch?"

„Klar."

Das Mädchen nahm die Karte und bestellte chinesische Nudeln mit Schweinefleisch, einen Jasmintee, eine Cola und frittierte Ananas mit Honig zum Dessert.

„Verrätst du mir deinen Namen?", bat er, als die Bedienung ihren Tisch wieder verlassen hatte.

„Wozu?"

Bussard überlegte, ob er sich als Polizist zu erkennen geben sollte. Er wollte sich mit dem Mädchen unterhalten, es aber nicht verschrecken.

„Mein Name ist Bussard", stellte er sich vor. „Ich habe ein Problem und ich brauche deine Hilfe."

„Fuck, ey", fluchte sie, „ich hab mir doch gedacht, dass wieder so eine blöde Anmache kommt!"

Sie griff nach ihrem Rucksack und wollte aufstehen, doch Bussard hielt den Rucksack fest.

„Das ist keine Anmache", erwiderte er.

Das Mädchen stand auf und zog an dem Rucksack, doch Bussard ließ nicht los. Mit der freien Hand griff er in die Innentasche seiner Jacke und zog seinen Dienstausweis heraus.

„Ich bin bei der Kripo und will mich nur mit dir unterhalten", erklärte er. „Nach dem Essen kannst du gehen, wohin du willst."

Wieder erntete er diesen argwöhnischen Blick. Das Mädchen traute ihm nicht, doch es zog auch nicht mehr so fest an seinem Rucksack.

„Worüber unterhalten?"

„Bitte, setz dich", forderte er sie auf, „das hier ist kein Verhör. Ich sagte dir schon, dass ich deine Hilfe brauche."

Die Bedienung brachte den Tee und die Cola und das Mädchen setzte sich wieder. Bussard vermutete, dass allein der Hunger und die Aussicht auf eine warme Mahlzeit ausschlaggebend gewesen waren. Er gab weißen Kandis in seine Tasse und rührte langsam um.

„Wie heißt du?", fragte er noch einmal.

„Amy Winehouse", antwortete sie und schlürfte vorsichtig von ihrem heißen Jasmintee.

Der Kommissar nickte. Er akzeptierte, dass das Mädchen seinen richtigen Namen nicht nennen wollte und er ersparte sich eine Bemerkung darüber, dass die Sängerin mit der großartigen Stimme bereits tot war.

„Du lebst auf der Straße, Amy?"

„Und?", gab sie zurück.

Bussard probierte von seinem Tee und stellte die Tasse wieder ab.

„Vor ein paar Tagen haben wir oben im Schwarzwald ein junges Mädchen gefunden“, berichtete er. „Sie lebte auch auf der Straße. Jetzt ist sie tot. Ihr Name war Alyssa Kettenring.“

Amy stellte ihre Tasse ab. Sie war bleich geworden und ihre Unterlippe begann zu zittern, während sich ihre Augen langsam mit Tränen füllten.

„Du kanntest sie, nicht wahr?“, fragte der Kommissar und das Mädchen nickte stumm.

„Alyssa hat sich vermutlich im Wald verlaufen“, fuhr Bussard fort, „und bei der Kälte ist sie erfroren.“

„Alyssa“, hauchte Amy und zwei Tränen rannen über ihre Wangen.

Sie zog ein schmutziges Taschentuch aus ihrer Hose und wischte sich die Augen, dann putzte sie sich die Nase.

„Wann hast du Alyssa zum letzten Mal gesehen?“, fragte Bussard.

„Weiß nicht“, antwortete Amy, „ist schon ´ne Weile her.“

Die Bedienung brachte das Nudelgericht. Bussard bezweifelte, dass Amy noch Appetit darauf hatte, doch sie nahm sofort die Gabel in die Hand und begann zu essen. Ihr Hunger war größer als ihre Trauer um die verstorbene Freundin.

„Hast du eine Ahnung, warum Alyssa im Schwarzwald war?“, fragte er, doch Amy schüttelte nur stumm den Kopf.

„Hattet ihr gemeinsam Freunde?“, hakte er nach.

Amy antwortete wieder nicht und Bussard beschloss zu warten, bis sie aufgegessen hatte. Durch Zufall hatte er ein Mädchen gefunden, das Alyssa gekannt hatte. Amy wollte zwar ihren richtigen Namen nicht nennen, doch er hoffte, dass die behagliche Wärme im Lokal und ein voller Bauch das Mädchen gesprächig machen würden. Eigentlich gab es für ihn in dieser Sache nichts mehr zu tun, denn es gab keinen Fall Alyssa Kettenring. Der Rechtsmediziner hatte *Unfalltod* auf den Totenschein geschrieben und die Angehörigen waren informiert worden. Man wartete nur noch auf einen Bestatter, der den Leichnam des Mädchens abholen und nach Schwenningen überführen sollte. Für die Behörden war der Fall abgeschlossen, für Bussard jedoch noch nicht.

„War das Essen okay?“, fragte der Kommissar, nachdem das Mädchen die letzte Nudel aus dem Teller gefischt hatte.

„Ja“, antwortete Amy und trank ihren Tee aus.

„Es tut mir leid, was mit Alyssa passiert ist“, sagte er mitfühlend, „und ich will herausfinden, warum sie gestorben ist. Sie ist mutterseelenallein durch den Wald gestiefelt, bei minus zwanzig Grad, ohne Mütze, ohne Schal, ohne Handschuhe und nur mit dünnen Sneakers an den Füßen. Warum hat sie das getan? Was wollte sie dort oben?“

„Wo oben?“

„Im St. Wilhelmer Tal an der Nordseite des Feldbergs.“

Amy senkte den Kopf und blickte nach unten. Bussard wartete, doch das Mädchen rührte sich nicht.

„Du weißt etwas“, spekulierte er.

Die Bedienung kam an ihren Tisch, räumte den Nudelteller ab und stellte die frittierte Ananas vor Amy.

„Falls es jemanden gibt, der schuld an Alyssas Tod ist, dann will ich ihn finden und zur Rechenschaft ziehen“, erklärte der Kommissar, nachdem sich die Bedienung wieder entfernt hatte. „Wer hat Alyssa mitgenommen? Wer hat Alyssa in den Schwarzwald gebracht und warum?"

„Vielleicht war es der Spinnenmann", flüsterte Amy kaum hörbar.

„Der Spinnenmann?", wiederholte Bussard und Amy nickte.

Sie atmete einmal tief durch und sah wieder auf.

„Ich habe Alyssa mit ihm gesehen", erklärte sie. „Sie ist mit ihm mitgegangen."

„Wann war das?"

„Keine Ahnung, schon länger her."

„Wer ist dieser Spinnenmann?"

„Weiß nicht."

Sie zuckte mit den Achseln und sah wieder zu Boden. Bussard hatte den Eindruck, als würde Amy sich vor diesem ominösen Spinnenmann fürchten.

„Warum nennst du ihn Spinnenmann?"

„Weil er so eklige Spinnenfinger hat", antwortete sie ohne aufzusehen.

„Was wollte er von Alyssa?"

Amy antwortete nicht.

„Was wollte der Spinnenmann von Alyssa?", fragte Bussard noch einmal, doch Amy schüttelte nur den Kopf.

Der Kommissar stützte die Ellenbogen auf den Tisch und faltete die Hände. Er hatte eine Spur entdeckt, auch wenn der Kollege Zufall ihn dabei tatkräftig unterstützt hatte. Alyssa hatte jemanden begleitet, den Amy als Spinnenmann bezeichnete. Wenn er herausfand, wer dieser Spinnenmann war, dann konnte er vielleicht doch noch die näheren Begleitumstände ermitteln, die zu Alyssas Tod geführt hatten. Vielleicht stammte sogar eines der Schamhaare, die Münchrath an Alyssas

Leichnam gefunden hatte, von diesem Unbekannten. Dass sich Amy vor dem Spinnenmann fürchtete, war offensichtlich und Bussard musste behutsam vorgehen, wenn er mehr in Erfahrung bringen wollte.

„Bist du auch schon einmal mit dem Spinnenmann mitgegangen?", fragte er sanft.

Amy sank noch weiter in sich zusammen. Sie schlang die Arme um den Körper und Bussard sah, wie eine Träne aus einem ihrer Augen fiel.

„Was hat der Spinnenmann …?", wollte Bussard fragen, doch plötzlich sprang Amy auf, packte ihren Rucksack und stürmte aus dem Lokal.

Nur die frittierte Ananas, ein Glas Cola und ein verwirrter Kommissar blieben zurück.

*

„Hallo, meine Lieben", rief Bussard, sank auf die Knie, breitete seine Arme aus und empfing seine beiden Töchter, „schön, dass ihr wieder da seid! Ich habe euch vermisst."

Er drückte Miriam und Tabea an sich, ließ sie wieder los und stand auf.

„Alle drei", sagte er und gab Helen einen Kuss.

Während er seine Jacke auszog und an die Garderobe hängte, erzählten Miriam und Tabea mal abwechselnd und mal gleichzeitig vom Besuch bei ihrer Großmutter und vom Fasching in Bayern.

„Wir haben die Pfannenzieher gesehen!", rief Tabea.

„Pfannenzieher?", fragte Bussard.

„Ja", antwortete Miriam, „einer sitzt auf einer Bratpfanne und die anderen ziehen ihn durchs Dorf! Das war echt voll lustig!"

Bussard freute sich, dass sich seine Töchter amüsiert hatten. Für sie war der Besuch bei ihrer Oma in Bayern ein kleines Abenteuer gewesen. Wie Helen die Auszeit von ihrer Beziehung genutzt hatte, würde er vermutlich im Laufe des Abends erfahren.

„Ist da was für uns drin?", fragte Tabea und deutete auf die Jutetasche mit dem Indianerkopf, die Bussard an der Garderobe abgestellt hatte.

„Hm", antwortete er, „da muss ich mal nachsehen."

Er nahm die Tasche, zog zwei kleine Päckchen heraus und gab sie seinen Töchtern.

„Ein Geschenk?", fragte Miriam.

„Drei Geschenke", erwiderte er und zog das dritte Päckchen aus der Tasche, „für jeden eins."

Er wandte sich um und sah seine Frau an.

„Dich habe ich auch vermisst", sagte er und gab Helen das Päckchen.

„Danke", erwiderte sie, als sie das Geschenk entgegennahm.

Miriam und Tabea hatten ihre Päckchen bereits geöffnet und die Deckel von den Schachteln genommen.

„Was ist das für ein Tier?", fragte Tabea und hielt das Lederband mit dem Anhänger hoch.

„Wie sieht es denn aus?", gab Bussard zurück.

„Wie ein Hamster", antwortete sie.

„Das Tier ist größer als ein Hamster", erklärte er, „und es hat einen großen, breiten Schwanz."

„Hä?"

„Seine Zähne sind so stark, dass das Tier sogar Bäume damit fällen kann."

„Ein Biber!", rief Miriam.

„Ein Biber!", echote Tabea.

Sie hängten sich die Lederbänder um und strahlten.

„Danke, Papa", riefen beide gleichzeitig.

Bussard legte seine Hände auf ihre Köpfe und verwuschelte ihnen die Haare.

„Gern geschehen", erwiderte er lächelnd.

Während seine Töchter hüpfend und tanzend ins Kinderzimmer verschwanden, wandte sich Bussard an seine Frau.

„Was ist mit dir", fragte er, „willst du dein Päckchen nicht aufmachen?"

„Später", antwortete Helen, „nach dem Abendessen."

Bussard fiel auf, dass er seit dem Frühstück nichts mehr gegessen hatte. Es war ein ereignisreicher Tag gewesen und seine Arbeit hatte ihn so sehr in Beschlag genommen, dass er das Essen darüber vergessen hatte. Fast wie auf Kommando begann sein Magen zu knurren.

„Ich habe Semmelknödel mitgebracht, die meine Mutter gemacht hat", berichtete Helen. „Wir können in einer Viertelstunde essen."

„Okay", erwiderte er und freute sich auf die erste warme Mahlzeit des Tages.

Er ging ins Schlafzimmer und löste das Holster von seinem Gürtel. Als er die Nachttischschublade aufzog und seine Waffe darin verstaute, zögerte er einen Augenblick. Einen ähnlichen Anblick hatte er am Vormittag schon einmal gesehen. In Götz' Wohnzimmer hatte er eine Schublade geöffnet, in der eine Glock 17 gelegen hatte. Bussard runzelte die Stirn und schüttelte den Kopf. Etwas stimmte nicht bei diesem Anblick. Er schloss die Schublade, wartete einen Augenblick und zog sie wieder auf. Das Holster mit der Dienstwaffe hielt seinen Blick gefangen, als ob es ihm etwas sagen wollte, doch er wusste nicht, was es war. Er hatte das intensive Gefühl, als läge etwas direkt vor seinen Augen, ohne dass er es sehen konnte.

„Verdammt“, knurrte er, schloss die Schublade und zog sie zum dritten Mal auf.

Er wusste, dass es nicht um seine, sondern um Götz′ Schublade ging. Was hatte er in der Wohnung des Langen Max übersehen? In der Schublade hatten sich neben der Glock samt Schalldämpfer und Munition auch mehrere Messer, ein chinesisches Nunchaku und ein Schlagring befunden. Was stimmte daran nicht? Verärgert, weil es ihm nicht einfallen wollte, schob er die Schublade wieder bis zum Anschlag zurück und drehte sich um. Er musste an etwas anderes denken und sich ablenken, damit der Gedanke an die Oberfläche kommen konnte. Das, was sich unter der Oberfläche befand, würde seinen Weg von selbst …

Bussard wirbelte auf dem Absatz herum und zog die Schublade wieder auf. Es war die Waffe, die in der Schublade gelegen hatte, obwohl sie dort nicht hätte sein sollen! Maxi Götz hatte seine Wohnung von allem belastenden Material gesäubert. Er hatte sein Notebook und die Datenträger mitgenommen, außerdem das Jagdgewehr, falls er die Tatwaffe nicht schon vorher entsorgt hatte und die dazu passende Munition. Warum aber hatte er seine Handfeuerwaffe zurückgelassen? Ein Jagdgewehr war groß und unhandlich. Man konnte es nicht ständig bei sich tragen, wenn man damit nicht überall auffallen wollte. Götz scheute nicht davor zurück, eine Schusswaffe zu gebrauchen. Er war garantiert nicht unbewaffnet untergetaucht. Vielleicht besaß der Lange Max noch eine zweite Handfeuerwaffe und vielleicht hatte er die Glock auch einfach in der Eile vergessen.

„Was hast du vor", murmelte Bussard, „und wessen Blut haben wir in deinem Kofferraum gefunden?"

Ahle und Grittner waren verschwunden. Das konnte ein Zufall sein. Es war Faschingsdienstag und vielleicht waren die beiden bei einer Veranstaltung, doch Bussard wollte nicht so recht daran glauben. Am Tag zuvor hatten die Ermittler die Geschäfträume der AGK Invest durchsucht und Bussard hatte den beiden zu verstehen gegeben, dass die Finanzberater selbst mögliche Ziele für den Mörder darstellen könnten. Ahle und Grittner standen unter Druck und es war fraglich, ob sie in Partylaune waren. Falls der Mord an Klaasen etwas mit den krummen Geschäften der AGK Invest zu tun hatte, dann hatte Götz vielleicht schon sein zweites, im schlimmsten Fall sogar sein zweites und drittes Opfer getötet, denn es war durchaus möglich, dass das Blut im Kofferraum von zwei verschiedenen Opfern stammte. Vielleicht hatte Götz die beiden getötet, die Leichen mit seinem BMW entsorgt und den Wagen anschließend auf dem Parkplatz beim Einkaufszentrum abgestellt. Das Einzige, was dagegen sprach, war die Zeit. Bussard hatte Ahle und Grittner am Morgen vernommen und die beiden hatten das Präsidium gegen zehn Uhr auf ihren eigenen Füßen verlassen, aber sie wurden nicht überwacht. Bussard hatte keine Ahnung, wohin sie gegangen oder gefahren waren. Gegen siebzehn Uhr war Götz′ BMW gesichtet worden und danach hatte man von Ahle und Grittner nichts mehr gesehen oder gehört.

Sieben Stunden, dachte Bussard, um unbemerkt zwei Morde zu begehen und die Leichen zu entsorgen, doch wozu? Götz hatte Klaasen in dessen Haus erschossen und die Leiche liegen gelassen. Vielleicht hatte er ursprünglich einen anderen Plan gehabt und Barbara Klaasen hatte ihn gestört. Der Mord war schon während der Tat entdeckt worden und Götz hatte weder Zeit noch Gelegenheit gehabt, die Leiche verschwinden zu lassen. Warum hätte er dann aber bei Ahle und Grittner anders verfahren sollen?

Bussard schüttelte unwillig den Kopf. Das Szenario, das er sich gerade ausgemalt hatte, ergab keinen Sinn. Falls Götz tatsächlich Ahle und Grittner getötet hatte, wofür es noch keine objektiven Anhaltspunkte gab, dann hätte er kein unnötiges, um nicht zu sagen sinnloses Risiko bei der Entsorgung der Leichen eingehen müssen. Das menschliche Blut im Kofferraum von Götz′ BMW war jedoch ein Fakt, der sich nicht wegdiskutieren ließ. Barbara Klaasen war erwiesenermaßen noch am Leben. Wenn das Blut aber weder von Ahle noch von Grittner stammte, wen hatte Götz dann noch auf seiner Rechnung?

Nachdenklich verließ Bussard das Schlafzimmer. Helen hatte in der Zwischenzeit den Tisch gedeckt und Bussard schüttelte die Gedanken an den Fall ab. Es war Essenszeit und er wollte sich ausschließlich mit seiner Familie beschäftigen.

Nach dem Abendessen brachte Bussard seine Töchter zu Bett und las ihnen einige Seiten aus Michael Endes Buch Momo vor, in dem Zigarren rauchende, graue Herren den Menschen vorgeblich halfen Zeit zu sparen, sie in Wahrheit jedoch darum betrogen. Alle Zeit, die nicht mit dem Herzen wahrgenommen wird, ist verloren, hatte Meister Hora zu der kleinen Momo gesagt. Das tiefsinnige Kinderbuch brachte Bussard seine eigene Situation zu Bewusstsein. Auch er hatte oft nicht so viel Zeit, wie er sich wünschte, um sie mit seinen Töchtern zu verbringen. Nach den obligatorischen Gute-Nacht-Küssen für Miriam und Tabea löschte er das Licht und ging ins Wohnzimmer. Helen saß auf der Couch und da der Fernseher nicht eingeschaltet war, wusste er, dass sie auf ihn gewartet hatte.

„Können wir jetzt reden?“, fragte sie.

„Sicher“, antwortete Bussard und setzt sich neben Helen auf die Couch.

„Ich habe nachgedacht“, begann sie, „und ich möchte, dass sich etwas ändert.“

„Und was soll sich ändern?“

„Ich möchte, dass du mehr Zeit mit deinen Kindern verbringst, bevor sie anfangen, ‚Sie‘ zu dir zu sagen.“

Die Geste, mit der sie ihre Worte unterstrich, hatte etwas Kategorisches, als ob sie den Satz mit bloßen Händen in Stein hätte meiseln wollen.

„Ich habe ihnen gerade etwas vorgelesen“, verteidigte er sich, „das mache ich fast jeden Abend.“

„Glaubst du, dass fünf Minuten am Tag genug sind?“, gab sie zurück, wobei ihre Stimme eine Nuance schärfer geworden war.

Bussard zuckte mit den Achseln. In seiner Erinnerung sah er sich mit Miriam und Tabea beim Skifahren oder im Kinderzimmer auf dem Boden liegend Burgen und Schlösser aus LEGO-Steinen bauend.

„Weißt du, wie viel Zeit ich mit ihnen verbringe?“, fragte Helen.

„Du hast nur einen Halbtagsjob“, erwiderte er, „deshalb hast du einfach mehr Zeit für sie.“

„Und was ist mit mir?“

„Was meinst du?“

„Wieviel Zeit habe ich für mich?“

Wieder zuckte Bussard mit den Schultern. Er wusste nicht, was Helen eigentlich von ihm wollte.

„Wieviel Zeit brauchst du denn für dich?“, entgegnete er.

„Darum geht es doch überhaupt nicht“, antwortete sie und ihre Stimme wurde eine Spur lauter. „Ich muss mich immer um alles kümmern, weil du nie da bist.“

Bussard seufzte. Es war eine jener Generalanklagen, die er besser unerwidert ließ, wenn er sich nicht mit Helen streiten wollte und doch konnte er die Aussage nicht so einfach im Raum stehenlassen.

„Du kennst meinen Job“, erklärte er, „ich war schon Polizist, als wir geheiratet haben. Meine Dienstzeiten ...“

„Du musst dich versetzen lassen“, unterbrach sie ihn, „such dir etwas im Innendienst, wo du geregelte Arbeitszeiten hast!“

Bussard runzelte die Stirn, dann schüttelte er langsam den Kopf.

„Du hast dir deinen Job ausgesucht und ich mir meinen“, erklärte er. „Keiner von uns sollte dem anderen reinreden.“

„Aber du leidest nicht unter meinem Job“, entgegnete Helen und sah ihn anklagend an.

Bussard lehnte sich zurück und verschränkte die Hände im Schoß. Eine Versetzung in den Innendienst war für ihn völlig indiskutabel. Er war Ermittler, mit Leib und Seele, und keine zehn Pferde hätten ihn an einen Schreibtisch gefesselt. Es genügte ihm, dass er hin und wieder Berichte schreiben musste. Die Ermittlungsarbeit jedoch, das Suchen nach Täter und Motiv, das ihn in jeden Winkel der Stadt führte und mit allen möglichen Menschen zusammenbrachte, war neben seiner Familie sein Lebenselixier.

„Die Menge der Zeit, die man miteinander verbringt, ist doch zweitrangig“, erklärte er. „Viel wichtiger ist doch, wie man die Zeit miteinander nutzt, dass man sie miteinander und nicht nebeneinander verbringt.“

„So ein Quatsch“, widersprach sie, „wenn du nie da bist, kannst du auch keine Zeit mit deinen Kindern verbringen. Und ich bleibe dabei auf der Strecke. An mich denkst du nie!“

Bussard schüttelte resigniert den Kopf. Er wollte diese Diskussion nicht fortführen. Vielleicht hatte Helen nicht ganz unrecht, denn er war wirklich oft beruflich eingespannt, aber die Situation war auch nicht so dramatisch, wie sie sie darstellte. Wenn er zu Hause war, dann war er auch mit seinen Kindern zusammen, selbst wenn sie nur miteinander Einkäufe erledigten. Er wusste, dass das allabendliche Ritual des Vorlesens für Miriam und Tabea wichtig war. In diesen Minuten gehörte er ganz ihnen und sie spürten seine Liebe und Zuneigung. Für Bussard war das eine der Selbstverständlichkeiten des Vaterseins, die ihm selbst viel bedeutete, doch er hatte in jüngster Vergangenheit auch das Gegenteil davon erlebt. Die arbeitslose Mutter von Alyssa Kettenring hatte viel Zeit für ihre Kinder, doch sie verbrachte sie nicht mit, sondern lediglich neben ihnen. Auch bei dem Mädchen, das sich Amy Winehouse nannte, war es vermutlich der Mangel an Liebe und Zuwendung gewesen, der sie aus dem Elternhaus getrieben hatte, um ein Leben auf der Straße zu fristen. Bussard wusste, dass sein Verhältnis zu seinen Kindern und wichtiger noch ihr Verhältnis zu ihm in Ordnung waren. Nicht Miriam und Tabea waren unzufrieden, sondern Helen, die sich beklagte, zu wenig Zeit für sich selbst zu haben.

„Was würdest du denn tun, wenn du mehr Zeit für dich hättest?", fragte er.

„Das spielt doch überhaupt keine Rolle", erwiderte sie und griff nach der Fernbedienung. „Dir ist das doch sowieso egal."

Nein, ist es nicht, dachte er, doch er reagierte nicht auf diese Spitze. Er stand auf, ging zur Garderobe, zog seine Jacke an und ging auf den Balkon, wo ihn die eiskalte Nachtluft empfing. Wieder dachte er an Alyssa, die in einer solchen Nacht allein durch den verschneiten Wald geirrt war. Während er sich eine Zigarette drehte, fiel ihm der Ausdruck ein, den Amy gebraucht hatte: der Spinnenmann. Er hat so eklige Spinnenfinger, hatte sie gesagt. Bei ihrer Unterhaltung in dem chinesischen Lokal hatte Bussard gespürt, dass Amy selbst ein Erlebnis mit dem Spinnenmann gehabt hatte, über das sie nicht hatte sprechen wollen. Er war sicher, dass auch sie mit dem Spinnenmann mitgegangen war. Bussard nahm sein Feuerzeug aus der Jacke, um seine Zigarette anzuzünden. Als die kleine Flamme aufloderte, wurde ihm plötzlich bewusst, was hinter Amys Schweigen steckte und er erinnerte sich an die Worte von Professor Münchrath. Nach der Obduktion von Alyssa hatte der Rechtsmediziner erklärt, dass das Mädchen vor seinem Tod heftigen Sex mit zwei Männern gehabt hatte. Ob es sich um eine Vergewaltigung gehandelt hatte oder ob der Sex einvernehmlich gewesen war, hatte Münchrath nicht beantworten können. Für Bussard lag es auf der Hand, dass Amy ein ähnliches Erlebnis mit dem Spinnenmann gehabt haben musste.

Er zündete seine Zigarette an und inhalierte tief. In Freiburg ging ein Mann um, der es auf Straßenkinder abgesehen hatte. Die Kleinsten und Schwächsten, die auf der untersten Stufe der sozialen Leiter standen und nicht einmal ein Dach über dem Kopf hatten, waren die leichteste Beute für den Spinnenmann.

„Ich werde dich kriegen", murmelte Bussard grimmig, „verlass dich drauf!"

## 9

„Ich muss dich sprechen. Es ist dringend!"

„Bist du in deinem Büro?"

„Ja, aber ich komme besser zu dir."

„Okay, bis gleich."

Bussard legte auf und lehnte sich zurück. Er war gespannt, was Heidi Peters Dringendes zu berichten hatte. Es war kurz nach acht Uhr morgens am Aschermittwoch. Eigentlich hatte er Neudörfer aufsuchen wollen, doch das Gespräch mit seinem Chef konnte auch bis später warten.

Drei Minuten später klopfte es an der Tür seines Büros und Heidi Peters trat ein. Sie trug einen sandfarbenen Hosenanzug über einer hellblauen Bluse und wieder dachte Bussard, dass man sie eher hinter einem Bankschalter als bei der Polizei vermuten würde. Sie schloss die Tür und kam zu Bussards Schreibtisch. Unter dem Arm trug sie einen Aktenordner, der mit „DEP-AUS-KD" beschriftet war.

„Morgen", begrüßte Bussard seine Kollegin, „Kaffee?"

„Guten Morgen", erwiderte sie, „nein, danke. Ich habe schon gefrühstückt."

Mit einer einladenden Handbewegung wies Bussard auf einen der beiden Stühle vor seinem Schreibtisch. Heidi legte den Aktenordner ab und setzte sich.

„Was hast du entdeckt?", fragte Bussard.

„Ich bin die Kundenliste der AGK Invest durchgegangen", antwortete sie, „sie liest sich wie das Mitgliederverzeichnis eines Golfclubs. Ganz Freiburg ist hier vertreten."

Es war natürlich nur eine Floskel, die sie verwendet hatte, doch Bussard dachte daran, dass es auch ein anderes Freiburg gab, eines, in dem Geldanlagen ferner waren als der Mars.

„Ich bin auf einen Namen gestoßen, der deinen und meinen Fall betrifft", fuhr sie fort.

„Und der Name ist irgendwie delikat?", erriet er.

„Das kann man wohl sagen", erwiderte sie, nahm den Ordner und schlug ihn an der Stelle auf, die mit einem gelben Haftnotizzettel markiert war.

Sie drehte den Ordner um und schob ihn Bussard entgegen. Der Kommissar beugte sich vor und betrachtete das Schriftstück. Es war ein Depotauszug und als er den Namen des Kunden las, stieß er einen leisen Pfiff aus.

„Überraschung", sagte er und nickte.

„Was machen wir jetzt?", fragte Heidi.

„Wissen deine Kollegen schon Bescheid?"

„Nein, noch niemand, aber früher oder später werden sie garantiert auch darauf stoßen. Ich war mir nur nicht sicher, wie ich jetzt vorgehen soll."

Bussard dachte einen Augenblick nach.

„Falls Götz im Auftrag eines Hintermannes den Mord an Klaasen verübt hat, was wir im Augenblick aber noch nicht wissen, dann ist jeder, dessen Name in einem dieser Ordner auftaucht, verdächtig", sagte er, stand auf und lächelte seine Kollegin an, „und jetzt werden wir dem Verdächtigen einen Besuch abstatten. Ich bin gespannt, was er zu sagen hat."

Er ging zur Garderobe, um seine Jacke anzuziehen, als das Telefon auf seinem Schreibtisch läutete. Bussard ging zurück und schaltete auf Lautsprecher.

„Bussard", meldete er sich und zog seine Jacke an.

„Smirna", erwiderte der Anrufer, „wir haben die Seriennummern der Elektrogeräte aus Götz' Wohnung überprüft. Der Fernseher und die Stereoanlage stammen aus einem Einbruchdiebstahl in einem Elektronikmarkt letzten November. Falls du mehr wissen willst, kannst du dich an die Kollegen von Bruch und Klau wenden. Den Weg der Glock konnten wir noch nicht zurückverfolgen. Ich habe schon eine eMail mit der Seriennummer an den Hersteller geschickt und warte auf Antwort."

„Danke, Bertold", erwiderte Bussard, „wisst ihr schon etwas über das Blut aus dem Kofferraum?"

„Immer langsam", wehrte Smirna ab, „so schnell schießen die Preußen auch nicht."

„Okay, schon gut. Ruf mich auf dem Handy an, wenn ihr etwas habt."

„Alles klar."

Bussard unterbrach die Verbindung und sah Heidi auffordernd an.

„Vamos", sagte er, ging zur Tür, öffnete sie und ließ der Kollegin den Vortritt.

Sie verließen das Präsidium durch den Hintereingang und fuhren mit Bussards Passat in die Innenstadt. Als Bussard während der kurzen Fahrt die Vermutung äußerte, dass Heidi nicht den üblichen Weg eingeschlagen hatte, um Polizeibeamtin zu werden, bestätigte die Kommissarin Bussards Annahme.

„Nach dem Abitur habe ich Wirtschaftswissenschaften studiert", erzählte sie, „eigentlich wollte ich Wirtschaftsprüferin werden. Du wirst vielleicht lachen, aber als Kind habe ich immer gerne Detektivgeschichten gelesen. Ich fand es spannend, nach der Wahrheit zu suchen, Fakten aufzudecken, zu kombinieren und am Ende den Täter zu überführen."

„Und wie bist du dann bei unserem Verein gelandet?"

„Es war mir zu langweilig, ganz normale Unternehmen zu prüfen", fuhr sie fort. „Es gibt zwar überall kleinere oder größere Unstimmigkeiten, vorsichtig ausgedrückt, doch letztlich geht es immer nur darum, seine Unterschrift unter einen Jahresabschluss zu setzen. Die wirklich spannenden Fälle landen bei der Polizei und der Staatsanwaltschaft. Zuerst habe ich überlegt, noch ein Jurastudium dranzuhängen, doch dann entschloss ich mich, zur Polizei zu gehen. Ich wollte einfach näher dran sein, irgendwie mittendrin, wenn du verstehst, was ich meine."

Bussard nickte und sah sich nach einem Parkplatz um. Er verstand sehr gut, was Heidi meinte. Sie war ebenso Ermittlerin wie er selbst, auch wenn sie keine Dienstpistole trug. Ihre Waffen waren Taschenrechner und Computerprogramme, mit denen sie ihre Täter dingfest machte.

„Aussteigen", sagte er, nachdem er einen Parkplatz in der Kaiser-Joseph-Straße gefunden hatte.

Er stellte den Motor ab und die beiden Kommissare stiegen aus. Sie überquerten die Straße und betraten das Gebäude, in dessen Erdgeschoss sich ein Baby-Ausstatter befand. Aus Platzgründen hatte man drei Jahre zuvor die Abteilung II, die Todesermittlungen in Freiburg-Stadt bearbeitete, ausgelagert. Die beiden Kommissare stiegen die Treppe zum zweiten Obergeschoss hinauf. Bussard klopfte an die Tür des Vorzimmers und betrat mit seiner Kollegin das Büro von Sandra Keller.

„Guten Morgen", wünschte er, „melden Sie uns bitte bei Ihrem Chef an."

„Guten Morgen, Herr Bussard", erwiderte sie, stand hinter ihrem Schreibtisch auf, ging zur Tür des Büros ihres Chefs, klopfte und trat ein.

Bussard hörte, wie sie die morgendlichen Besucher anmeldete und einen Augenblick später erschien die gutaussehende, langbeinige Blondine wieder in der Tür.

„Bitte", sagte sie und wies mit der Hand in das offene Büro.

Bussard ließ Heidi den Vortritt und folgte ihr. Als sie das Büro des Oberstaatsanwalts betreten hatten, schloss die Sekretärin leise die Tür.

„Guten Morgen, Herr Bussard, guten Morgen, Frau Peters", begrüßte sie Schmieder und sah von seinem Schreibtisch auf, „wie ist der aktuelle Stand der Ermittlungen?"

„Guten Morgen, Herr Oberstaatsanwalt", erwiderte Bussard und die beiden Kommissare durchquerten das ausladende Büro mit den dunklen Holzmöbeln, dem riesigen Perserteppich und dem erst kürzlich wieder einmal ausgetauschten Konterfei des Bundespräsidenten.

Ohne auf Schmieders Einladung zu warten, setzte sich Bussard auf einen der beiden Besucherstühle vor Schmieders Schreibtisch. Er wies mit der Hand auf den zweiten Stuhl und nickte Heidi zu, die etwas zögerlich ebenfalls Platz nahm. Den Aktenordner, den sie aus dem Präsidium mitgebracht hatte, legte sie auf ihre Oberschenkel.

„Wie Sie wissen, haben wir gestern Götz' Wagen gefunden", begann Bussard, „leider haben wir Götz nicht verhaften können, aber wir sind dran. Die Fahndung läuft auf Hochtouren. Es ist nur eine Frage der Zeit, bis wir ihn schnappen."

„Soweit ich informiert bin, gab es Blutspuren im Kofferraum", erwiderte Schmieder. „Haben Sie dazu schon Ergebnisse?"

„Die Kollegen arbeiten daran", antwortete Bussard, „aber im Augenblick wissen wir noch nicht, wessen Blut in Götz' Kofferraum nachgewiesen wurde."

„Haben Sie eine Vermutung?"

„Es könnte von Ahle oder Grittner stammen, es könnte aber auch das Blut einer weiteren Person sein, von der wir noch nichts wissen. Ahle und Grittner sind spurlos verschwunden. Wir fahnden nach ihnen."

„Spurlos?", fragte Schmieder, dessen Überraschung deutlich in seinem Gesicht geschrieben stand.

„Ja", bestätigte Bussard, „sie sind wie vom Erdboden verschluckt. Es ist denkbar, dass sie Opfer Nummer zwei und drei von Götz geworden sind."

Er legte eine kurze Pause ein und genoss die Vorfreude auf den nächsten Satz, ohne jedoch eine Miene zu verziehen.

„Sie könnten sich aber auch abgesetzt haben", fuhr er fort, „vielleicht sitzen sie schon in einem Flugzeug, das sie in die Südsee bringt."

„Abgesetzt?", wiederholte Schmieder und sein immer ein wenig gerötetes Gesicht wurde eine Spur dunkler.

Bussard wusste genau, was im Kopf des Oberstaatsanwalts vorging und es hätte ihn nicht gewundert, wenn tiefrote Zahlen auf Schmieders Stirn erschienen wären.

„Wie viel haben Sie verloren?“, fragte der Kommissar.

„Was meinen Sie?“, gab Schmieder zurück, an dessen Schläfe eine Ader zu pochen begonnen hatte.

„Sie sind doch auch Kunde der AGK Invest“, erklärte Bussard, „nicht wahr, Herr Oberstaatsanwalt?“

Schmieder antwortete nicht. Heidi öffnete den Ordner, entnahm ihm ein DIN A4 Blatt und legte es vor Schmieder auf den Schreibtisch.

„Sofern es nicht noch einen weiteren Georg Schmieder in Freiburg gibt, dann ist das Ihr Name, der auf diesem Depotauszug steht“, erklärte sie.

„Das muss ein Missverständnis sein“, sagte Schmieder und schüttelte den Kopf, „da sollte eigentlich der Name meiner Frau stehen, nicht meiner.“

„Und was würde das ändern?“, fragte Bussard.

„Ich verstehe nicht …“

Der Kommissar lehnte sich zurück, legte den linken Fuß lässig auf sein rechtes Knie und verschränkte die Hände im Schoß.

„Was machen wir jetzt“, fragte er, „alberne Spielchen spielen oder ernsthaft ermitteln?“

Schmieder holte tief Luft, um zu antworten, doch dann schüttelte er resigniert den Kopf.

„Sie haben recht“, gestand er schließlich, „ich habe einen Fehler gemacht.“

„Sie hätten Ihre Beziehung zur AGK Invest sofort offenlegen müssen“, erklärte Heidi. „Ihr Name auf diesem Auszug bedeutet, dass Sie in den Fall involviert sind.“

„In Ihren Fall, Frau Peters“, konkretisierte Schmieder und versuchte, seine Selbstsicherheit zurückzugewinnen. „Sie bearbeiten eine Wirtschaftsstrafsache und die Ermittlungen liegen bei Oberstaatsanwältin Lautenschläger. Ja, in diesen Fall bin ich involviert, wenn auch nur mittelbar. Herr Bussard bearbeitet ein Tötungsdelikt und …“

„Und Sie kannten das Opfer“, unterbrach Bussard. „Sebastian Klaasen war einer der Geschäftsführer der AGK Invest, die Kundengelder veruntreut hat. Wenn Götz im Auftrag eines geprellten Anlegers den Mord verübt hat, dann ist jeder Kunde der AGK Invest verdächtig. Sie sind einer dieser Kunden, Herr Oberstaatsanwalt.“

„Wollen Sie damit andeuten, dass ich verdächtig bin?“, fragte Schmieder, stützte die Hände auf den Schreibtisch und beugte sich drohend vor.

Es war offensichtlich, dass ihm sein Fehler peinlich war. Auch wenn er sich Mühe gab, souverän zu erscheinen, konnte Bussard im Gesicht des Oberstaatsanwaltes erkennen, dass er versuchte, seine Verfehlung hinter einer Drohgebärde zu verstecken. Bussards Auftritt hatte Schmieder schlagartig klar gemacht, wie man sich fühlte, wenn man bei einer Vernehmung nicht fragte, sondern befragt wurde.

„Wieviel Geld haben Sie in den Sand gesetzt?“, fragte Bussard noch einmal.

Er war nicht gewillt, Schmieder vom Haken zu lassen. Der Oberstaatsanwalt hatte seine Beziehung zum Mordopfer verheimlicht. Bei jedem anderen Verdächtigen hätte Schmieder selbst sofort nachgefragt und die Daumenschrauben angezogen. Als potenzieller Auftraggeber für den Mord an Klaasen hatte Schmieder ein

Motiv und Bussard wollte, dass der Oberstaatsanwalt die Karten auf den Tisch legte.

Schmieder antwortete nicht. Er wusste, dass Bussard recht hatte. Jeder Kunde der AGK Invest musste ohne Ansehen der Person überprüft werden, selbst wenn er Oberstaatsanwalt war.

„Glauben Sie ernsthaft, dass ich einen Mord in Auftrag gegeben habe?“, fragte er.

Seine Stimme hatte alle Schärfe verloren und Bussard wusste, dass Schmieder ihm nun Rede und Antwort stehen würde.

„Nein“, antwortete der Kommissar ohne zu zögern, „ich kenne Sie, Herr Schmieder. Sie hätten Klaasen vor Gericht gezerrt und wären als Nebenkläger aufgetreten. Diese Show hätten Sie sich nicht entgehen lassen. Trotzdem muss ich Sie nach Ihrer Beziehung zu Klaasen befragen. Das gehört zu meinem Job. Wie haben Sie sich kennengelernt?“

Schmieder nickte seufzend. Er lehnte sich zurück und ließ seine Hände auf die Schreibtischplatte sinken.

„Vor etwa zehn Jahren gab es auf dem Zubringer Mitte einen Verkehrsunfall, bei dem ein Mann getötet wurde“, erzählte er. „Sein Name war Hasso Klaasen. Ich habe damals die Ermittlungen geleitet, bei denen die Frage geklärt werden musste, ob der andere am Unfall beteiligte Fahrer grob fahrlässig gehandelt hatte. Hasso Klaasen, ein Unternehmer aus Husum in Norddeutschland, der sich in Freiburg niedergelassen hatte, hinterließ eine Frau. So habe ich Barbara Klaasen kennen gelernt. Vor etwa einem Jahr haben wir uns zufällig bei einer Veranstaltung wiedergetroffen. Frau Klaasen hatte zwischenzeitlich wieder geheiratet und mir an jenem Abend ihren neuen Mann vorgestellt. Ich war natürlich erstaunt darüber, dass er so viel jünger war als sie, doch so etwas sieht man heutzutage ja häufiger."

Er schüttelte den Kopf und ein missbilligender Ausdruck huschte für einen Moment über sein Gesicht, bevor er fortfuhr.

„Sebastian Klaasen war sehr eloquent. Wir unterhielten uns über die Finanzkrise, den Verfall des Euro und so weiter. Das Gespräch schien völlig unverfänglich zu sein, doch innerhalb weniger Minuten hatte er mich quasi durchleuchtet. Ich gebe es nur ungern zu, doch er hat mich um den Finger gewickelt. Einige Tage später habe ich die Geschäftsräume der AGK Invest aufgesucht und so kam eine Geschäftsbeziehung zustande."

„Sie investierten in kenianische Kupferminen", vermutete die Kommissarin, doch Schmieder schüttelte den Kopf.

„Nein, Frau Peters. Ich bin nicht der Typ, der hochspekulative Investments tätigt, schon gar nicht in Afrika, wo die Wahrscheinlichkeit hoch ist, dass man sein Geld nie wieder sieht. Wir, das heißt meine Frau und ich, haben uns finanziell an einem Kreuzfahrtschiff beteiligt, das in Deutschland gebaut werden sollte. Klaasen hatte schnell herausgefunden, dass ich als deutscher Beamter, der ich nun mal bin, auf deutsche Wertarbeit vertrauen würde. Ein deutsches Kreuzfahrtschiff, gebaut auf einer deutschen Werft von deutschen Arbeitern, das klang gut und seriös. Hinzu kamen Steuervorteile, die der Staat gewährte und die Sicherung von Arbeitsplätzen in unserem Land. Klaasen hatte mich schneller am Haken als ich mich umschauen konnte."

„Haben Sie sich über die Werft und das geplante Schiff nicht aus einer unabhängigen Quelle informiert?", fragte sie und Schmieder schüttelte den Kopf.

„Nein, das habe ich nicht“, antwortete er, „die AGK Invest machte einen seriösen Eindruck. Das bestätigten mir auch einige Leute aus unserem Bekanntenkreis, die ebenfalls bei Klaasen und seinen Partnern investiert hatten. Alle lobten die Firma in den höchsten Tönen und sprachen von Renditen, die jede Erwartung übertrafen. Es gab auch regelmäßige Gewinnausschüttungen und wir hatten keinen Grund anzunehmen, dass es sich um eine betrügerische Firma handeln könnte. Heute weiß ich, wie blauäugig das war.“

„Wie viel Geld haben Sie verloren?“, fragte Bussard zum dritten Mal.

„Einhundertfünfzigtausend Euro“, antwortete Schmieder. „Es handelt sich hauptsächlich um Geld, das meine Frau geerbt hat.“

Er streckte den Rücken durch und sah die Kommissarin an.

„Ich habe kein Problem damit, alle Belege offenzulegen“, erklärte er. „Alles, was wir investiert haben, ist legal erworben und ordnungsgemäß versteuert worden.“

„Aber alles, was Sie investiert haben, ist futsch“, erwiderte Bussard.

„Steht das schon fest?“, fragte Schmieder.

„Schwer zu sagen“, antwortete die Kommissarin und zuckte mit den Achseln, „aber wir müssen davon ausgehen, dass nahezu alle Gelder veruntreut wurden. Auf den Konten der AGK Invest befindet sich jedenfalls kein nennenswertes Vermögen.“

„Warum wurden Ahle und Grittner nicht gleich bei der Durchsuchung der Geschäftsräume verhaftet?“, fragte der Oberstaatsanwalt.

„Weil wir zwar einen begründeten Anfangsverdacht für ein Ermittlungsverfahren gegen Ahle und Grittner haben, aber noch keine Beweise für strafrechtlich relevante Taten", erwiderte sie. „Unsere Ermittlungen brauchen nun einmal sehr viel Zeit."

Schmieder schüttelte den Kopf. Er wusste, dass für jeden Verdächtigen zuerst die Unschuldsvermutung galt und ein Haftbefehl von einem Richter nur unterschrieben wurde, wenn es dafür zwingende Gründe gab. Flucht- und Verdunklungsgefahr hätten solche Gründe sein können, aber da sich zwei Fälle überschnitten, an denen zwei Staatsanwaltschaften beteiligt waren, hatte niemand schnell genug reagiert. Der Mord an Sebastian Klaasen hatte die Ermittler des Wirtschaftsdezernats überrascht. Der Glücksfall, so unverhofft eine Durchsuchung der Geschäftsräume bei der AGK Invest durchführen zu können, um belastendes Material sicherzustellen, hatte die beiden verbliebenen Gesellschafter für einen Augenblick aus dem Fokus genommen. Falls Ahle und Grittner sich tatsächlich abgesetzt hatten, dann waren die Ermittler nicht ganz schuldlos daran.

„Wie war Ihr Kontakt zu Klaasen", fragte Bussard. „Haben Sie sich häufig getroffen, vielleicht auch privat?"

„Nein", antwortete Schmieder, „ich habe drei oder vier Mal die Geschäftsräume der AGK Invest aufgesucht. Privat hatten Klaasen und ich keinen Kontakt und falls das Ihre nächste Frage ist: Ich hatte auch keine Unterhaltung mit Klaasen über private Angelegenheiten. Den Namen Götz hat er mir gegenüber jedenfalls niemals erwähnt."

„Kannten Sie Götz vielleicht aus einem anderen Zusammenhang, möglicherweise aus einem Verfahren gegen ihn, das Sie geleitet haben?"

„Nein, den Namen Maximilian Götz habe ich zum ersten Mal im Zuge Ihrer Ermittlungen gehört."

Bussard nickte. Er glaubte Schmieder, auch wenn es für den Augenblick nur Behauptungen waren, die der Oberstaatsanwalt auch leicht aus Selbstschutz aufgestellt haben konnte. Falls es einen Hintermann bei der Ermordung des ehemaligen Finanzberaters gegeben hatte, dann war es nicht Oberstaatsanwalt Georg Schmieder gewesen, dessen war Bussard sich sicher. Schmieder agierte nur mit dem Gesetzbuch in der Hand, doch Klaasen war mit einem Jagdgewehr erschossen worden.

„Herr Bussard?", fragte Schmieder.

„Bitte?"

Bussard hatte nicht gehört, ob Schmieder eine Frage an ihn gestellt hatte. Für einen Augenblick hatte sich die Konzentration des Kommissars auf einen ganz anderen Punkt gerichtet, eine Frage, die er sich bis zu diesem Augenblick noch nicht gestellt hatte.

„Habe ich alle Fragen zu Ihrer Zufriedenheit beantwortet?", wiederholte der Oberstaatsanwalt.

„Ja", antwortete Bussard, stand auf und sah seine Kollegin an. „Falls du keine Fragen mehr hast?"

„Nein", erwiderte sie und stand ebenfalls auf, „in meinem Fall ist Herr Schmieder lediglich ein Geschädigter. Ich habe keine weiteren Fragen."

„Dann wünsche ich Ihnen viel Erfolg bei den Ermittlungen", erklärte Schmieder, „und dass Sie Götz baldmöglichst festnehmen können. Das gilt auch für die Fahndung nach Ahle und Grittner. Ich hoffe, dass die beiden noch am Leben und nicht weitere Opfer von Götz geworden sind."

„Wiedersehen", sagte Bussard und wandte sich um.

Er hatte die letzten Worte von Schmieder kaum noch gehört, denn seine Gedanken kreisten um die Frage, warum Götz ausgerechnet ein Jagdgewehr benutzt hatte.

*

Nach dem Besuch bei Oberstaatsanwalt Schmieder fuhr Bussard mit seiner Kollegin ins Präsidium zurück. Während der Fahrt unterhielten sie sich darüber, wie handzahm sich Schmieder schließlich bei der Befragung verhalten hatte. Die Kommissarin wusste nun auch, warum der Oberstaatsanwalt bei ihrem ersten Zusammentreffen so drängend und unfreundlich gewesen war. Seine Verstrickung in den Fall Klaasen hatte ihn nervös werden lassen. Zum einen musste er damit rechnen, dass sich sein bei der AGK Invest angelegtes Geld in Rauch aufgelöst hatte und zum anderen konnte er mit Sicherheit davon ausgehen, dass sein Name im Zuge der Ermittlungen auftauchen würde. Warum Schmieder aber nicht von Anfang an seine Beziehung zum Opfer und dessen Firma offengelegt hatte, wussten die Kommissare nicht. Vielleicht war es eine irrationale, aber gleichwohl menschliche Regung des Oberstaatsanwalts gewesen und er hatte darauf vertraut, dass der Mordfall Klaasen aufgeklärt sein würde, bevor die Betrugssache AGK Invest richtig ins Laufen gekommen war.

Bussard stand am Hintereingang des Präsidiums und rauchte eine seiner Selbstgedrehten. Den Kragen seiner Jacke hochgeschlagen und die Arme seitlich an den Körper gepresst, trotzte er der sibirischen Kälte, während er über die Frage nachdachte, warum der Lange Max ausgerechnet ein Jagdgewehr benutzt hatte. In Götz´ Wohnung hatten sie eine Handfeuerwaffe samt Schalldämpfer sichergestellt. Im Gegensatz zu einem Jagdgewehr war die Glock 17 klein, handlich und unauffällig zu transportieren. Es wäre für Götz sehr viel leichter und einfacher gewesen, mit der Glock in der Manteltasche bei Klaasen zu klingeln. Der Schalldämpfer hätte außerdem verhindert, dass der Schuss weiter als nur einige Schritte zu hören gewesen wäre. Ein Jagdgewehr eignete sich vielmehr für einen Schuss aus dem Hinterhalt.

Bussard zog an seiner Zigarette und schüttelte den Kopf. Während er den Rauch in die kalte Morgenluft blies, verwarf er den Gedanken an einen Schuss aus dem Hinterhalt wieder. Nach Aussage von Barbara Klaasen hatten Täter und Opfer im Foyer der Klaasen-Villa einen Streit gehabt, bei dem es um eine Million gegangen war. Im Zuge dieses Streits hatte Götz Klaasen erschossen, weil er seinen Vorsatz, den Kumpel von einst ganz groß abzukassieren, nicht in die Tat hatte umsetzen können. Vermutlich hatte sich Klaasen nicht erpressen lassen und deshalb hatte ihn Götz erschossen. Dass Götz und Klaasen einmal befreundet gewesen waren, erschien Bussard nicht unerheblich. Götz´ Name war in Heidi Peters´ Fall noch nicht aufgetaucht und sie hatten noch keine Verbindung zwischen dem Langen Max und der AGK Invest gefunden. Der tote Klaasen jedoch nützte niemandem etwas und für die Frage, warum Götz ein Jagdgewehr benutzt hatte, wusste Bussard immer noch keine Erklärung. Er warf die Kippe auf den Boden, trat sie aus und ging ins Präsidium zurück.

Drei Minuten später stand er im Büro von Neudörfer und setzte seinen Chef über die Befragung von Oberstaatsanwalt Schmieder in Kenntnis.

„Das konnten Sie sich nicht entgehen lassen, oder?", fragte Neudörfer ärgerlich.

Bussard zuckte mit den Schultern.

„Schmieders Name ist im Zuge der Ermittlungen aufgetaucht", verteidigte er sich, „er ist selbst schuld. Hätte er uns von Anfang an reinen Wein eingeschenkt, dann hätten wir uns die Befragung sparen können."

„Sie glauben doch nicht im Ernst, dass unser Oberstaatsanwalt hinter dem Mord an Klaasen steckt!", erwiderte Neudörfer, dessen Stimme lauter geworden war.

Bussard wollte antworten, doch in diesem Augenblick läutete sein Handy. Er entschuldigte sich und nahm den Anruf entgegen. Eine Minute später steckte er das Gerät wieder ein.

„Wir haben Ahles Handy geortet", berichtete er. „Er befindet sich in einem Hotel in Frankfurt am Main."

„In Frankfurt?", fragte Neudörfer und Bussard nickte.

„Smirna hat die Kollegen vor Ort schon informiert. Sie sind unterwegs. Ich schätze, dass sich eine der Fragen in Kürze klären wird."

„Welche Frage?"

„Die Frage, ob es sich um Ahles Blut handelt, das wir in Götz' Wagen nachgewiesen haben."

„Ja, das Blut", sagte Neudörfer nachdenklich und kratzte sich am Kopf. „Götz ist im Besitz eines Jagdgewehrs. Vielleicht stammt das Blut von einem Tier, das er erlegt hat."

„Nein", widersprach Bussard, „das Blut ist definitiv menschlich. Smirna hat das bereits zweifelsfrei festgestellt. Wir wissen nur noch nicht, wessen Blut es ist."

„Vielleicht das von Grittner?", spekulierte der Polizeirat.

„Vielleicht“, stimmte Bussard zu, obwohl es ihm unwahrscheinlich erschien.

Obwohl er Schmieder gegenüber von einem mutmaßlichen Auftragsmord gesprochen hatte, favorisierte er immer noch die Annahme, dass es etwas Persönliches zwischen Götz und Klaasen gewesen war, was zur Ermordung des Finanzberaters geführt hatte. Vielleicht konnte Ahle bei der Frage, welche Information eine Million Euro wert sein sollte, Licht ins Dunkel bringen, sofern es den hessischen Kollegen gelingen würde, ihn festzunehmen.

„Es gibt noch etwas anderes, was ich mit Ihnen besprechen will“, erklärte Bussard.

„Worum geht es?“

„Es geht um das tote Mädchen aus dem Schwarzwald.“

„Der Fall ist abgeschlossen, Bussard. Die Gerichtsmedizin hat Unfall als Todesursache festgestellt. Es gibt keinen Grund, weiter zu ermitteln.“

„Vielleicht doch“, widersprach der Kommissar. „Alyssa Kettenring hat auf der Straße gelebt. Gestern Abend bin ich einem anderen Straßenkind begegnet, einem Mädchen von fünfzehn oder sechzehn Jahren. Das Mädchen hat etwas Interessantes ausgesagt. Anscheinend ist Alyssa mit einem Mann mitgegangen, der als Spinnenmann beschrieben wird.“

„Spinnenmann?“

„Ja, so hat sie ihn genannt. Es liegt wohl an seinen Händen. Sie sagte, er habe lange, eklige Spinnenfinger. Ich bin sicher, dass dieses Mädchen ebenfalls ein Opfer des Spinnenmanns war, auch wenn die Kleine meine Frage dazu nicht beantwortet hat. Trotzdem bin ich davon überzeugt, dass es so ist.“

Neudörfer legte den Kopf zur Seite und sah Bussard zweifelnd an.

„Und welche Straftat vermuten Sie?“

„Straftaten gegen die sexuelle Selbstbestimmung“, antwortete Bussard.

Der Ausdruck war viel zu harmlos, um sexuelle Nötigung oder Vergewaltigung zu beschreiben, vor allem, wenn sich die Straftaten gegen Minderjährige richteten.

„In seinem Obduktionsbericht schreibt Professor Münchrath, dass Alyssa kurz vor ihrem Tod sexuellen Verkehr mit mindestens zwei verschiedenen Männern gehabt hat“, fuhr er fort. „Kleinere Verletzungen im Vaginal- und Analbereich deuten darauf hin, dass es sich um eine Vergewaltigung gehandelt haben könnte.“

„Hat er auch Abwehrverletzungen dokumentiert oder Verletzungen, die von einer Fesselung stammen könnten?“

„Nein, aber darum geht es auch nicht. Tatsache ist, dass in Freiburg ein Mann herumläuft, der sich an Straßenkindern vergreift und ich werde diesem Schwein das Handwerk legen!“

Neudörfer rieb sich das Kinn und sah Bussard skeptisch an.

„Ist die Zeugin glaubwürdig?“

Ja, dachte Bussard, doch er konnte die Frage nicht beantworten. Das Mädchen hatte einen falschen Namen angegeben und das war eine denkbar schlechte Voraussetzung für einen begründeten Anfangsverdacht, um in der Angelegenheit ermitteln zu können.

„Ich werde sie noch einmal befragen“, kündigte der Kommissar an, „und ich werde herausfinden, ob noch weitere Kinder Kontakt zu diesem Spinnenmann hatten.“

Der Chef der Freiburger Kripo dachte einen Augenblick lang nach, dann nickte er.

„In Ordnung, Bussard", stimmte er zu, „allerdings werden sie Ihre Ermittlungen zurückstellen, bis der Klaasen-Fall abgeschlossen ist."

*

Noch immer gab es keine Spur von Maxi Götz. Barbara Klaasen war die Letzte gewesen, die ihn am Abend des Rosenmontags gesehen hatte. Danach war er untergetaucht. Die Beamten des Drogendezernats hatten Götz' Umfeld unter die Lupe genommen, doch anscheinend hatte niemand Götz nach dem Mord an Sebastian Klaasen gesehen. Bussard wusste jedoch, dass dem Begriff „anscheinend" dabei die größte Bedeutung zukam. Es war gut möglich, dass Götz bei einem seiner Freunde Unterschlupf gefunden hatte und dass dieser oder diese Freunde ihn deckten. Wenn dem so war und Götz seine Deckung nicht verließ, dann hatten die Fahnder kaum eine Chance, ihn zu ergreifen. Allerdings würde der Lange Max sich nicht ewig verstecken können. Irgendwann würden sie ihn finden.

Dreißig Minuten nachdem Bussard Neudörfers Büro verlassen hatte, meldete sich Smirna. Die hessischen Kollegen hatten Gernot Ahle in einem Frankfurter Hotel ausfindig gemacht. Man habe ihn vorübergehend festgenommen und der Verdächtige sei bereits auf dem Weg nach Freiburg, wo er spätestens gegen vierzehn Uhr eintreffen sollte. Bussard gab die Information an Heidi Peters weiter, die sich mit Oberstaatsanwältin Lautenschläger in Verbindung setzte. Lautenschläger hatte bereits Haftbefehle gegen Ahle und Grittner beantragt, doch vom Kopf des ehemaligen Triumvirats fehlte noch jede Spur.

Nach dem Telefonat mit Smirna suchte Bussard das Büro seines Kollegen vom Innendienst auf.

„Hast du etwas über ein Testament in Erfahrung gebracht?", fragte der Kommisar.

„Nein", antwortete Wegner, „ich habe mit Frau Klaasen telefoniert. Sie weiß nichts davon und beim Notariat wurde auch nichts hinterlegt. Dieser Sebastian Klaasen war erst Anfang dreißig und das ist ja noch kein Alter, in dem man sein Testament macht."

Bussards Handy läutete und er beantwortete den Anruf. Er hörte eine Weile schweigend zu, dann bedankte er sich und unterbrach die Verbindung.

„Das war Heidi", berichtete er, „sie hat sich eine Kopie des Gesellschaftsvertrags der AGK Invest besorgt. In dem Vertrag gibt es eine Todesfallregelung. Wenn ein Gesellschafter stirbt, werden seine Anteile unter den verbliebenen Gesellschaftern aufgeteilt. Damit geht Barbara Klaasen leer aus."

„Naja, so dringend braucht sie die Kohle auch nicht", erwiderte Wegner. „Schau dir bloß ihre Villa an. Die lebt doch wie die Made im Fett."

Im Speck, dachte Bussard, aber es stimmte dennoch. Am Hungertuch nagte Barbara Klaasen wirklich nicht. Da Sebastian Klaasen keine Lebensversicherung abgeschlossen hatte und sie seine Geschäftsanteile nicht erbte, profitierte sie am wenigsten vom Tod des Finanzberaters. Ahle und Grittner jedoch waren auf einen Schlag um mehrere Millionen reicher geworden. Theoretisch gehörte ihnen das Geld nicht, weil sie es illegal erworben hatten, doch praktisch hatten sie fünfzehn bis zwanzig Millionen Euro auf den ausländischen Bankkonten ihrer zahlreichen Firmen gebunkert. Soweit Bussard wusste, war es mehr als schwierig an Gelder heranzukommen, die auf Schweizer Konten lagen. Bei Konten auf den Niederländischen Antillen oder den Cayman Islands war jeder Versuch, die Gelder behördlich einzuziehen, völlig aussichtslos.

„Mit der Todesfallregelung in ihrem Gesellschaftsvertrag erobern Ahle und Grittner die ersten beiden Plätze der Verdächtigen, die vom Tod Klaasens profitieren“, stellte Bussard fest.

„Hältst du es für möglich, dass sie Götz beauftragt haben, Klaasen zu erschießen?“, fragte Wegner.

„Ja, möglich ist das schon.“

„Aber ich dachte, Götz hätte Klaasen erpresst.“

Bussard nahm einen Stuhl, drehte ihn um und setzte sich rittlings darauf. Er verschränkte die Arme und stützte sie auf die Rückenlehne.

„Angenommen, Ahle und Grittner haben die Ermordung von Klaasen in Auftrag gegeben“, spekulierte er, „vielleicht haben sie Götz fünfhunderttausend für den Mord an ihrem Geschäftspartner geboten. Götz geht zu Klaasen und verlangt eine Million dafür, dass er ihn nicht erschießt. Klaasen weigert sich zu zahlen und Götz drückt ab. Wie hört sich das an?“

„Klingt logisch.“

Bussard sah auf seine Armbanduhr. Es war kurz nach zehn und bis zu Ahles Vernehmung hatte er noch vier Stunden Zeit.

„Hast du schon etwas über diesen Verein herausgefunden?“, fragte er.

„Der Verein“, murmelte Wegner und begann, in den zahlreichen Papieren auf seinem Schreibtisch zu suchen.

„Ja, hier", sagte er, nachdem er seine Notizen gefunden hatte, „Street Kids In Not e.V. wurde 2002 von einem gewissen Hubert Walchtaler gegründet. Der Verein kümmert sich um Jugendliche und junge Erwachsene in prekären Wohnsituationen, was immer das heißen soll."

Bussard wusste, dass „Jugendliche in prekären Wohnsituationen" der offizielle Ausdruck war, den sich die Politik für diejenigen ausgedacht hatte, die auf der Straße lebten. Im Jahr 2009 war der Ausdruck „Prekariat" zum ersten Mal im Deutschen Rechtschreibduden aufgetaucht und wurde definiert als Bevölkerungsteil, der, besonders aufgrund von anhaltender Arbeitslosigkeit und fehlender sozialer Absicherung, in Armut lebt oder von Armut bedroht ist und nur geringe Aufstiegschancen hat. Nach Bussards Überzeugung war das allerdings nur der Zuckerguss, mit dem man die Problematik überzog, um Alkohol und Drogen, Gewalt, Verwahrlosung und Kriminalität nicht beim Namen nennen zu müssen.

„Das pädagogische Konzept basiert auf dem Dialog zwischen den Jugendlichen und den Sozialarbeitern", fuhr Wegner fort, „es gibt ein Wohnprojekt, das von der Stadt bezuschusst wird. Allerdings sind die zehntausend Euro, die die Stadt dafür locker macht, nicht viel mehr als ein heißer Tropfen. Der Verein finanziert sich hauptsächlich aus Spenden und beschäftigt vier festangestellte Mitarbeiter."

„Wie kommt der Verein in Kontakt mit den Jugendlichen?"

„Es gibt ein Streetmobil, das jeden Mittwoch in der Nähe der Uni steht", antwortete Wegner. „Dort wartet ein Sozialarbeiter, dass die Jugendlichen ihn ansprechen. Außerdem unterhält der Verein eine Art Aufenthaltsraum, der nachmittags für vier Stunden geöffnet ist. Dort können sich die Jugendlichen treffen und kriegen wenigstens etwas Warmes zu trinken. Bei den Temperaturen, die wir derzeit haben, ist eine heiße Tasse Tee wahrscheinlich Gold wert. Auf der Straße frieren sich die Kids den Arsch ab."

## 10

Gegen Viertel nach zehn verließ Bussard das Präsidium. Vielleicht hatte er Glück und lief irgendwo in der Innenstadt dem Mädchen, das sich Amy Winehouse nannte, über den Weg. Er musste unbedingt noch einmal mit ihr sprechen, um mehr über den Spinnenmann zu erfahren. Bussard stellte seinen Passat am Karlsplatz ab, wo eine Angestellte der Stadtverwaltung Strafzettel unter die Scheibenwischer nicht ordnungsgemäß geparkter Fahrzeuge klemmte. Er sprach die blau uniformierte Frau an, zückte seinen Dienstausweis und deutete auf seinen Wagen.

„Ich bin im Einsatz", erklärte er.

„Alles klar, Herr Kommissar", erwiderte die Frau lächelnd und legte grüßend die Fingerspitzen an den Schirm ihrer weißen Dienstmütze.

Bussard drehte sich eine Zigarette, zündete sie an und klemmte sie in den Mundwinkel. Die Hände in die Hosentaschen gestopft ging er die Herrenstraße hinauf, bog nach dem Ordinariat links ab und stiefelte bis zur Konviktstraße, wo er am Vortag den Schmuck für seine Frau und die Kinder gekauft und das Straßenmädchen getroffen hatte. Als er das Schaufenster des kleinen Geschäftes mit dem Indianerschmuck passierte, fiel im ein, dass Helen ihr Präsent nicht einmal ausgepackt hatte. Kopfschüttelnd ging Bussard die Konviktstraße hinauf, wo auf dem Boden zertretene Konfetti und Luftschlangen an die gerade vergangene Fastnacht erinnerten. Die Tollen Tage waren fast unbemerkt an ihm vorbei gegangen. Am Donnerstag hatte man die Leiche von Alyssa Kettenring gefunden, am Samstag war er auf Tourenskiern ihrer Spur durch den Wald gefolgt, am Rosenmontag war Sebastian Klaasen ermordet worden und am Dienstag hatte Bussard die Familie des toten Mädchens in Schwenningen aufgesucht. Während andere von einer feuchtfröhlichen Veranstaltung zur nächsten gestolpert waren, hatte er die Tage in der Gesellschaft von Tod und Elend verbracht. Bussard war schon fast am Schwabentor angekommen, doch Amy Winehouse hatte er nicht entdeckt. Bettelnde Straßenkinder sah man zuweilen in der unmittelbaren Umgebung von großen Kaufhäusern und Bussard beschloss, die Salzstraße hinunterzugehen und am Bertoldsbrunnen der Kaiser-Joseph-Straße zu folgen. Er hatte sich gerade in Bewegung gesetzt, als sein Handy läutete.

„Bussard“, meldete er sich.

„Zentrale. Uns wurde der Fund einer unbekannten, männlichen Leiche gemeldet.“

„Wo?“

„Auf der Mülldeponie Freiburg-Nord, Eichelbuckstraße.“

„Okay, danke, ich bin unterwegs. Sagen Sie den Kollegen der Spurensicherung Bescheid.“

Er steckte sein Handy ein, bog von der Salzstraße ab und ging mit eiligen Schritten die Herrenstraße hinunter zum Karlsplatz. Wenn sich der Fund bestätigen sollte, dann handelte es sich um die dritte Leiche innerhalb von fünf Tagen. Es sah aus, als würde der Tod zum Ende des Winters Überstunden machen.

Fünfzehn Minuten später erreichte Bussard das Gelände der Mülldeponie. Das extrem kalte Wetter verhinderte, dass sich der Gestank so stark ausbreitete wie im Sommer, wo den Badegästen an den umliegenden Seen die flüchtigen Zeugen der Überflussgesellschaft in die Nase stiegen. Am Eingang zur Deponie stand ein Einsatzwagen der uniformierten Kollegen. Sie begrüßten Bussard und begleiteten ihn zum Fundort der Leiche. Einige Arbeiter der Abfallentsorgung standen in der Nähe, rauchten und unterhielten sich mit gedämpften Stimmen, während sie die Beamten bei der Arbeit beobachteten. Neben einem der Müllberge stand ein Bagger mit abgesenktem Greifarm und am Fuß des Müllberges lag der Körper eines Mannes, flankiert von Plastikflaschen und Pizzaschachteln, Müllbeuteln und Babywindeln. Als Bussard auf den langen, mit einem grünen Anzug und einem dunkelgrauen Wollmantel bekleideten Leichnam zuging, wusste er sofort, wen man in dieser unappetitlichen Umgebung zur vorletzten Ruhe gebettet hatte. Zwischen dem Müll lag Maxi Götz.

Mit dem Fuß schob Bussard eine Weichspülerflasche zur Seite und ging in die Hocke. Der Leichnam lag auf dem Rücken, mit offenen Augen, die leblos in einen strahlend schönen Winterhimmel blickten. Mantel und Jacket waren geöffnet und das blutdurchtränkte, rotbraun verfärbte Hemd wies in der Höhe des Bauches ein Einschussloch auf. Bussard nahm ein Paar Gummihandschuhe aus seiner Jacke, zog sie über und begann, die Taschen des Toten zu durchsuchen, doch er fand lediglich ein gebrauchtes Taschentuch und einige Cent-Münzen. Götz hatte weder einen Geldbeutel noch Ausweis, Führerschein oder EC-Karte bei sich. Auch ein Handy konnte der Kommissar nicht finden.

„Wer hat die Leiche entdeckt?", fragte er und stand wieder auf.

„Der Baggerfahrer", antwortete einer der beiden Uniformierten und wies mit dem Kopf auf die Arbeiter, die einige Meter abseits standen.

Bussard ging auf sie zu und nickte grüßend.

„Wer von Ihnen hat die Leiche entdeckt?", fragte er.

„Das war ich", antwortete einer der Arbeiter.

„Wie heißen Sie?"

„Schmalhofer, Jürgen Schmalhofer."

„Erzählen Sie mir, Herr Schmalhofer, wie Sie die Leiche gefunden haben."

Der stämmige Mann, der eine orangefarbene Sicherheitsweste über einer dicken, schwarzen Jacke, Jeans, schwere Sicherheitsschuhe und einen orangefarbenen Helm trug, deutete mit seiner Hand auf die Fundstelle der Leiche.

„Ich hab den Greifer angehoben", berichtete er, „und dann hingen unten plötzlich zwei Beine heraus. Dann hab ich den Greifer wieder abgelassen und aufgemacht. Ich hab nachgesehen, aber der Kerl war schon tot. Dann hab ich Bescheid gesagt."

„Haben Sie die Leiche angefasst?"

„Ich hab nix angefasst", verteidigte sich Schmalhofer und hob abwehrend beide Hände. „Ich hab nur in sein Gesicht geschaut und gleich gesehen, dass der keinen Schnapper mehr macht."

„Schon gut, Herr Schmalhofer", erwiderte Bussard beschwichtigend und wandte sich an die anderen Arbeiter, „ist Ihnen in den letzten Tagen etwas Ungewöhnliches aufgefallen? Haben Sie jemanden gesehen, der hier nicht hingehört?"

Die Arbeiter sahen sich gegenseitig an und schüttelten die Köpfe.

„Jemand muss die Leiche hier abgelegt haben", erklärte der Kommissar.

„Die Leiche kommt aus einem Container", widersprach Schmalhofer und deutete auf dem Müllberg. „Das ist von heute. Der Müll wird in der Stadt eingesammelt und hier abgeladen. Wir verladen ihn in große Container und dann wird er mit der Bahn zur Verbrennungsanlage gefahren."

Stimmt, dachte Bussard. Der Täter musste nicht selbst auf der Deponie gewesen sein. Er hatte die Leiche in irgendeinen Müllcontainer in der Stadt geworfen und deshalb würden sie den Weg bis zum Tatort kaum zurückverfolgen können.

„Okay, Herr Schmalhofer", sagte Bussard abschließend, „geben Sie meinem Kollegen bitte Ihre Personalien, dann können Sie Feierabend machen. Sie alle!"

„Feierabend?", fragte Schmalhofer verwundert.

„Ja", bestätigte der Kommissar, „wir müssen das Gelände auf Spuren untersuchen, falls der Täter die Leiche doch selbst hergebracht hat. Möglicherweise benötigen wir auch Ihre Arbeitsschuhe zu Vergleichszwecken."

„Nein, brauchen wir nicht", sagte jemand in Bussards Rücken und der Kommissar wandte sich um.

„Der Boden ist pickelhart gefroren", erklärte Smirna. „Hier werden wir garantiert keine Schuhabdrücke finden, die in den letzten Tagen entstanden sind."

„Okay", sagte Bussard zu den Arbeitern, „dann können Sie jetzt gehen."

„Weißt du schon etwas über die Identität des Toten?“, fragte Smirna.

„Ja, Bertold“, antwortete Bussard, „der Tote ist …“

„Das ist Maxi Götz!“, rief Mallmann, der bereits neben der Leiche stand.

„Maxi Götz?“, fragte Smirna und sah Bussard mit großen Augen an.

„Genau“, bestätigte der Kommissar, „der Lange Max hat sich nicht versteckt, er wurde versteckt.“

Bussard und Smirna gingen zum Bagger, wo Mallmann gerade seinen Koffer öffnete und einen Schutzanzug herausnahm.

„Maxi hat ein Loch im Bauch“, berichtete Bussard und deutete auf die Leiche. „Dem ersten Anschein nach handelt es sich um eine Schussverletzung.“

„Gibt es eine Austrittswunde?“

„Keine Ahnung, ich habe nicht nachgesehen.“

Smirna öffnete seinen Koffer, nahm den Schutzanzug heraus und zog ihn an, während Mallmann mit einer Fotokamera mehrere Aufnahmen aus unterschiedlichen Winkeln schoss.

„Bist du so weit?“, fragte Smirna.

„Kann losgehen“, antwortete Mallmann und legte die Kamera zur Seite.

Die beiden Kriminaltechniker gingen neben der Leiche in die Hocke und drehten sie vorsichtig um die Längsachse, bis sie die unversehrte Rückseite von Götz′ Mantel sehen konnten. Mallmann hob den Mantel an und zog ihn ein Stückchen von dem gefrorenen Körper weg. Auch die Rückseite des Jackets war unversehrt.

„Keine Austrittswunde“, stellte er fest, „das Projektil steckt höchstwahrscheinlich noch im Körper.“

Vorsichtig drehten die beiden Beamten den Leichnam wieder zurück und brachten ihn in die ursprüngliche Position.

„Ist Münchrath schon informiert?", fragte Bussard.

„Er ist unterwegs", antwortete Mallmann.

Der Kommissar nickte, doch dann wurde ihm bewusst, dass es sich nicht lohnte, auf den Rechtsmediziner zu warten. Münchrath würde den Todeszeitpunkt erst in seinem Institut feststellen können, da die Leiche von Maxi Götz ebenso steif gefroren war wie die von Alyssa Kettenring. Auch der Lange Max würde einen Tag brauchen, um aufzutauen.

„Wenn Götz an einem Bauchschuss gestorben ist, muss er ziemlich viel Blut verloren haben", spekulierte Bussard.

„Und du denkst, dass das Blut im Kofferraum seines Wagens von ihm stammen könnte", führte Smirna den Gedanken weiter.

„Das wäre möglich", erwiderte Bussard, „vielleicht wurde Maxi im Kofferraum seines eigenen Wagens zum nächsten Müllcontainer gefahren. Münchrath soll so schnell wie möglich einen Abgleich machen."

Er betrachtete die Leiche, deren Hemd und Jackett blutverschmiert waren. Auch die Hände waren rotbraun verfärbt, weil sie der Sterbende vermutlich auf seinen blutenden Bauch gepresst hatte.

„Habt ihr Spuren am Fahrersitz von seinem BMW gefunden?", fragte Bussard.

„Jede Menge", bestätigte Smirna, „gib uns etwas, womit wir sie vergleichen können und wir sagen dir, wer außer Götz den Wagen noch gefahren hat."

„Okay", sagte Bussard, „ich fahre jetzt ins Präsidium zurück. Gernot Ahle ist auf dem Weg nach Freiburg und ich will ihn vernehmen, sobald er eingetroffen ist. Sagt mir Bescheid, wenn ihr etwas für mich habt."

Er verabschiedete sich von seinen Kollegen, ging zu seinem Wagen und machte sich auf den Rückweg in die Stadt. Während er die Eichelbuckstraße entlang Richtung Industriegebiet Nord fuhr, fragte er sich, ob zwischen den Morden an Klaasen und Götz ein Zusammenhang bestand. Auf den ersten Blick lag die Vermutung nahe, doch in den Kreisen, in denen sich Götz bewegt hatte, gehörten Gewaltverbrechen zur Tagesordnung. Der Lange Max konnte auch bei einem Streit zwischen Dealern, Waffenhändlern oder Zuhältern sein Ende gefunden haben. Auch die Tatsache, dass man seine Leiche auf der Mülldeponie gefunden hatte, sprach dafür. Auf der anderen Seite waren die beiden Morde kurz nacheinander verübt worden, auch wenn Bussard noch nicht genau wusste, wann Götz das Zeitliche gesegnet hatte. Wenn tatsächlich ein Zusammenhang bestand, dann war der Kreis der Verdächtigen ziemlich überschaubar. Barbara Klaasen konnte den Mord an ihrem Mann gerächt haben. Das war theoretisch möglich, jedoch sehr unwahrscheinlich. Sie wohnte im Colombi-Hotel und falls Götz sie dort aufgespürt hätte, wäre ein Mord nicht unbemerkt geblieben. Außerdem hätte Frau Klaasen die Leiche nicht entsorgen können, ohne dabei beobachtet zu werden. Sie hätte sich sogar nicht einmal die Mühe machen müssen, denn bei jedem gewaltsamen Zusammentreffen zwischen ihr und Götz hätte sie sich auf Notwehr berufen können. Bussard hielt es auch für ausgeschlossen, dass Barbara Klaasen dem Langen Max in einer dunklen Ecke begegnet war, ihn erschossen und in einem Müllcontainer entsorgt hatte. Die Verdächtigen Nummer zwei und drei waren Ahle und Grittner.

Vielleicht hatte Götz nach dem Mord an Klaasen einen der beiden aufgesucht und war dabei in eine Kugel gelaufen. Für Ahle und Grittner als mögliche Mörder von Götz sprach, dass beide auf der Flucht waren. Ahle hatte man in Frankfurt aufgespürt und von Grittner fehlte weiterhin jede Spur. Dagegen sprach jedoch der Fundort der Leiche. Falls Götz einen der beiden aufgesucht hatte und dabei erschossen worden war, dann hätten sich Ahle oder Grittner zweifellos auf Notwehr berufen können. Bussard selbst hatte sie vor einem möglichen Mordversuch gewarnt. Sie hätten die Leiche nicht entsorgen müssen, es sei denn, Götz wäre unbewaffnet gewesen, was nicht sehr wahrscheinlich war oder sie hätten Zeit gewinnen wollen, um ihre Flucht zu decken.

Bussard schnippte mit den Fingern. Die eigene Flucht zu decken und sich einen Zeitvorteil zu verschaffen, war ein nahe liegendes Motiv. Selbst wenn Ahle und Grittner den Langen Max nicht mit dem Mord an Klaasen beauftragt hatten, standen sie im Fokus von Heidi Peters und ihren Kollegen. Die beiden Gesellschafter der AGK Invest mussten damit rechnen, über kurz oder lang wegen verschiedener Wirtschaftsdelikte angeklagt zu werden. Ihre Geschäftsräume waren durchsucht worden und es war nur noch eine Frage der Zeit, bis die Ermittler aus den sichergestellten Akten genügend Beweismaterial für eine Anklage herausgefiltert haben würden. Deshalb hatten Ahle und Grittner schnell gehandelt. Der Mord an Götz, selbst wenn sie sich auf Notwehr hätten berufen können, wäre ihnen dabei mehr als ungelegen gekommen und hätte vermutlich eine schnelle, unbemerkte Flucht verhindert. Ob Bussard mit seinen Überlegungen richtig lag, würde sich bei der Vernehmung von Gernot Ahle zeigen.

Statt auf direktem Weg ins Präsidium zu fahren, bog der Kommissar beim Bahnhof ab und fuhr in die Wilhelmstraße, wo sich die Geschäftsräume des SKIN e.V. befanden. Auch wenn die Aufklärung der Morde an Klaasen und Götz Priorität besaßen, ließ Bussard der Gedanke nicht los, dass der ominöse Spinnenmann in Freiburg sein Unwesen trieb. Klaasen und Götz waren tot. Ihnen konnte niemand mehr helfen. Alyssa Kettenring war ebenfalls tot und wenn der Spinnenmann etwas damit zu tun hatte, dann waren auch andere Kinder in Gefahr. Es war nicht nur der Jagdinstinkt des Ermittlers, der den Kommissar antrieb, sondern auch die Sorge des Vaters zweier Töchter, selbst wenn Miriam und Tabea nicht auf der Straße lebten.

„Ja, bitte?“, tönte eine weibliche Stimme aus der Sprechanlage, nachdem der Kommissar geläutet hatte.

„Bussard, Kripo Freiburg“, antwortete er.

Er hörte den Summer, drückte die Tür auf und trat in den Flur, wo auf der linken Seite eine kleine Treppe zu einem Büro führte. Ellen Riether, die Bussard im Präsidium aufgesucht und ihm den Namen des toten Mädchens genannt hatte, erwartete ihn an der offenen Tür.

„Tag“, sagte Bussard, „ich muss mit Ihnen sprechen. Kann ich kurz reinkommen?“

Sie nickte, drehte sich zur Seite und gab die Tür frei. Bussard trat ein, schloss die Tür und folgte ihr in einen der Büroräume, in dem sich ein Sammelsurium unterschiedlicher Einrichtungsstile aus sechs Jahrzehnten offenbarte. Ein brauner Holzschreibtisch mit Lamellentüren aus den fünfziger Jahren stand einem schlichten Arbeitstisch mit einer kunststoffbeschichteten Spanplatte gegenüber. Die Bürodrehstühle hatten schon bessere Zeiten gesehen und die beiden Regale, die fast die gesamte Breite des Raumes einnahmen, unterschieden sich in Größe, Form, Farbe und Design. Um zwei aneinandergeschobene Tische gruppierten sich acht Stühle, von denen nur zwei nahezu identisch waren. Lediglich die EDV-Anlage schien aus dem einundzwanzigsten Jahrhundert zu stammen. Es war offensichtlich, dass der Verein aus seinen geringen finanziellen Mitteln das Beste machen musste und die Einrichtung in Second-Hand-Kaufhäusern und auf Flohmärkten zusammengestückelt hatte.

„Nehmen Sie Platz", sagte die Sozialarbeiterin und wies mit der Hand auf einen der Stühle. „Was kann ich für Sie tun?"

Sie ist vermutlich die gute Seele des Hauses, dachte Bussard, eine Frau, von der man immer einen Kaffee kriegt und die für jeden ein offenes Ohr und eine Schulter zum Ausweinen hat.

„Ich bin auf der Suche nach einem Mädchen", berichtete er und setzte sich. „Sie ist etwa fünfzehn, sechzehn Jahre alt. Als ich gestern mit ihr gesprochen habe, trug sie eine dunkelblaue Wollmütze und einen bunten Schal. Sie ist ungefähr einen Meter fünfundsechzig groß, hat lange, braune Dreadlocks und Piercings in Nase und Augenbraue."

„Was hat sie angestellt?", fragte Frau Riether und nahm ebenfalls Platz.

„Nichts, wovon ich wüsste oder was mich interessiert."

„Was wollen Sie dann von ihr?"

Bussard lehnte sich zurück und schlug die Beine übereinander.

„Ich habe gestern mit einem Mädchen gesprochen, das sich Amy Winehouse nannte", berichtete er. „Sie hat mir davon erzählt, dass Alyssa vermutlich einen Mann begleitet hat, den sie als Spinnenmann bezeichnete. Sagt Ihnen das etwas?"

„Spinnenmann", fragte sie und schüttelte den Kopf, „nein, nie gehört."

„Ich vermute, dass dieser Spinnenmann etwas damit zu tun hat, dass Alyssa oben im Schwarzwald gefunden wurde", fuhr Bussard fort. „Ich vermute auch, dass das Mädchen, das sich Amy nennt, schon einmal mit diesem Spinnenmann zu tun hatte. Möglicherweise gibt es sogar noch weitere Mädchen, die betroffen sind."

„Wovon betroffen?", fragte die Sozialarbeiterin unbehaglich.

„Tja", sagte Bussard und zuckte mit den Achseln, „das weiß ich, ehrlich gesagt, nicht so genau. Amy wollte nicht darüber sprechen. Für mich sah es aber so aus, als hätte sie schlimme Erinnerungen an diesen Spinnenmann. Es könnte sein, dass er sich an den Mädchen vergeht."

Bussard sah die Bestürzung im Gesicht seiner Gesprächspartnerin. Sie schüttelte den Kopf und seufzte, bevor sie die nächste Frage stellte.

„Wurde Alyssa vergewaltigt?"

„Möglicherweise. Der Rechtsmediziner wollte darüber keine eindeutige Aussage treffen. Sicher ist jedoch, dass Alyssa vor ihrem Tod heftigen Geschlechtsverkehr mit zwei verschiedenen Männern hatte. Ich kann nicht ausschließen, dass dieser Spinnenmann einer davon war."

„Es findet sich immer jemand, der die Not der Jugendlichen ausnützt", antwortete sie traurig. „Wer Hunger hat, braucht etwas zu essen und wer kein Geld hat, um sich Essen zu kaufen, der stiehlt. Es gibt Männer, die junge Frauen mit nach Hause nehmen und sich ein Abendessen oder einen warmen Schlafplatz für eine Nacht mit sexuellen Diensten bezahlen lassen. Wenn man ihnen auf die Finger hauen will, dann reden sie sich damit heraus, dass die Frauen ja freiwillig mitgegangen und zu nichts gezwungen worden seien."

Sie schloss die Augen und schüttelte angewidert den Kopf, dann seufzte sie noch einmal und sah Bussard in die Augen.

„Wir bräuchten dringend mehr Wohnungen, um die Jugendlichen von der Straße zu holen", erklärte sie, „aber bei der Wohnungsnot in Freiburg ist das aussichtslos, vor allem, seit die Hartz-IV-Gesetze so restriktiv angewendet werden."

„Wie soll ich das verstehen?"

„Früher haben Wohnungseigentümer gerne an Sozialhilfeempfänger vermietet, weil das Sozialamt die Miete jeden Monat pünktlich überwiesen hat", berichtete sie. „Heute werden Mietkürzungen als Druckmittel gegen Hartz-IV-Empfänger eingesetzt und die Vermieter ziehen sich zurück. In Freiburg gibt es zwischen zweihundert und zweihundertfünfzig Jugendliche und junge Erwachsene in prekären Wohnsituationen. Ihr Lebensmittelpunkt ist die Straße. Die meisten kommen mal hier und mal da bei Freunden und Bekannten unter, aber etwa zehn Prozent von ihnen leben dauerhaft auf der Straße, sogar im Winter."

„Bei dieser Kälte kann doch niemand auf der Straße übernachten", widersprach Bussard.

„Manchmal gibt es keine Alternative", erklärte sie, „vor allem für die Jüngeren. Es gibt zwar die Notübernachtung in Freiburg, doch der Zugang ist erst ab achtzehn erlaubt. Wer für die Nacht kein Dach über dem

Kopf hat, sucht sich einen Hinterhof, wo aus einem Lüftungsschacht etwas Warmluft kommt. Das muss reichen, um zu überleben."

Bussard wusste nicht, was er davon halten sollte. Es war nicht ungewöhnlich, dass ein Jugendlicher mal von zu Hause ausriss, doch meist kehrten die Ausreißer nach wenigen Tagen wieder zurück. Wenn aber jemand wie Alyssa sich dafür entschied, dauerhaft auf der Straße zu leben, dann floh sie von einem Elend in ein anderes. Straßenkinder gingen nicht zur Schule und wer keinen Schulabschluss hatte, fand auch keine Ausbildungsstelle. Ohne abgeschlossene Berufsausbildung wiederum war es kaum möglich, sich aus dem Prekariat herauszuarbeiten. Die meisten Jugendlichen träumten davon, später einmal zu heiraten, eine Familie zu gründen, Kinder zu haben und in einem eigenen Haus zu leben, in relativem Wohlstand und mit etwas Luxus. Bei den Straßenkindern war das nicht anders, doch die Wahrscheinlichkeit, sich später einmal diese Träume erfüllen zu können, ging bei ihnen gegen Null. Ohne fremde Hilfe hatten sie nicht den Hauch einer Chance.

„Aber wenn die Kinder noch keine achtzehn sind, muss doch jemand für sie zuständig sein", argumentierte er. „Man kann die Straßenkinder doch nicht einfach sich selbst überlassen."

„Ich sagte Ihnen schon, dass es in Deutschland keine Straßenkinder gibt", erklärte die Sozialarbeiterin und schüttelte den Kopf. „Der Ausdruck ist von der Politik nicht gewollt. Es gibt nur Jugendliche mit Lebensmittelpunkt Straße. Rechtlich zuständig ist die Jugendhilfe, der die Aufsichtspflicht obliegt, doch die zieht sich immer mehr zurück. Das ist ein Trend, den wir schon seit längerer Zeit beobachten. Am Ersten wird das Geld ausgezahlt und das war´s."

„Die Kinder kriegen Sozialhilfe?"

„Nein, nur die Jugendlichen. Ab fünfzehn hat man in Deutschland Anspruch auf ALG II. Alyssa war erst vierzehn und damit leider noch nicht alt genug."

Bussard wollte fragen, wovon Alyssa gelebt hatte, doch er schüttelte nur stumm den Kopf, denn die Antwort lag auf der Hand. Das Mädchen hatte keinerlei staatliche Zuwendung bekommen, kein Geld und keine Unterstützung. Sie war die ärmste der Armen gewesen, die sich ihr Essen entweder hatte stehlen oder zusammenbetteln müssen. Der Hunger hatte ihr keine Wahl gelassen und sie hatte jede sich bietende Gelegenheit ergreifen müssen, um einen weiteren Tag zu überleben. Die letzte Gelegenheit aber, die sich ihr geboten hatte, war ihr zum Verhängnis geworden. Bussard beugte sich vor und sah der Sozialarbeiterin eindringlich in die Augen.

„Helfen Sie mir, diesen Spinnenmann zu finden, damit ich ihn aus dem Verkehr ziehen kann!"

„Und was kann ich dabei tun?"

„Ich muss mit diesem Mädchen sprechen, das sich Amy nennt", erklärte er. „Ich brauche eine genaue Beschreibung des Mannes. Es wäre hilfreich, wenn wir ein Phantombild erstellen könnten. Vielleicht haben wir sogar Glück und das Mädchen erkennt den Spinnenmann in einem unserer Fotoalben."

Er zog eine Visitenkarte aus seiner Jacke und legte sie auf den Tisch.

„Sprechen Sie mit ihr", sagte er und schob ihr die Visitenkarte zu, „das Mädchen soll sich bei mir melden. Sie braucht keine Angst zu haben. Alles, was sie sagt, wird vertraulich behandelt. Wenn sie etwas angestellt hat, dann interessiert mich das nicht und niemand wird davon erfahren. Ich will diesen Spinnenmann kriegen und wenn ich ihm auf die Finger haue, dann wird er nie wieder ein Mädchen anfassen!"

*

Vom Büro des SKIN e.V. in der Wilhelmstraße war es nicht weit bis zum Colombi-Hotel. Lediglich drei Straßen trennten zwei Welten voneinander. Im Gegensatz zu den stilistisch und farblich kunterbunten Büromöbeln des Vereins verriet die in gedeckten Tönen gehaltene Einrichtung des Hotel-Foyers, dass man hier an nichts gespart hatte. Tapeten, Teppiche und Möbel waren harmonisch aufeinander abgestimmt und verströmten ein Flair von Luxus, den sich die Gäste schon in der untersten Preiskategorie rund zweihundert Euro pro Nacht für ein Einzelzimmer kosten ließen. Bussard stieg die ausladende Treppe zum ersten Obergeschoss hinauf, suchte das Zimmer von Barbara Klaasen auf und trat ein, nachdem sie sein Klopfen mit einem „Herein" beantwortet hatte.

„Guten Tag, Herr Kommissar", begrüßte sie ihn, „gibt es Neuigkeiten?"

„Ja, gibt es", bestätigte Bussard und schloss die Tür.

„Kann ich Ihnen etwas anbieten?", fragte sie, doch der Kommissar lehnte dankend ab.

„Maxi Götz ist tot", berichtete er. „Wir haben heute Morgen seine Leiche auf der Mülldeponie gefunden. Götz wurde erschossen."

Frau Klaasen setzte sich auf das Sofa in dem luxuriös eingerichteten Zimmer. Einen Augenblick lang starrte sie abwesend auf den Tisch vor ihr und schüttelte den Kopf.

„Von wem?“, fragte sie und sah Bussard an.

„Das wissen wir noch nicht, aber wir haben einen Verdächtigen. Vielleicht wissen wir im Lauf des Tages schon mehr. Sie können jetzt auf jeden Fall wieder beruhigt nach Hause fahren. Sie sind nicht mehr in Gefahr.“

Frau Klaasen atmete tief ein, hielt einen Augenblick lang die Luft an und atmete langsam wieder aus.

„Und wie geht es jetzt weiter?“, fragte sie.

„Was meinen Sie?“, erwiderte der Kommissar, weil er nicht wusste, worauf ihre Frage abzielte.

„Ist der Fall jetzt abgeschlossen?“

„Der Leichnam Ihres Mannes wurde vermutlich schon freigegeben“, antwortete er. „Sie können sich also um die Beerdigung kümmern. Abgeschlossen ist der Fall aber noch nicht. Wir haben die Tatwaffe noch nicht gefunden und wir kennen auch das Motiv noch nicht.“

„Spielt das jetzt noch eine Rolle?“

„Für uns schon.“

Frau Klaasen erhob sich von ihrem Sofa, ging auf den Kommissar zu und reichte ihm die Hand.

„Ich danke Ihnen“, sagte sie. „Leben Sie wohl, Herr Bussard.“

Der Kommissar zögerte. Eigentlich hätte er sie nach ihrem Alibi fragen sollen, weil sie ein Motiv hatte, Götz zu töten, doch er kannte den Todeszeitpunkt noch nicht.

„Haben Sie eine Vorstellung, wer Maxi Götz getötet haben könnte?“, fragte er stattdessen.

„Warum fragen Sie mich das?“, gab sie zurück. „Ich kannte diesen Götz nicht. Woher sollte ich wissen, wer ihn getötet hat?“

„Maxi Götz hat Ihren Mann erschossen", erklärte Bussard, „kurz danach ist er selbst tot. Halten Sie das für einen Zufall?"

„Was wollen Sie damit andeuten?", fragte sie und sah Bussard misstrauisch an.

„Sie glauben doch selbst, dass Götz Ihren Mann erpresst hat", erklärte er. „Vielleicht hat Götz sich ein anderes Opfer gesucht, weil Ihr Mann nicht zahlen wollte."

„Und?"

„Und wir wissen noch nicht, was Götz gegen Ihren Mann in der Hand gehabt haben könnte."

Frau Klaasen breitete die Arme aus und ließ sie wieder sinken.

„Ich sagte Ihnen schon, dass ich nicht weiß, worum es bei dem Streit zwischen Sebastian und diesem Mann gegangen war. Fragen Sie doch Ahle und Grittner. Die wissen sicherlich mehr als ich."

„Das werde ich", erklärte Bussard, ging zur Tür und öffnete sie.

Er wollte das Zimmer bereits verlassen, doch er drehte sich noch einmal um.

„Wussten Sie eigentlich, dass Ihr Mann vorbestraft war?"

„Sebastian hat einmal davon gesprochen. Es war wohl eine Jugendsünde. Warum fragen Sie?"

„Ihr Mann hieß früher Sebastian Pleuger", berichtete Bussard. „Vor etwa zehn Jahren wurden er und Götz zusammen wegen einem Einbruchdiebstahl verhaftet. Die beiden waren alte Kumpels."

„Sie meinen, Sebastian kannte seinen Mörder von früher?"

„So ist es."

Frau Klaasen setzte sich wieder auf das Sofa und schüttelte erneut den Kopf.

„Und jetzt sind beide tot“, stellte sie fest.

Bussard betrachtete sie noch einen Augenblick, dann nickte er ihr zu, schloss die Tür und trat auf den Flur. Er verließ das Colombi-Hotel und fuhr zum Präsidium zurück, wo er seinen Passat auf dem Hof parkte. Mit dem Rücken gegen seinen Wagen gelehnt zog er seinen Tabak aus der Jacke, drehte sich eine Zigarette und zündete sie an. Während er rauchte, dachte er darüber nach, welche Schlussfolgerungen sich aus dem Mord an Götz ziehen ließen. Vielleicht hatten Ahle und Grittner den Langen Max mit der Ermordung von Klaasen beauftragt und die Auftraggeber hatten den Auftragnehmer mit einer Kugel bezahlt, um sowohl das Geld zu sparen als auch sich eines Mitwissers zu entledigen. Ahle und Grittner hatten zu fliehen versucht, der eine bislang erfolgreich, der andere war in Frankfurt verhaftet worden. Damit hatten sie sich selbst verdächtig gemacht und im Gegensatz zu Barbara Klaasen profitierten die beiden von dem Mord an ihrem früheren Geschäftspartner.

Der Kommissar schnippte die Kippe davon, überquerte den Hof und betrat das Präsidium durch den Hintereingang. Als er in seinem Büro ankam, rief er Heidi Peters an.

„Wie weit seid ihr mit euren Ermittlungen?“

„Es gibt mittlerweile sehr konkrete Anhaltspunkte, wie Ahle, Grittner und Klaasen Anlegergelder veruntreut haben“, antwortete sie, „bei der Menge des Materials wird es aber noch eine Weile dauern, bis wir ihnen auch betrügerische Absicht nachweisen können.“

Die immer gleiche Antwort gefiel Bussard nicht, aber sie war vorhersehbar gewesen. Beim Wirtschaftsdezernat liefen die Uhren wesentlich langsamer als bei der Ermittlungsgruppe Gewaltverbrechen. Heidi Peters und ihre Kollegen überführten die Täter nicht innerhalb von Stunden oder Tagen, sondern nach Wochen und Monaten, manchmal sogar erst nach Jahren.

„Ahle ist auf dem Weg hierher", erklärte Bussard und sah auf seine Armbanduhr. „Jetzt ist es kurz vor eins. Ich schätze, dass er innerhalb der nächsten Stunde im Präsidium eintreffen wird."

„Glaubst du, dass er diesen Maxi Götz getötet hat?"

„Gut möglich. Den genauen Todeszeitpunkt werden wir vermutlich erst morgen erfahren. Ich werde ihm auf jeden Fall auf den Zahn fühlen. Mal sehen, was er zu sagen hat und was er uns verschweigt."

## 11

Gegen halb zwei traf Schmieder im Präsidium ein. Im Büro von Polizeirat Neudörfer setzte Bussard den Oberstaatsanwalt über die neuesten Ermittlungsergebnisse in Kenntnis. Der mutmaßliche Mörder von Sebastian Klaasen war selbst Opfer eines Tötungsdeliktes geworden. Während der Polizeirat und der Oberstaatsanwalt über mögliche Täter aus Götz' Umfeld spekulierten, erhielt Bussard einen Anruf von Smirna. Der Kriminaltechniker erklärte, dass der aus Frankfurt überstellte Ahle erkennungsdienstlich behandelt worden sei und im Verhörraum auf seine Vernehmung wartete. Außerdem habe Münchrath in der Zwischenzeit nachgewiesen, dass das Blut im Kofferraum von Götz' BMW vom

Langen Max selbst stammte. Offenbar hatte der Täter Götz in dessen Wagen bis zu einem Müllcontainer gefahren. Sollte sich eine Übereinstimmung zwischen den Faserspuren, die Smirna am Fahrersitz sichergestellt hatte und Ahles oder Grittners Kleidung ergeben, dann könnte man damit den Mörder von Maxi Götz dingfest machen.

Schmieder fragte Bussard, ob er beim Verhör zugegen sein könne, was der Kommissar staunend zur Kenntnis nahm. Bussard konnte sich nicht erinnern, dass der Oberstaatsanwalt jemals jemanden um Erlaubnis gefragt hatte.

„Sie kennen Ahle persönlich aus Ihrer Geschäftsbeziehung mit der AGK Invest", vermutete Bussard, doch Schmieder schüttelte den Kopf.

„Ich kannte nur Klaasen und Grittner", antwortete der Oberstaatsanwalt, der den Kommissar zum Verhörraum begleitete. „Ahle war nie zugegen, wenn ich in den Geschäftsräumen der Firma war. Ich kannte bisher nur seinen Namen."

Im Verhörraum saß Ahle am Tisch, als Bussard und Schmieder den Raum betraten. Der Kommissar nickte dem uniformierten Kollegen zu, der Ahle bewachte und wandte sich an den Verhafteten.

„Das ist Oberstaatsanwalt Schmieder", begann er und setzte sich ebenso wie Schmieder Ahle gegenüber. „Ich nehme an, Sie wissen, warum Sie hier sind."

„Sie können mir überhaupt nichts nachweisen", erwiderte Ahle, der versuchte, mit einem Taschentuch die schwarze Farbe von seinen Fingern zu reiben. „Jeder, der irgendwelche Aktien oder Anteile kauft, weiß selbst, dass das mit einem Risiko verbunden ist. Wenn die Rendite stimmt, dann können die Leute den Hals nicht voll genug kriegen, aber wenn´s schiefgeht, dann jammern alle und wir sollen daran schuld sein."

„Was ist denn schiefgegangen?", fragte Bussard.

„Keine Ahnung", antwortete Ahle, „da müssen Sie Jörg fragen."

„Sie meinen Herrn Grittner?"

Ahle nickte und steckte sein Taschentuch ein. Seine Finger zeigten immer noch Spuren der erkennungsdienstlichen Behandlung.

„Dann verraten Sie uns doch bitte, wo sich Herr Grittner aufhält", bat Bussard. „Wir können ihn nämlich nicht finden."

„Keine Ahnung", erwiderte Ahle und zuckte mit den Schultern.

Er trug denselben dunkelblauen Anzug wie am Tag zuvor, als Bussard ihn nach der Durchsuchung der Geschäftsräume bei der AGK Invest vernommen hatte. Ahle gab sich betont lässig, doch das verkniffene, kantige Gesicht mit den eng zusammenstehenden Augen verriet, dass er angespannt war.

„Das ist jetzt aber unangenehm", fuhr Bussard fort, sah Schmieder an und nickte bedauernd, was der Oberstaatsanwalt auf die gleiche Weise erwiderte. „Wenn wir Herrn Grittner nicht finden, dann können wir ihn auch nicht zu den Vorwürfen befragen."

Wieder zuckte Ahle mit den Schultern.

„Ihnen wird zur Last gelegt, mehrere Anleger um nicht unerhebliche Geldsummen betrogen zu haben", erklärte der Kommissar. „Ihr Geschäftspartner, Herr Klaasen, ist tot und Herr Grittner ist unauffindbar. Ich fürchte, das bleibt alles an Ihnen hängen, Herr Ahle."

Für einen kurzen Augenblick zog Ahle die Augenbrauen zusammen. Der Gedanke, dass er alleine den Kopf für die Betrügereien der AGK Invest würde hinhalten müssen, war ihm bis zu diesem Moment noch nicht gekommen.

„Ich habe niemanden betrogen“, erklärte er, „ich war für andere Sachen zuständig.“

„Und wofür waren Sie zuständig?“

Ahle antwortete nicht und Bussard las im Gesicht des Verdächtigen wie in einem offenen Buch. Ahle erkannte, dass er sich mit jeder Antwort selbst in Schwierigkeiten gebracht hätte. Heidi Peters hatte berichtet, dass es Ahles Aufgabe gewesen war, größere Bargeldsummen ins benachbarte Ausland zu schaffen und er hütete sich davor, sich selbst der Beihilfe zur Geldwäsche zu bezichtigen.

„Sie sind der Einzige, den wir haben“, erklärte Bussard und zuckte ebenfalls mit den Achseln, als ob er diesen Umstand tatsächlich bedauern würde, „ich fürchte, Sie müssen sich auf einen langen Aufenthalt im Untersuchungsgefängnis einstellen. Die Ermittlungen brauchen viel Zeit, aber am Ende wird doch alles an Ihnen hängenbleiben.“

„Sie können mir überhaupt nichts nachweisen“, sagte Ahle noch einmal, doch er wirkte dabei nicht so, als wäre er von seinen eigenen Worten überzeugt.

„Da haben Sie vermutlich recht“, erwiderte Bussard und nickte. „Ich kann Ihnen weder Geldwäsche noch Anlagebetrug nachweisen …“

„Sag ich doch!“

„… denn das ist die Aufgabe meiner Kollegin vom Wirtschaftsdezernat. Sie kann Ihnen eine Menge nachweisen, verlassen Sie sich darauf, aber das ist im Augenblick Ihr geringstes Problem.“

Wieder hatte Ahle die Augenbrauen zusammengezogen. Sein lauernder Blick ging zwischen dem Kommissar und dem Oberstaatsanwalt hin und her.

„Was meinen Sie damit?“, fragte er.

„Ich leite eine Mordermittlung“, antwortete Bussard.

„Mord?“, rief Ahle und beugte sich unwillkürlich vor.

Der Kommissar hatte ihn überrascht, doch nach einem Augenblick entspannte sich Ahle wieder.

„Sie meinen den Mord an Sebastian“, kombinierte er und lehnte sich wieder zurück. „Damit habe ich nichts zu tun. Ich habe ein Alibi. Das können Sie gerne überprüfen.“

„Das wird nicht nötig sein, Herr Ahle“, erklärte Bussard und ließ den Verdächtigen nicht aus den Augen. „Wir wissen, wer Sebastian Klaasen getötet hat.“

„Wirklich? Wer war es?“

„Warum fragen Sie? Sie selbst haben doch Klaasens Mörder getötet.“

„Was?“, rief Ahle und stand abrupt auf.

Der uniformierte Kollege, der hinter dem Verdächtigen stand, trat vor und legte Ahle die Hand auf die Schulter.

„Setzen Sie sich wieder“, befahl Bussard.

„Ich habe niemanden ermordet!“, rief Ahle und hob abwehrend die Hand.

„Setzen Sie sich!“, wiederholte der Kommissar, dessen Stimme an Schärfe gewonnen hatte.

Ahle schluckte und ließ sich auf den Stuhl nieder. Sein Blick irrte zwischen den Beamten im Raum hin und her, während er unaufhörlich den Kopf schüttelte.

„Nein, nein“, keuchte er, „das können Sie mir nicht anhängen. Ich habe nichts damit zu tun! Ich habe ein Alibi!“

„Und wo waren Sie zur Tatzeit?“

„Ich war ... keine Ahnung ... wann ist das überhaupt passiert?"

Bussard beantwortete Ahles Frage nicht.

„Wann und wie haben sie Maxi Götz kennengelernt?"

Ahle zögerte einen winzigen Augenblick und seine Augen verengten sich für den Bruchteil einer Sekunde.

„Wer soll das sein?", fragte er, doch Bussard hatte gesehen, dass Ahle wusste, wer Götz war.

„Entschuldigen Sie uns einen Augenblick", bat der Kommissar und nickte dem Oberstaatsanwalt zu.

Bussard und Schmieder erhoben sich von ihren Stühlen und verließen den Raum.

„Ahle kannte Götz", stellte Bussard fest, nachdem Schmieder die Tür zum Verhörraum geschlossen hatte.

Der Verdächtige hatte eindeutig auf den Namen „Maxi Götz" reagiert. Dass er nicht zugegeben hatte, Götz zu kennen, war ein eindeutiges Signal dafür, dass er einen guten Grund hatte, die Bekanntschaft mit dem Langen Max zu verheimlichen.

„Wie wollen Sie weiter vorgehen?", fragte Schmieder.

„Wir werden ein wenig mehr Druck auf den Kessel geben", antwortete Bussard. „Mal sehen, wann er zu pfeifen anfängt. Ich bin der böse Bulle, Sie sind der gute Onkel, aber lassen Sie mir Zeit, bis ich ihn weichgekocht habe."

Schmieder nickte und die beiden gingen in den Verhörraum zurück. Wieder setzten sie sich Ahle gegenüber und Bussard fuhr mit dem Verhör fort.

„Maxi Götz hat Sebastian Klaasen getötet", erklärte er.

„Götz hat Sebastian umgebracht?", fragte Ahle und sah Bussard ungläubig an.

„Weil Sie ihn mit der Tat beauftragt haben", fuhr Bussard mit einer Stimme fort, die so nüchtern und sachlich klang, als würde er Börsenkurse vorlesen. „Nach dem Mord an Ihrem Geschäftspartner haben Sie den Mörder getötet. Anschließend haben Sie die Leiche in einen Müllcontainer geworfen, um sie zu entsorgen. Götz' Wagen haben Sie auf dem Parkplatz des Einkaufszentrums an der Gundelfinger Straße abgestellt."

„Nein, nein, nein", stöhnte Ahle und schüttelte den Kopf. „Das ist alles nicht wahr. Ich habe Götz nicht beauftragt, Sebastian zu töten und ich habe auch Götz nicht ermordet!"

„Entweder waren Sie es oder Grittner", beharrte Bussard. „Niemand anderes kommt sonst für den Mord in Frage und da Grittner unauffindbar ist …"

„Hören Sie mir denn nicht zu?", rief Ahle. „Ich war es nicht! Ich habe Maxi nicht getötet! Geht das nicht in Ihren Schädel?"

Bussard zeigte keine Reaktion. Ahle hatte Götz beim Vornamen genannt und damit indirekt die Bekanntschaft mit dem Langen Max bestätigt.

„Vielleicht hat Götz Ihren anderen Geschäftspartner ebenfalls getötet", fuhr der Kommissar fort. „Anschließend ist er zu Ihnen gekommen und hat sich selbst eine Kugel eingefangen. Das ist jedoch unerheblich, denn das Ergebnis bleibt das gleiche. Sie stehen unter dem dringenden Tatverdacht, Maximilian Götz mit der Ermordung von Sebastian Klaasen beauftragt und anschließend Maximilian Götz getötet zu haben."

„Aber ich war es doch nicht", rief Ahle und breitete seine Arme in einer hilflosen Geste aus. „Ich habe Maxi nicht ermordet. Vielleicht hat Jörg es getan, aber ich war es nicht!"

„Wir wissen nicht, ob Herr Grittner noch lebt", erklärte Bussard und schüttelte den Kopf.

„Jörg lebt noch, das kann ich Ihnen garantieren", erwiderte Ahle und nickte heftig. „Jedenfalls war er gestern noch am Leben."

Er ist schon fast gar gekocht, dachte Bussard und als ob Schmieder seinen Gedanken gelesen hätte, mischte sich der Oberstaatsanwalt in die Vernehmung ein.

„Vielleicht war es tatsächlich Grittner, der Götz getötet hat", spekulierte er und nickte Ahle aufmunternd zu. „Wenn es stimmt, dass Grittner noch am Leben ist, dann lässt er Sie jetzt am ausgestreckten Arm verhungern. Er ist verschwunden und Sie müssen sich alleine für die Morde an Klaasen und Götz und für alle Straftaten, die im Zusammenhang mit der AGK Invest begangen wurden, verantworten."

„Fuck!", rief Ahle und schlug mit der flachen Hand auf den Tisch. „Fuck! Fuck! Fuck!"

Er wusste, dass er auf verlorenem Posten stand und sah seine Felle davonschwimmen. Sein Gesicht war blass geworden und sein Blick ging unstet hin und her. Es war nicht zu übersehen, dass er fieberhaft nach einem Ausweg suchte.

„Sie könnten sich auf Notwehr berufen", fuhr Schmieder fort. „Vielleicht wollte Götz Sie töten. Wenn Sie ihn getötet haben, um Ihr eigenes Leben zu schützen, dann wird es auch keine Mordanklage gegen Sie geben. Sagen Sie uns, wie es sich abgespielt hat und dann sehen wir weiter."

Der Oberstaatsanwalt hatte dem Verdächtigen eine goldene Brücke gebaut, ohne dass Ahle wusste, was ihn auf der anderen Seite erwartete. Er musste nur noch den ersten Schritt tun.

„Nichts hat sich abgespielt", erklärte Ahle und schüttelte den Kopf. „Ich habe Maxi nicht getötet, weder in Notwehr noch sonstwie."

„Dann verraten Sie uns doch, wo sich Grittner aufhält“, schlug Schmieder vor. „Selbst damit könnten Sie Ihre Situation, die sich im Augenblick ziemlich ausweglos darstellt, verbessern.“

Ahle atmete hörbar ein und aus. Er wollte seinen Geschäftspartner nicht verpfeifen, doch wenn er schwieg, musste er alles alleine ausbaden. Im Vergleich zu Anlagebetrug und Geldwäsche wog eine Mordanklage sehr schwer. Seine Schultern sackten herab und er schüttelte den Kopf.

„Jörg hat sich abgesetzt“, berichtete er und sah Schmieder an. „Als wir von Sebastians Tod erfahren haben, war uns sofort klar, dass der Boden unter unseren Füßen zu heiß geworden war. Die Durchsuchung unserer Geschäftsräume war das Ende der AGK Invest. Es war nur eine Frage der Zeit, bis man uns verhaften würde. Jörg war darauf vorbereitet, das ist typisch für ihn. Er hatte für den Fall der Fälle vorgesorgt. Ich musste alles stehen und liegen lassen.“

„Um der unausweichlichen Verhaftung zu entgehen?“, fragte Schmieder.

Während Ahle zustimmend nickte, zog Bussard sein Handy aus der Tasche und wählte die Nummer von Heidi Peters.

„Du solltest sofort kommen“, ersuchte er sie. „Wir sind mit Gernot Ahle im Verhörraum eins. Am besten bringst du auch gleich die Staatsanwältin mit.“

Ohne auf ihre Reaktion zu warten, unterbrach er das Gespräch und steckte sein Handy wieder ein.

„Ich habe Sie und Grittner gestern vernommen“, erklärte Bussard. „Was geschah, nachdem Sie beide das Präsidium verlassen hatten?“

„Wir sind in die Zasiusstraße gefahren“, erzählte Ahle. „In unseren Geschäftsräumen gibt es einen versteckten Tresor. Ihre Kollegen haben ihn bei der Durchsuchung nicht gefunden. Wir haben das Bargeld aufgeteilt und beschlossen, uns auf getrennten Wegen aus dem Staub zu machen. Ich bin nach Frankfurt gefahren, um von dort aus in die Karibik zu fliegen."

„Und Grittner?"

„Keine Ahnung", antwortete Ahle und zuckte mit den Schultern, „aber ich bin sicher, dass er innerhalb von einer Stunde das Land verlassen hat. Entweder ist er in die Schweiz gefahren oder nach Frankreich. Das hätte ich auch machen sollen, dann hätten Sie mich nie wieder gesehen."

„Wo wollten Sie sich mit Grittner treffen?", fragte Schmieder.

„Auf den Cayman Islands", gestand Ahle. „Dort ist ein Großteil des Geldes gebunkert."

Der Verdächtige war bereit zu gestehen, doch Bussard ahnte, dass das Geständnis den Mord an Götz nicht einschließen würde. Für die Wirtschaftsverbrechen war Heidi Peters zuständig, aber er suchte noch immer einen Mörder.

„Wie haben Sie Maxi Götz kennengelernt?", fragte er.

„Durch Sebastian", antwortete Ahle. „Die beiden waren alte Kumpels."

„Warum hat Götz Klaasen ermordet?"

„Das weiß ich auch nicht."

„Hat Götz Klaasen erpresst?"

„Möglich."

„Womit?"

„Das kann ich Ihnen nicht sagen", antwortete Ahle und schüttelte erneut den Kopf.

„Was hatte Götz gegen Klaasen in der Hand?", hakte Bussard nach, doch Ahle sah zu Boden und antwortete nicht.

Bussard fragte sich, warum Ahle seinem Blick auswich und nichts über die Erpressung erzählen wollte. Wenn er Götz nicht mit der Ermordung von Klaasen beauftragt hatte, gab es keinen Grund für sein Schweigen. Dass der Verdächtige darüber Bescheid wusste, war dem Kommissar völlig klar. Wenn Ahle sich in diesem Punkt aber ausschwieg, dann war er vermutlich in die Erpressung involviert gewesen. Vielleicht hatte er sogar selbst Informationen an Götz weitergegeben, die schließlich zum Tod des Geschäftspartners geführt hatten. Möglicherweise fühlte er sich schuldig am Tod von Klaasen, doch für Krokodilstränen gab es keinen Grund. Vom Betrüger zum Betrogenen war es nur ein Katzensprung, wenn man sich Betrüger als Geschäftspartner aussuchte.

„Haben Sie Maxi Götz beauftragt, Sebastian Klaasen zu ermorden?", fragte Bussard.

„Nein!", rief Ahle und riss die Augen auf.

„Haben Sie Maxi Götz einen Mordauftrag erteilt?", wiederholte der Kommissar.

„Warum um alles in der Welt hätte ich das tun sollen?", fragte Ahle und hob abwehrend beide Hände. „Sebastians Tod war das Schlechteste, was uns passieren konnte. Bis letzte Woche lief alles wie geschmiert und wenn er noch am Leben wäre, würde ich jetzt nicht hier sitzen."

Das stimmte zweifellos. Mit Klaasens Tod hatten die Geschäfte der AGK Invest ein jähes Ende gefunden. Ahle war nach eigener Aussage Hals über Kopf geflohen. Hätte er Klaasens Tod in Auftrag gegeben, dann hätte er sich auch auf die Situation danach vorbereiten können.

„Hat Grittner den Mord an Klaasen in Auftrag gegeben?", fragte Bussard.

„Jörg?“, antwortete Ahle und schüttelte erneut den Kopf. „Jörg hatte überhaupt keinen Grund, Sebastian zu ermorden oder ermorden zu lassen. Wir waren ein gutes Team. Alles lief perfekt. In einigen Wochen hätten wir unsere Zelte abgebrochen und uns aus dem Staub gemacht.“

Bussard hatte das Gefühl, als würde Ahle die Wahrheit sagen, auch wenn einige Millionen auf einem sicheren Konto im Ausland selbst das beste Team sprengen konnten.

„In Ihrem Gesellschaftsvertrag gibt es eine Klausel, wonach beim Tod eines Gesellschafters sein Vermögen auf die verbliebenen Gesellschafter übergeht“, stellte er fest. „Klaasens Tod hat Sie auf einen Schlag um einige Millionen reicher gemacht.“

„Mit einem lebenden Klaasen hätten wir noch viel mehr verdienen können“, widersprach Ahle.

Bussard und Schmieder sahen sich gegenseitig an und beide hatten das Gefühl, auf dem Holzweg zu sein. Ahle, Grittner und Klaasen waren ein betrügerisches, aber sehr erfolgreiches Trio gewesen, in dem jeder eine spezielle Aufgabe erfüllt hatte. Der Tod des Hauptakquisiteurs jedoch, der ständig neue Kunden an Land gezogen hatte, hatte ihrem Erfolg ein jähes Ende bereitet. Weder Ahle noch Grittner hätten langfristig einen Vorteil daraus gezogen, wenn sie die Gans geschlachtet hätten, die goldene Eier gelegt hatte.

„Wer profitierte noch von Klaasens Tod?“, fragte Bussard.

„Keine Ahnung“, antwortete Ahle mit einer unbestimmten Handbewegung. „Eigentlich niemand, soweit ich weiß.“

„Welchen Grund könnte Götz gehabt haben, Klaasen zu ermorden?“

„Was weiß ich? Es muss etwas Persönliches zwischen Maxi und Sebastian gewesen sein, vielleicht etwas aus ihrer gemeinsamen Vergangenheit. Ich weiß es nicht.“

„Etwas Persönliches, womit Götz Klaasen erpresst hat?“

Ahle schüttelte den Kopf und seufzte.

„Ich kann dazu nichts sagen“, erklärte er.

Auch der zweite Versuch, dem Verdächtigen Informationen über das Motiv für den Mord an Klaasen zu entlocken, war fehlgeschlagen. Ahle wand sich wie ein Aal und war für den Kommissar noch nicht zu fassen.

„Wann haben Sie Götz zum letzten Mal gesehen?“, fragte Bussard.

„Anfang Januar.“

„Bei welcher Gelegenheit?“

„Sebastian und Maxi hatten etwas zu besprechen“, erzählte Ahle. „Sie standen vor der Tür unseres Büros, als ich kam.“

„Worum ging es dabei?“

„Weiß ich nicht.“

„Worum ging es dabei?“, fragte Bussard noch einmal und ließ seine Stimme durch den Verhörraum donnern.

Ahle zuckte zusammen, ließ sich aber durch den unerwarteten Ausbruch des Kommissars nicht einschüchtern.

„Ich weiß es nicht“, wiederholte er.

Schmieder beugte sich vor und faltete seine Hände. Bussard wusste, dass der Oberstaatsanwalt jetzt in den Beichtmodus umschaltete und der Kommissar lehnte sich abwartend zurück.

„Wenn wir wissen, warum Götz Klaasen ermordet hat“, sagte Schmieder mit ruhiger, freundlicher Stimme, „dann finden wir auch heraus, warum Götz sterben musste und wer ihn ermordet hat. Wenn Sie es nicht waren, dann helfen Sie uns, den Mörder zu finden. Es ist doch nur zu Ihrem Besten."

Wieder seufzte Ahle und schüttelte den Kopf.

„Ich kann es Ihnen nicht sagen", erwiderte er, „wirklich nicht."

Auch Schmieders Versuch war nicht von Erfolg gekrönt und Bussard beschloss, das Verhör zu beenden.

„Ich denke immer noch, dass Sie Götz ermordet haben", erklärte er und sah Ahle direkt in die Augen. „Zuerst haben Sie Götz beauftragt, Klaasen zu töten und dann haben Sie Götz getötet. Es ist nur eine Frage der Zeit, bis wir Ihnen beide Morde nachweisen können."

„Verdammt, nein, so war es nicht", rief Ahle, in dessen Stimme sich langsam eine Spur Verzweiflung einschlich. „Was kann ich tun, damit Sie mir endlich glauben?"

Nach einem leisen Klopfen wurde die Tür geöffnet und Heidi Peters sah Bussard fragend an.

„Komm rein", forderte er sie auf.

Sie trat in den Verhörraum und schloss die Tür hinter sich.

„Herr Ahle will ein umfangreiches Geständnis ablegen", erklärte Bussard und stand auf. „Ist die Staatsanwältin schon unterwegs?"

„Sie wird jeden Moment hier sein", antwortete die Kollegin vom Wirtschaftsdezernat.

„Was heißt hier umfangreiches Geständnis?", fragte Ahle und sah Bussard ungläubig an.

„Meine Kollegin, Frau Peters, leitet die Ermittlungen gegen die AGK Invest", erklärte Bussard. „Ein umfangreiches Geständnis über alle Transaktionen Ihrer Firmen wäre zumindest ein guter Anfang, finden Sie nicht?"

„Ein guter Anfang wofür?"

„Ein guter Anfang für den Versuch, mich zu überzeugen, dass Sie Götz doch nicht ermordet haben. Außerdem sollten Sie Ihren Zeitvorteil nicht leichtfertig verspielen."

Wie ein gehetztes Reh sah Ahle zwischen den Beamten hin und her. Er schluckte und wischte seine feuchten Hände an den Hosenbeinen ab.

„Welchen Zeitvorteil?", fragte er.

„Sie haben jetzt die Möglichkeit, ein umfangreiches Geständnis abzulegen", erklärte Bussard. „Wenn wir Grittner verhaftet haben – und das werden wir, ganz gleich, wo er sich versteckt hat – dann hat er die gleiche Chance wie Sie. Wenn er so clever ist, wie Sie annehmen, dann wird er seine Gelegenheit ohne zu zögern nutzen. Nur einer von Ihnen kann bei einem Geständnis auf mildernde Umstände hoffen und das ist immer derjenige, der zuerst auspackt."

Ahle schluckte noch einmal. Er wusste, dass er in der Falle saß und nur noch einen letzten Ausweg hatte.

„Seien Sie kein Idiot, Ahle", sagte Bussard, legte den Finger in die Wunde, die er dem Anlagebetrüger beigefügt hatte und bohrte noch ein wenig tiefer. „Sie wissen selbst, dass Sie bis zur Oberkante Unterlippe in der Scheiße sitzen. Meine Kollegin hier ist der letzte Strohhalm, den Sie noch haben. Erzählen Sie ihr, wie Grittner das Firmengeflecht aufgebaut und mit welchen Tricks er die Anleger übers Ohr gehauen hat, bevor die Scheiße noch weiter steigt und Sie jämmerlich darin ersaufen."

*

„Ich bin beeindruckt", gestand Schmieder, nachdem er mit Bussard den Verhörraum verlassen hatte. „Das war wirklich gute Arbeit, auch wenn Ahles Geständnis Ihrer Kollegin mehr nützt als uns."

„Solange wir nicht wissen, wann und wo Götz ermordet wurde, können wir Ahle nicht festnageln", erwiderte Bussard. „Ahle weiß, warum Götz Klaasen getötet hat und er weiß auch, womit Götz Klaasen erpresst hat oder erpressen wollte. Wenn er aber nichts mit den beiden Morden zu tun hat, warum verschweigt er uns dann sein Wissen? Warum belastet er sich mit seinem Schweigen selbst, anstatt uns auf die richtige Spur zu bringen?"

„Vielleicht war Ahle an der Erpressung beteiligt und wenn Klaasen im Zug der Erpressung erschossen wurde, dann hat sich Ahle zumindest der Beihilfe zum Mord schuldig gemacht."

Ja, vielleicht, dachte Bussard. Bei der Suche nach dem Motiv für den Mord an Klaasen waren sie nur ein kleines Stückchen vorangekommen. Ahle hatte indirekt bestätigt, dass Götz Klaasen erpresst hatte, doch sie wussten immer noch nicht, was der Lange Max gegen seinen ehemaligen Kumpel in der Hand gehabt hatte.

„Vielleicht weiß Barbara Klaasen doch mehr als sie uns erzählen will", spekulierte er. „Vielleicht kennt sie ja doch das Motiv für den Mord an ihrem Mann."

„Dann vernehmen Sie sie noch einmal", schlug Schmieder vor.

„Ja, das werde ich tun", kündigte Busssard an, „aber ich warte zuerst die Ergebnisse der Obduktion ab. Außerdem könnte uns das Projektil weiterbringen. Vielleicht stammt es aus einer uns bekannten Tatwaffe, dann wären wir schon einen Schritt weiter."

„Was aber gegen einen Zusammenhang der beiden Taten spräche", stellte der Oberstaatsanwalt fest.

„Was wiederum zu beweisen wäre", erwiderte Bussard und verabschiedete sich von Schmieder.

Er wollte sein Büro aufsuchen, doch bevor er die Tür erreichte, läutete sein Handy. Bussard meldete sich, lauschte dem Anrufer eine Weile und und sagte schließlich zu, sich sofort auf den Weg zu machen.

Fünfzehn Minuten später parkte der Kommissar seinen Passat vor dem Büro des SKIN e.V. Ellen Riether hatte ihn angerufen und berichtet, dass das Mädchen, mit dem Bussard sprechen wollte, ihn erwartete. Bussard war gespannt, was sie ihm zu erzählen hatte. Der Kommissar läutete, betrat den Hausflur und wurde von der Sozialarbeiterin begrüßt.

„Kommen Sie rein", sagte sie und deutete mit der Hand auf die Büroräume hinter sich.

Bussard ging an ihr vorbei und Frau Riether schloss die Tür. Als sie den kleinen Besprechungsraum betraten, saß das Mädchen mit den langen Dreadlocks an einem der Tische und sah den Kommissar misstrauisch an. Bussard begrüßte sie mit einem „hallo Amy" und einem aufrichtigen Lächeln.

„Ich heiße Lara", erwiderte sie, „Lara Wagenknecht."

„Okay, Lara", sagte Bussard und setzte sich ihr gegenüber.

„Alyssas Tod hat die Jugendlichen sehr bewegt", erklärte die Sozialarbeiterin. „Sie sprechen kaum über etwas anderes und haben sogar eine eigene Trauerfeier organisiert."

Bussard nickte stumm. Frau Riether hatte berichtet, dass Lara etwas aussagen wollte, das mit Alyssas Tod zu tun hatte. Der Kommissar hoffte, dass sie ihm eine konkrete Spur liefern würde, damit er den Spinnenmann aus dem Verkehr ziehen konnte.

„Möchten Sie einen Kaffee?", fragte die Sozialarbeiterin und sah ihn erwartungsvoll an.

„Nein, danke", lehnte er ab.

Sie nickte, setzte sich neben Lara und legte den Arm um die Schultern des Mädchens.

„Du musst dem Kommissar erzählen, was du mir erzählt hast", sagte sie leise, „damit nicht noch ein Unglück geschieht."

Lara blickte zu Boden und Bussard wartete, dass sie zu sprechen begann. Er hoffte, dass die vertraute Umgebung Lara helfen würde, sich das, was sie bedrückte, von der Seele zu reden.

„Du musst keine Angst haben", sagte Frau Riether beruhigend. „Erzähl es dem Kommissar, bevor Sandro etwas tut, was sich nicht wieder gutmachen lässt."

Bussard wurde sofort hellhörig. Ihm lag die Frage auf der Zunge, wer Sandro sei und was er vorhabe, doch er schwieg, weil er spürte, dass er geduldig warten musste, bis Lara von sich aus mit der Sprache herausrückte. Der Kommissar und die Sozialarbeiterin sahen Lara an, die noch immer stumm zu Boden blickte. Die Sekunden verrannen und schließlich wagte Bussard einen Schuss ins Blaue.

„Sandro ist hinter dem Spinnenmann her."

Lara hob den Kopf und sah den Kommissar überrascht an.

„Woher wissen Sie das?"

„Ich habe es erraten", gab er zu, „und ich sehe, dass du Angst hast. Du hast Angst, dass Sandro etwas tun könnte, was sein Leben ruinieren würde. Ist es nicht so?"

Lara verharrte einen Augenblick bewegungslos, dann nickte sie langsam.

„Sandro will ihn umbringen", erklärte sie.

Es fiel Bussard nicht schwer, sich zusammenzureimen, was passiert war. Sandro wollte Alyssas Tod rächen und Lara hatte Angst, dass er sein Vorhaben in die Tat umsetzen würde.

„Ist Sandro dein Freund?", fragte Bussard.

„Ja", antwortete Lara, „Alyssa und ich waren mit ihm zusammen. Jetzt sind wir nur noch zu zweit."

Der Kommissar sah das Mädchen geduldig an und vermied ein unwillkürliches Stirnrunzeln. Lara und Alyssa waren mit Sandro zusammen gewesen. Vermutlich hatten sich die drei eine Art Familie geschaffen, in der es für die Mädchen besser gewesen war, den Freund zu teilen, anstatt ganz alleine zu sein.

„Was hat Sandro gesagt?", fragte Bussard.

„Er hat gesagt, dass er das Schwein umbringen will", antwortete Lara. „Der Spinnenmann ist daran schuld, dass Alyssa tot ist."

„Ist Sandro bewaffnet?"

„Weiß nicht, kann sein."

Bussard wusste nicht, ob Sandro ernsthaft in Erwägung zog, den Spinnenmann zu töten oder ob er lediglich die Drohung ausgesprochen hatte, weil Wut und Trauer ihn dazu getrieben hatten. Nicht jeder, der einen Mord ankündigte, setzte sein Vorhaben auch in die Tat um. Dennoch war die Situation ernst und der Kommissar musste verhindern, dass jemand getötet wurde, selbst wenn es sich bei dem potenziellen Opfer um ein Exemplar menschlichen Abschaums handelte.

„Ich muss herausfinden, wer der Spinnenmann ist", erklärte er, „wenn ich ihn vor Sandro zu fassen kriege, kann ich Schlimmeres verhindern."

„Ja, bitte", erwiderte Lara und sah Bussard flehend an, „ich will Sandro nicht auch noch verlieren."

Ihre Augen waren feucht geworden und ihre Stimme zitterte ebenso wie ihre Unterlippe.

„Okay", sagte der Kommissar, beugte sich vor, stützte die Ellenbogen auf den Tisch und sah Lara in die Augen. „Du musst mir alles erzählen, was du über den Spinnenmann weißt. Kennst du seinen Namen?"

„Nein", antwortete sie und schüttelte den Kopf, „ich habe nur einmal gehört, wie ihn jemand bei seinem Spitznamen genannt hat."

„Und wie lautet der Spitzname?"

„So'n Typ hat ihn mal Maxi genannt, weil er so groß ist."

Das kann nicht sein, dachte Bussard und glaubte, sich verhört zu haben.

„Maxi? Bist du sicher?", fragte er, obwohl er wusste, was Lara antworten würde.

„Ja, Maxi", bestätigte sie, „er ist bestimmt zwei Meter groß und hat ziemlich lange, eklige Spinnenfinger."

Bussard nahm die Ellenbogen vom Tisch und ließ sich nach hinten fallen, bis er die Lehne des Stuhls in seinem Rücken spürte. Er schüttelte den Kopf, weil er nicht glauben wollte, was er gerade gehört hatte. Natürlich war Maxi kein ungewöhnlicher Spitzname für einen zwei Meter großen Mann, doch der Kommissar wusste, dass es keine zufällige Übereinstimmung war. Maxi Götz war der Spinnenmann und der Spinnenmann war tot. Bussard zog sein Handy aus der Tasche und rief Wegner an.

„Schick mir das Fahndungsfoto von Maxi Götz auf mein Handy“, wies er den Kollegen an. „Jetzt sofort! Es ist dringend!“

Er unterbrach das Gespräch und behielt das Smartphone in der Hand.

„Wann hat Sandro gesagt, dass er den Spinnenmann töten will?“

„Vorgestern“, antwortete Lara.

„Hast du Sandro seither noch einmal gesehen oder mit ihm gesprochen?“

„Nein.“

„Hat er ein Handy?“

„Ja, aber er meldet sich nicht.“

„Kannst du ihn sonst irgendwie erreichen?“

„Wie denn?“, rief sie und eine Träne kullerte aus einem ihrer türkisfarbenen Augen.

Bussards Handy meldete den Eingang einer Nachricht. Er rief das Foto auf, das Wegner ihm gesendet hatte, drehte das Handy um und zeigte es Lara.

„Ist das der Spinnenmann?“

„Ja“, antwortete sie sofort und wischte mit dem Handrücken die Träne weg. „Das ist er!“

„Bist du sicher?“

„Ja, absolut, das ist der Spinnenmann!“

„Scheiße“, murmelte Bussard und schüttelte den Kopf.

Er klickte das Foto weg und steckte sein Handy ein.

„Wie haben Sie so schnell herausgefunden, wer er ist?“, fragte die Sozialarbeiterin.

Bussard atmete tief durch und wusste nicht, was er darauf erwidern sollte. Er wollte Lara nicht die Wahrheit sagen. Er wollte dem Mädchen, das so gut wie nichts auf der Welt besaß, nicht auch noch den Freund nehmen, doch es gab keine Alternative. Die Wahrheit war grausam und Bussard fühlte den Stich in seiner Seele, als er sie aussprach.

„Der Spinnenmann heißt Maximilian Götz“, antwortete er schließlich und sah Lara mitfühlend an. „er stand wegen einer anderen Strafsache auf unserer Fahndungsliste. Heute Morgen haben wir seine Leiche gefunden.“

*

Sandro Ellwanger wurde wegen des dringenden Tatverdachts, Maximilian Götz getötet zu haben, zur Fahndung ausgeschrieben. Der Siebzehnjährige war schon mehrfach wegen kleinerer Delikte verhaftet, vor Gericht gestellt und verurteilt worden. Bussard kannte den Jugendlichen nicht, dessen Foto und Fingerabdrücke in den Datenbanken der Polizei gespeichert waren. Schwarzfahren und Haschisch rauchen, Ladendiebstahl und Hausfriedensbruch waren keine Gewaltverbrechen, doch jetzt hatte Sandro gleich mehrere Sprossen auf einmal auf der kriminellen Karriereleiter übersprungen. Es gab zwar noch keinen Beweis für Sandros Schuld, doch Bussard befürchtete, dass der Jugendliche Alyssas Tod gerächt hatte und dafür nun für viele Jahre hinter Gittern verschwinden würde. Die Aussicht auf einen trockenen Schlafplatz und drei Mahlzeiten täglich wog nichts im Vergleich dazu, dass Sandro, der wie Lara und Alyssa auf der Straße lebte, nun auch keine Zukunft mehr hatte. Auch wenn er den Spinnenmann getötet hatte, so war er dennoch ein Opfer von Maxi Götz geworden, ebenso wie Sebastian Klaasen, Alyssa Kettenring und schließlich Lara

Wagenknecht, die ihre kleine, selbst geschaffene Familie verloren hatte.

Nach seinem Besuch beim SKIN e.V. kehrte Bussard ins Präsidium zurück. Er berichtete Neudörfer von dem Gespräch mit Lara und verabschiedete sich in den Feierabend. Die Fahndung nach Sandro Ellwanger lief und Bussard hatte genug für diesen Tag, der aus Sicht des Ermittlers erfolgreich verlaufen war, sich aber menschlich zu einer Tragödie entwickelt hatte. Lara war nach der Nachricht vom Tod des Spinnenmanns in Tränen ausgebrochen und hatte kein Wort mehr gesagt. Bussard hätte sie fragen müssen, was Götz mit den Mädchen gemacht hatte, die er mitgenommen hatte, doch die Antwort hatte Professor Münchrath nach der Obduktion von Alyssas Leichnam bereits gegeben. Der Lange Max war ein elendes Schwein gewesen, dem niemand eine Träne nachweinen würde, aber sein Tod hatte mehr Leid als Erleichterung gebracht. Der einzige Lichtblick war, dass nun kein Mädchen mehr dem Spinnenmann zum Opfer fallen würde.

Der Tod von Maxi Götz hatte auch die Ermittlungen im Mordfall Klaasen erschwert. Wenn Sandro Ellwanger den Langen Max getötet hatte, dann waren Barbara Klaasen, Gernot Ahle und Jörg Grittner aus dem Schneider. Sollte es keine Querverbindungen zwischen den beiden Taten geben, dann war es nahezu unmöglich, das Motiv für den Mord an Sebastian Klaasen zu ermitteln. Ohne Geständnis, ohne Tatwaffe und ohne Motiv würde die Akte aber nicht geschlossen werden können, was dem Kommissar ziemlich gegen den Strich ging. Seine Aufklärungsquote war enorm hoch, doch die statistischen Werte interessierten Bussard nicht. Dass er unter Umständen bei dem Fall Klaasen nicht erfolgreich sein würde, wollte er nicht akzeptieren.

Auf dem Nachhauseweg läutete sein Handy. Das Display zeigte Heidi Peters als Anruferin und Bussard hatte seinen Daumen schon auf der Taste, um den Anruf anzunehmen, doch dann entschied er sich dagegen. Er wollte nichts über die AGK Invest hören, deren gierige Kunden Millionen aus dem Fenster geworfen hatten, während für Lara, die bei der sibirischen Kälte auf der Straße lebte, fünfzig Euro bereits ein Vermögen darstellten.

Es war kurz nach sieben, als Bussard zu Hause eintraf. Er begrüßte seine Töchter und seine Frau, doch Helens Erwiderung fiel ziemlich kühl aus. Sie wartete noch immer auf eine Antwort, die er ihr nicht geben wollte. Nach dem Abendessen, das wie fast immer aus der Mikrowelle kam, brachte Bussard seine Töchter zu Bett und las ihnen wieder einige Seiten aus dem Buch Momo vor. Als er auf den Balkon ging, um eine Zigarette zu rauchen, läutete sein Handy und er sah, dass der Anruf aus der Zentrale kam.

„Bussard", meldete er sich.

„Sandro Ellwanger wurde in Gewahrsam genommen", berichtete der Kollege vom Bereitschaftsdienst. „Er ist soeben im Präsidium eingetroffen."

Bussard sah auf seine Uhr. Es war viertel vor neun und er fragte sich, ob er ins Präsidium fahren sollte, um den Verdächtigen zu vernehmen. Nach einem Augenblick des Nachdenkens entschied er sich dagegen, denn den wichtigsten Punkt, die Frage nach Sandros Alibi, konnte er noch nicht klären, weil der Todeszeitpunkt von Maxi Götz noch nicht feststand.

„Einmal Übernachtung mit Frühstück für den Jungen", erwiderte er. „Ich werde ihn morgen früh vernehmen."

Er wollte das Gespräch schon beenden, doch dann fiel ihm noch eine Frage ein.

„War Sandro Ellwanger bewaffnet?"

„Ja", antwortete der Kollege, „wir haben ein Springmesser bei ihm sichergestellt."

„Wurde jemand bei der Festnahme verletzt?"

„Er hat versucht, sich der Festnahme zu widersetzen, doch es gab keine Verletzten."

„Okay, danke", sagte Bussard und beendete das Gespräch.

Der Hauptverdächtige im Mordfall Götz war hinter Schloss und Riegel, doch Bussard freute sich nicht über den schnellen Fahndungserfolg. Für ihn war es eine bittere Ironie, dass sich Sandro Ellwanger die elementaren Bedürfnisse nach Nahrung, Kleidung und Wohnung auf Jahre hinaus durch den Mord an Maxi Götz und der bevorstehenden Unterbringung in einer Jugendstrafanstalt gesichert hatte.

## 12

Bussard und seine Kollegin vom Wirtschaftsdezernat standen auf dem Flur des Präsidiums. Es war acht Uhr am Donnerstagmorgen und der Kommissar war gerade auf dem Weg zu seinem Büro gewesen, als Heidi Peters mit einem Ordner unter dem Arm ihm entgegengekommen war.

„Ich habe dich gestern nicht mehr erreicht", berichtete sie, „ich bin auf etwas Interessantes gestoßen."

„Was hast du entdeckt?", fragte er und erinnerte sich daran, dass er ihren Anruf am Abend zuvor ignoriert hatte.

„Bei der AGK Invest wurde ein Depot für eine Frau geführt, die es gar nicht gibt."

„Und?", fragte er ohne besonderes Interesse.

Soweit er wusste, wurde bei Geldwäsche oft mit Strohfirmen und fiktiven Personen gearbeitet, um Geldflüsse zu verschleiern.

„Der Name der Frau lautet Maria Nemo", erwiderte Heidi und sah Bussard vielsagend an, doch der Kommissar zuckte nur stumm mit den Schultern.

„Nemo ist Lateinisch für niemand", erläuterte sie. „Das ist zwar nicht gerade originell, erklärt aber einiges."

„Vielleicht ist sie die Frau von Käptn Nemo", witzelte er, ohne sich selbst über den lahmen Scherz zu amüsieren.

In Gedanken war er bereits beim Verhör von Sandro Ellwanger, einem Jungen, der wirklich kaum mehr besaß als das, was er auf dem Leib trug. Sandro hatte in seinem Leben wahrscheinlich noch nie einen Gedanken daran verschwendet, wie und bei wem er sein Vermögen investieren sollte und Bussard wollte nichts über veruntreute Anlegergelder hören, die sich im fünf-, sechs- oder sogar siebenstelligen Bereich bewegten. Die Schere zwischen arm und reich klaffte immer weiter auseinander und für den Kommissar war es schwer zu ertragen, dass ausgerechnet der Spinnenmann Maxi Götz das Gelenk gewesen war, das die beiden Schenkel der Schere miteinander verbunden hatte.

„Im Lauf der letzten zwei Jahre sind insgesamt fast zwei Millionen Euro auf das Kundenkonto von Maria Nemo eingezahlt worden", berichtete die Kommissarin. „Als Gegenkonto fungierte immer das Gesellschafterkonto von Sebastian Klaasen."

„Ist das verdächtig?", fragte Bussard, für den Finanzbuchhaltung ein Buch mit sieben Siegeln war.

„Verdächtig?", wiederholte sie und sah Bussard verschwörerisch an.

„Mach's nicht so spannend", erwiderte er, „aber erklär es mir so, dass ich es auch verstehe."

„Das Ganze ist ein Buchungstrick", erklärte sie. „Eine Kundin hat Geld auf das Geschäftskonto der AGK Invest eingezahlt. Eigentlich hätte dafür ein Kundenkonto geführt werden müssen, doch stattdessen wurde das Geld als Privateinlage bei Sebastian Klaasen verbucht. Dadurch sah es so aus, als wäre es sein eigenes Geld gewesen. Um über die Herkunft des Geldes keine Rechenschaft ablegen zu müssen, hat die AGK Invest ein Depot für die fiktive Maria Nemo geführt. Die von der Kundin eingezahlten Gelder wurden so über den Umweg von Klaasens Gesellschafterkonto in dieses Depot verschoben. Danach war Klaasens Konto wieder sauber."

„Das ist Betrug, oder?"

„Natürlich. Das eigentlich Spannende an dieser Transaktion ist allerdings der Name der Kundin, die im Lauf der letzten beiden Jahre fast zwei Millionen Euro überwiesen hat, denn sie taucht in den Kundenlisten der AGK Invest nirgends auf. Ich habe ihren Namen in den Kontoauszügen der Firma gefunden."

„Und diese Kundin stand in enger Beziehung zu Maxi Götz?", spekulierte Bussard und dachte sofort an die Prostituierte Nathalie Reina, doch Heidi schüttelte skeptisch den Kopf.

„Das weiß ich nicht", antwortete sie, „aber ich kann dir versichern, dass die Kundin in enger Beziehung zu unserem toten Anlagebetrüger stand. Es war Barbara Klaasen."

„Barbara Klaasen?", wiederholte Bussard ungläubig, dessen Interesse an der buchhalterischen Kreativität der AGK Invest sofort entflammt war.

„Exakt."

„Gute Arbeit, Heidi. Sebastian Klaasen hat zwei Millionen Euro von seiner Frau abgezockt. Ich schätze, die Dame wird uns einiges erklären müssen."

„Falls sie überhaupt etwas davon weiß", schränkte sie ein. „Die AGK Invest hat mit gefälschten Zahlen gearbeitet. Die Depotauszüge, die die Firma an ihre Kunden verschickt hat, waren das Papier nicht wert, auf dem sie gedruckt wurden. Es ist gut möglich, dass Barbara Klaasen Depotauszüge erhielt, die ihr Mann eigens für sie angefertigt hat, um die Unterschlagung zu vertuschen."

Bussard runzelte die Stirn und schüttelte gleichzeitig den Kopf. Zwei Millionen Euro waren ein astreines Mordmotiv, doch das Motiv passte nicht in die Geschichte.

„Hilft dir das weiter?", fragte die Kommissarin.

„Ich weiß es noch nicht", gab Bussard zu, „irgendwie lassen sich die ganzen Puzzleteile nicht zu einem Bild zusammenfügen. Je mehr wir ermitteln, desto verworrener wird die Sache."

„Dann habe ich dir etwas voraus", erwiderte sie lächelnd. „Unser Puzzle vervollständigt sich von Tag zu Tag. Nach dem Geständnis von Ahle können wir ihm und Grittner jetzt schon eine Menge nachweisen, was zu einer Verurteilung reicht und wir haben gerade erst angefangen. Ich habe mich übrigens noch gar nicht bei dir bedankt. Ohne deine Hilfe wären wir noch nicht einmal halb so weit."

Bussard nahm den Dank seiner Kollegin kaum zur Kenntnis. Die neuen Erkenntnisse stellten den Mordfall Klaasen in einem anderen Licht dar. Wenn Klaasen zwei Millionen Euro von seiner Frau abgezockt hatte, dann hatte er sich damit auch erpressbar gemacht.

„Hat Ahle gewusst, dass Klaasen seine Frau übers Ohr gehauen hat?", fragte er.

„Das weiß ich nicht", antwortete sie. „Ich bin erst gestern Abend nach seiner Vernehmung auf Barbara Klaasens Namen gestoßen. Denkbar ist es auf jeden Fall."

„Okay, ich werde ihn danach fragen", sagte Bussard abschließend. „Gib mir Bescheid, sobald du wieder auf etwas stößt, was in Zusammenhang mit dem Mord an Klaasen stehen könnte."

„Alles klar", erwiderte sie, nickte ihrem Kollegen zu und machte sich auf den Weg zu ihrem Büro.

Bussard sah auf seine Uhr. Es war viertel nach acht und Sandro Ellwanger wartete auf seine Vernehmung, doch der Kommissar hatte einige Fragen, die er sofort beantwortet haben wollte. Er ging drei Stockwerke hinunter zu den Arrestzellen, wo er seine Dienstwaffe beim wachhabenden Kollegen hinterlegte und sich eine der Türen aufschließen ließ.

„Gut geschlafen?", fragte er, als er die Zelle betrat.

Gernot Ahle saß auf seiner Pritsche und betrachtete Bussard niedergeschlagen. Sein Anzug war ebenso zerknittert wie sein unrasiertes Gesicht.

„Mein Anwalt hat gesagt, dass ich nicht ohne ihn mit einem von Ihnen sprechen soll", erwiderte er. „Außerdem habe ich Ihrer Kollegin schon alles erzählt."

„Mich interessiert nur ein winziges Detail", erklärte Bussard, „und je mehr Sie uns helfen, desto mehr profitieren Sie bei der Strafzumessung davon."

Ahle sah den Kommissar misstrauisch an. Er hatte am Vortag ein umfangreiches Geständnis über die Geschäfte der AGK Invest abgelegt, aber er wusste auch, dass er zu einigen Jahren Gefängnis verurteilt werden würde.

„Die erste Nacht ist immer die schlimmste", sagte Bussard, der am Türrahmen stehengeblieben war, „aber jede Information könnte Ihnen einen Monat Gefängnis ersparen. In Ihrer Situation können Sie ..."

„Hören Sie auf mit dem Gesülze", unterbrach ihn Ahle unwirsch, „fragen Sie, was Sie wissen wollen und dann lassen Sie mich in Ruhe."

„Ein Mann, ein Wort", erwiderte Bussard und verschränkte die Arme vor der Brust. „Erzählen Sie mir etwas über Maria Nemo."

„Maria Nemo? Das war Sebastians Idee. Damit habe ich nichts zu tun."

Bussard nickte zufrieden. Ahle hatte nicht geleugnet, von Maria Nemo zu wissen und der Kommissar war sicher, dass Ahle mehr oder weniger bereitwillig einige Fragen beantworten würde.

„Sie wussten, dass Klaasen seine Frau um zwei Millionen Euro betrogen hat", stellte er fest.

„Klar wusste ich das", antwortete Ahle, „Sebastian hat ja selbst damit angegeben, wie leicht es war, seine Alte zu melken."

„Und dann kamen Sie auf die Idee, Ihren Geschäftspartner zu melken."

Ahle zog die Augenbrauen zusammen und sein Blick wurde lauernd.

„Was meinen Sie damit?", fragte er argwöhnisch.

„Klaasen hat seine Frau übers Ohr gehauen", erklärte Bussard, „und Sie haben gedroht, Barbara Klaasen davon zu erzählen ..."

„Quatsch!"

„… Sie haben die Drecksarbeit allerdings nicht selbst erledigt. Dafür haben Sie Maxi Götz angeheuert …“

„Völliger Blödsinn!“

„… aber der Idiot hat Klaasen erschossen, anstatt abzukassieren. War es nicht so?“

„Nein! Verdammt!“, rief Ahle. „Sebastian hat seine Alte abgezockt und die Kohle ist auf eines unserer Konten geflossen. Warum hätte ich Sebastian erpressen sollen?“

„Weil Sie den Hals nicht voll genug kriegen konnten“, erwiderte Bussard.

„Bullshit“, fluchte Ahle, „solange Sebastian noch am Leben war, lief alles wie geschmiert. Fragen Sie doch mal seine Alte. Vielleicht hat die Maxi beauftragt, ihn zu erschießen.“

Ja, vielleicht, dachte Bussard, ohne sich etwas anmerken zu lassen. Barbara Klaasen hatte es aus dem Stand in die Top Drei der Verdächtigen geschafft. Heidi Peters hatte ein überzeugendes Motiv geliefert und es war durchaus denkbar, dass Barbara Klaasen Maxi Götz angeheuert hatte, um ihren Mann erschießen zu lassen. Wenn sie allerdings die Auftraggeberin gewesen war, dann stellte sich die Frage, warum sie Maxi Götz ans Messer geliefert hatte. Bei einer Verhaftung hätte der Lange Max seine Auftraggeberin womöglich denunziert, um seine eigene Haut zu retten. Damit wäre sie ein unnötig großes Risiko eingegangen, selbst wenn sie eine Tatbeteiligung hätte leugnen können. Die verdammten Puzzleteile wollten einfach nicht zusammenpassen.

Bussard schloss die Tür, die der Kollege hinter ihm absperrte. Eine Zelle weiter und nur durch eine zwanzig Zentimeter dicke Wand von Ahle getrennt, lag

Sandro Ellwanger auf seiner Pritsche und starrte an die Decke, als Bussard die Tür öffnete.

„Was´s los, Mann", rief Sandro und sprang von seiner Pritsche auf. „Warum habt ihr mich hier eingesperrt?"

„Setz dich", erwiderte Bussard.

„Scheiße! Ich will wissen …"

„Setz dich!", wiederholte Bussard mit Nachdruck.

Der Kommissar war auf einen Angriff des Jugendlichen vorbereitet. Sandro stand ihm gegenüber und hatte die rechte Hand zur Faust geballt. Sein Blick war agressiv und die fettigen, langen Haare hingen wirr in das schmale Gesicht mit den ausgeprägten Wangenknochen. Seine Haltung war ein wenig geduckt, als ob er zu einem Sprung ansetzen wollte.

Er ist zu mager, ging es Bussard durch den Kopf, als er bemerkte, dass der Junge mit der linken Hand den Bund seiner schmutzigen Armeehose festhielt, damit sie ihm ohne den Gürtel, den man ihm vor der Inhaftierung abgenommen hatte, nicht von den Hüften rutschte.

„Setz dich", wiederholte Bussard noch einmal.

Sandro beobachtete den Kommissar noch immer feindselig, doch schließlich gab er nach und setzte sich auf die Pritsche. Sein Blick blieb lauernd und Bussard wusste, dass der Junge jede Gelegenheit zur Flucht sofort ergreifen würde, weil er nichts zu verlieren hatte.

„Weißt du, warum wir dich verhaftet haben?", fragte Bussard und blieb wiederum im Türrahmen stehen.

„Scheiß Drecksbullen!", zischte Sandro.

„Hast du Maxi Götz ermordet?", fragte der Kommissar und beobachtete den Verdächtigen aufmerksam.

„Leck mich!"

Bussard versuchte, Schlüsse aus der kaum vorhandenen Reaktion des Jungen zu ziehen. Bei dem Namen Maxi Götz hatte Sandro nicht einmal mit einer Wimper gezuckt.

„Du hast gedroht, ihn umzubringen“, fuhr Bussard fort.

„Wen?“

„Maxi Götz.“

„Kenn ich nicht.“

„Doch, du kennst ihn“, widersprach der Kommissar, „Lara hat es mir selbst erzählt.“

„Lara?“, fragte Sandro, hob den Kopf und sah Bussard überrascht an.

„Sie hat mir von deinen Mordplänen berichtet“, fuhr der Kommissar fort. „Jetzt sitzt du hier in der Zelle, Alyssa ist tot und Lara steht ganz alleine da. Du hast sie im Stich gelassen.“

„Scheiße, Mann!“, rief Sandro und sprang von der Pritsche auf.

Bussard streckte den rechten Arm aus und deutete mit dem Zeigefinger auf die Pritsche.

„Sitzen bleiben!“

„Was habt ihr mit Lara gemacht?“

„Hinsetzen!“

Bussard spürte, dass der wachhabende Kollege hinter ihn getreten war. In der Zelle saß ein mutmaßlicher Mörder und es war besser, kein Risiko einzugehen.

„Ich hab niemanden ermordet“, rief Sandro, „und ich glaub euch kein Wort! Lara würde mich niemals verpfeifen!“

„Setz dich und wir reden darüber.“

Sandros Aufregung war nicht zu übersehen und es bereitete dem Jungen Mühe, sich hinzusetzen. Seine

Atmung hatte sich beschleunigt und nur seine Schuhspitzen berührten den Boden, während seine Beine in schneller Folge auf und ab wippten.

„Du hast gedroht, den Spinnenmann zu töten“, erklärte Bussard.

„Und“, fragte Sandro, „ist das verboten?“

„Grundsätzlich ja“, antwortete Bussard, „aber das ist nicht das Problem.“

Er beobachtete Sandros Gesicht genau, doch er erkannte lediglich Feindseligkeit im Blick des Jungen. Von Schuldbewusstsein gab es noch keine Spur.

„Maxi Götz war der Spinnenmann“, sagte Bussard, ohne Sandros Gesicht aus den Augen zu lassen, „und du hast gedroht, ihn zu töten.“

„Und?“

„Maxi Götz ist tot.“

„Der Spinnenmann?“

„Ja, der Spinnenmann.“

„Krass“, erwiderte Sandro und das Wippen seiner Beine hörte schlagartig auf, „wie geil ist das denn?“

„Geil?“

„Er hat´s verdient. Er war ´ne Drecksau!“

„Wie kommst du darauf?“

„Er ist daran schuld, dass Alyssa tot ist“, zischte Sandro und ballte wieder die rechte Hand zur Faust, „und jetzt ist er selber abgekratzt.“

„Weil du ihn getötet hast“, stellte Bussard fest.

„Ich?“, fragte Sandro und grinste hämisch.

Er entspannte sich, ließ sich nach hinten fallen und lehnte sich mit dem Rücken gegen die Wand.

„Ja, du“, sagte Bussard.

„Ihr könnt mir nichts beweisen, gar nichts.“

„Dann gibst du also zu, Maxi Götz getötet zu haben?“

„Ich geb überhaupt nix zu. Außerdem will ich´n Anwalt."

Er zog die Beine an, verschränkte die Arme hinter dem Kopf und grinste.

„Den wirst du auch brauchen", erklärte Bussard.

Es war zwecklos, die Befragung fortzusetzen. Der Verdächtige hatte einen Anwalt verlangt und der Kommissar hatte noch keine Beweise gegen Sandro in der Hand. Bussard verließ die Arrestzelle, nahm seine Dienstwaffe wieder in Besitz und machte sich auf den Weg zu seinem Büro. Bevor er mit dem Rechtsmediziner sprach, wollte er zuerst seine Gedanken sortieren, denn die kurze Vernehmung des Jugendlichen war anders verlaufen als er erwartet hatte. Es war am besten, alle Puzzleteile auf den Tisch zu werfen, um zu sehen, ob sich so ein Muster erkennen ließ. Wenn Sandro Ellwanger Maxi Götz getötet hatte, weil er den Spinnenmann für den Tod von Alyssa Kettenring verantwortlich machte, dann handelte es sich bei den beiden Morden um zwei voneinander unabhängige Taten, die nur zufällig miteinander verknüpft waren. Trotzdem war Bussard davon überzeugt, dass der Lange Max der Dreh- und Angelpunkt in der ganzen Geschichte war. Vielleicht musste man die bekannten Puzzleteile nur richtig gruppieren, um dadurch die Kontur eines fehlenden Teils zu erkennen.

In seinem Büro setzte sich Bussard an den Schreibtisch, verschränkte die Arme und legte die Füße auf die Tischplatte. Seine Gedanken kreisten um die Personen, die in die beiden Fälle verwickelt waren. Für den Mord an Klaasen gab es nur eine einzige Augenzeugin, die behauptete, Maxi Götz habe ihren Mann erschossen. Da Barbara Klaasen von ihrem Mann um zwei Millionen

Euro betrogen worden war, hatte sie ein überzeugendes Motiv. Sie war die Erste am Tatort gewesen und hatte den Mord gemeldet. Es war durchaus möglich, dass sie ihren Mann selbst getötet hatte, doch warum hatte sie dann ausgerechnet Maxi Götz die Tat untergeschoben? Sie musste den Langen Max vorher gekannt und sie musste außerdem einen triftigen Grund gehabt haben, ihm die Tat in die Schuhe zu schieben. Wenn sich ein Täter nicht auf den großen Unbekannten berief, dann belastete er auch nicht gerade einen X-beliebigen, dessen Unschuld sich leicht beweisen ließ. Ein Mordvorwurf war keine Kleinigkeit. Wenn Barbara Klaasen mit einer vorsätzlichen Falschaussage Maxi Götz belastet hätte, dann hätte sie auch dessen Rache fürchten müssen. Welchen Grund konnte sie gehabt haben, dieses Risiko einzugehen? Welche Verbindung gab es zwischen ihr und ihm? Was hatte er ihr angetan, wofür sie ihn unter Umständen sogar mit einem Meineid ins Gefängnis gebracht hätte? Bussard war davon überzeugt, dass Barbara Klaasen den Langen Max nicht zufällig als Täter genannt hatte. Götz hatte eine aktive Rolle bei der Ermordung von Sebastian Klaasen gespielt. Nathalie Reina, die Hure, mit der Götz befreundet gewesen war, hatte berichtet, dass Götz jemanden ganz groß hatte abkassieren wollen. Sie hatte zwar keinen Namen nennen können, doch Barbara Klaasen hatte ausgesagt, dass bei einem Streit zwischen Götz und ihrem Mann die Zahl eine Million genannt worden war. Vielleicht handelte es sich tatsächlich nur um einen Zufall, doch Bussard hatte das unbestimmte Gefühl, dass die vermutete Erpressung der Schlüssel zur Lösung des Falles war. Götz wollte bei Klaasen groß abkassieren und hatte vorsorglich seine Wohnung von allem belastenden Material gesäubert. Warum sonst hätte er seinen Rechner oder sein Notebook und alle Datenträger aus der Wohnung verschwinden lassen sollen? Hatte er damit gerechnet, dass man ihn verdächtigen und seine Wohnung durchsuchen würde? Hatte er Klaasens Ermordung von Anfang an einkalkuliert?

Ich drehe mich im Kreis, dachte Bussard. Er wollte Indizien finden, die für Barbara Klaasen als Täterin sprachen und landete sofort wieder bei Maxi Götz. Den Langen Max konnte er jedoch zu dem Fall nicht mehr befragen. Sandro Ellwanger hatte Götz erschossen und in einem Müllcontainer entsorgt. Die Begleitumstände sprachen dafür, dass es sich so abgespielt hatte. Sandro hatte gedroht, den Spinnenmann zu töten und Götz war auf der Mülldeponie gefunden worden, wohin er sicherlich nach Meinung des Jugendlichen gehört hatte. Allerdings waren Bussard während der Vernehmung des Jugendlichen Zweifel an dessen Schuld gekommen und während er darüber nachdachte, kam er zu dem Schluss, dass Sandro nur den Eindruck zu erwecken versucht hatte, er sei der Täter. Er hatte kein Geständnis abgelegt. Außerdem hatte Bussard bei der Befragung den Eindruck gehabt, dass der Junge überrascht gewesen war, als der Kommissar von der Ermordung des Spinnenmanns gesprochen hatte. Je länger Bussard darüber nachdachte, desto wahrscheinlicher erschien es ihm, dass Sandro lediglich cool sein wollte und die unverhoffte Gelegenheit genutzt hatte, sich als Gangster zu präsentieren. Der Junge besaß nichts oder sogar noch weniger als nichts, denn er hatte nicht einmal eine Zukunft. Für die Gesellschaft war er bereits nicht mehr existent. Der Mordvorwurf jedoch erzeugte ein Interesse an seiner

Person und verlieh ihm eine gewisse Bedeutung, die er sonst nie erlangte. Vielleicht hatte er nur im Sinne von Andy Warhol reagiert. Der Künstler hatte in den siebziger Jahren vorhergesagt, dass es in Zukunft möglich sein würde, dass jeder für fünfzehn Minuten berühmt sein könne. Sandro hatte zu Beginn der Vernehmung sofort geleugnet, einen Mord begangen zu haben. Er war agressiv und wütend gewesen. Als Bussard jedoch vom toten Spinnenmann gesprochen hatte, war eine Veränderung mit Sandro vorgegangen. Der Junge hatte Genugtuung empfunden, weil „die Drecksau abgekratzt" war, wie Sandro sich ausgedrückt hatte. Er hatte sich zurückgelehnt und ziemlich entspannt nach einem Anwalt verlangt.

Bussard schüttelte unwillkürlich den Kopf. Sandro Ellwanger hatte Maxi Götz nicht ermordet, denn die Überraschung des Jungen war echt gewesen, als er vom Tod des Spinnenmanns erfahren hatte. Sandro hatte es bis zu diesem Zeitpunkt nicht gewusst. Er hatte lediglich die Gelegenheit genutzt, für eine kurze Weile im Brennpunkt des Interesses zu stehen. Vermutlich empfand der Junge auch eine gewisse Dankbarkeit für den Unbekannten, der den Spinnenmann zur Strecke gebracht hatte. Wenn Sandro sich also selbst verdächtig verhielt und das Interesse auf sich zog, dann konnte er damit dem wahren Täter einen kleinen Vorteil verschaffen. Der Straßenjunge behinderte die Ermittlungsarbeit und konnte so vermutlich zum ersten Mal seit langer Zeit etwas bewegen, weil jemand auf ihn und sein Verhalten reagierte. Für Bussard war das keine Straftat, sondern das verzweifelte Luftschnappen eines Ertrinkenden. Das Deprimierende an diesem Verhalten stand jedoch hinter der

Frage zurück, wer Maxi Götz ermordet hatte, wenn Sandro es nicht gewesen war.

Das Läuten des Telefons schreckte Bussard aus seinen Gedanken auf. Der Anruf kam aus der Kriminaltechnik.

„Wir haben das Projektil, mit dem Götz erschossen wurde", berichtete Smirna. „Münchrath hat es uns rübergeschickt."

„Und?"

„Es handelt sich um ein Hohlspitzgeschoss, Kaliber .357 Magnum. Da wollte wohl jemand sichergehen."

„Ein Hohlspitzgeschoss", wiederholte Bussard nachdenklich, „habt ihr es schon ballistisch untersucht?"

„Nein, noch nicht. Ich wollte dich nur schon mal vorab informieren. Sobald die Untersuchung abgeschlossen ist, melde ich mich wieder."

Bussard bedankte sich und legte auf. Maxi Götz war von einem Geschoss getötet worden, das für seine verheerende Trefferwirkung bekannt war. Die ausgehöhlte Spitze eines solchen Geschosses war verhältnismäßig wenig widerstandsfähig. Wenn das Projektil in einen Körper eindrang, verformte sich die Spitze und platzte regelrecht auf. Der Durchmesser vergrößerte sich und das Geschoss nahm die Form eines Pilzes an. Durch die Aufpilzung, wie die Verformung deshalb genannt wurde, verlor das Projektil viel von seiner kinetischen Energie und so gab es bei Hohlspitzgeschossen selten Austrittswunden. Im Inneren eines getroffenen Körpers hingegen waren die Wunden, die ein solches Geschoss riss, deutlich größer als der Durchmesser der ursprünglichen Patrone. Wer seine Waffe mit dieser Munition lud, wollte seinen Gegner nicht kampfunfähig machen. Hohlspitzgeschosse verwendete man zum Töten.

*

Bussard verließ das Präsidium durch den Hinterausgang, weil sein Passat auf dem Hof stand. Als er durch die Tür ging, stand Susanne Bauer am Fuß der Treppe und rauchte eine Zigarette. Am rechten Fuß trug die EDV-Spezialistin keinen Schuh, sondern eine orthopädische Schiene. Zwei Gehhilfen lehnten neben ihr am Geländer.

„Morgen, Bussard", begrüßte sie ihren Kollegen, als der Kommissar die Stufen hinunterging, „zu dir wollte ich gleich."

„Morgen, Susanne", erwiderte er und deutete mit einem Kopfnicken auf ihren Fuß. „Was ist passiert?"

„Totaler Mist", murrte sie, „das war echt total dämlich."

Sie zog an ihrer Zigarette, während Bussard sie abwartend ansah.

„Du bist am Donnerstag offensichtlich gut nach Hause gekommen", stellte sie fest.

Stimmt, dachte er. Am „Schmutzige Dunschtig" hatten sie zusammen bei Angelos einige Bierchen gezwitschert und am nächsten Morgen war ihm aufgefallen, dass er am Abend zuvor mit dem eigenen Wagen nach Hause gefahren war, ohne sich jedoch konkret daran erinnern zu können.

„Habe ich dich überfahren?", fragte er.

„Nein", wehrte sie ab und lachte, „das habe ich mir selbst zuzuschreiben. Man sollte sich nicht mehr Alkohol in den Kopf schütten als die Füße vertragen können. Vor meiner Haustür gibt es nur eine einzige Stufe, aber genau die ist mir zum Verhängnis geworden. Ich bin gestolpert und umgeknickt."

„Hast du dir etwas gebrochen?"

„Nein. Gott sei Dank sind nur die Bänder verletzt, aber es wird trotzdem eine Weile dauern, bis ich wieder ohne Krücken gehen kann. Selber schuld, selber blöd."

Bussard betrachtete die orthopädische Schiene, die mit einer blauen Binde am Fußgelenk befestigt war.

„Bist du nicht krankgeschrieben?", fragte er.

„Doch, eigentlich schon", erwiderte sie. „Am Donnerstagabend war es gar nicht so schlimm, aber im Lauf der Nacht ist der Fuß immer dicker geworden und am Freitagmorgen konnte ich nicht mehr auftreten. Ich hatte gehofft, dass es im Lauf des Wochenendes wieder besser werden würde, doch auch am Montag konnte ich noch nicht auftreten. Ich bin in die Klinik gefahren und dort haben sie mir dieses Ding verpasst. Der Arzt hat mich krankgeschrieben und eigentlich sollte ich zwei, drei Wochen im Bett liegen und den Fuß schonen, aber zu Hause fällt mir die Decke auf den Kopf. Deshalb bin ich heute Morgen wieder zum Dienst erschienen. Außerdem wartete das Notebook darauf, gecheckt zu werden."

„Welches Notebook?"

„Das von Sebastian Klaasen", antwortete sie und warf die Kippe auf den Boden. „Deshalb wollte ich ja zu dir kommen. Ich bin nur zurzeit etwas langsam auf den Beinen."

Das Notebook war nach dem Mord am Montag im Hause Klaasen sichergestellt worden, doch Bussard hatte nicht mehr daran gedacht.

„Und, hast du schon einen Blick darauf geworfen?", fragte er.

„Klaro", antwortete sie, „das war ein Kinderspiel, sogar im doppelten Sinn."

„Wie meinst du das?"

„Das Notebook war nicht gesichert", erläuterte sie, „es war weder ein Passwort erforderlich noch gab es verschlüsselte Dateien. Ich habe die gelöschten Dateien zwar noch nicht wiederhergestellt, doch das wird kein Problem sein. Dieser Klaasen war ziemlich unbedarft, was Datensicherheit angeht, vor allem, wenn man bedenkt, was ein Unbefugter alles hätte finden können."

„Zum Beispiel?"

„Zum Beispiel Pornos mit ziemlich jungen Mädchen."

„Kinderpornos?", fragte Bussard überrascht.

„Jein", antwortete sie unbestimmt und griff nach ihren Krücken, „es sind nicht die typischen Pornos mit kleinen Kindern. Dieser Klaasen stand eher auf Lolita-Sex. Ich schätze, dass die Mädchen in den Videos alle so um die dreizehn, vierzehn, fünfzehn Jahre alt sind. Es gibt zwar keine offensichtlichen Misshandlungen in den Filmen, aber es sind dennoch Vergewaltigungen, weil die Mädchen alle minderjährig sind. Vielleicht hat er sich mit den Filmen nur aufgegeilt, aber für mich ist er trotzdem ein mieser Drecksack. Diese Videos werden nur produziert, weil sie auch nachgefragt werden ..."

Bussard hörte nicht mehr zu. Er hatte das Gefühl, als hätte jemand das Licht in seinem Kopf eingeschaltet. Sebastian Klaasen hatte eine Vorliebe für ziemlich junge Mädchen gehabt. Maxi Götz, der Spinnenmann, hatte junge Mädchen auf der Straße aufgelesen und der Kommissar musste nur eins und eins zusammenzählen.

„... und dann reden sich diese Typen immer damit heraus, dass es die Filme ja sowieso schon gibt und sie niemandem schaden würden, wenn sie sich diese Videos ansehen. Das ist scheinheilig, denn damit verkehren sie das Verursacherprinzip ins Gegenteil. Die Videos sind nur deshalb auf dem Markt, weil sie auch gekauft werden. Würde niemand …"

„Und die E-Mails?", fragte Bussard aufgeregt und unterbrach den Redefluss der EDV-Spezialistin.

„Nur das übliche Blabla", antwortete sie, während sie vorsichtig die Stufen hinaufstieg, „nichts Auffälliges."

„Ist dir der Name Maxi Götz begegnet?", fragte er und hielt ihr die Tür auf.

„Maxi Götz? Nicht, dass ich wüsste."

„Ich danke dir", sagte Bussard, nahm ihren Kopf in seine Hände und drückte ihr einen Kuss auf die Lippen.

„Gerne wieder", entgegnete Susanne und sah ihm lächelnd nach, während er die Treppe hinuntereilte und zu seinem Wagen lief.

## 13

Wie immer wappnete sich Bussard gegen den Geruch. Er atmete zweimal tief durch, bevor er die Tür zum Seziersaal öffnete. Es war ihm unerklärlich, wie ein Pathologe tagein, tagaus in diesem Gestank arbeiten konnte, auch wenn die Arbeit des Rechtsmediziners für die Ermittlungen der Kriminalpolizei unverzichtbar war. Bussard durchquerte den Saal, in dem zwei blank geputzte Edelmetall-Tische standen. Auf dem dritten, dessen Oberfläche blutverschmiert war, lag der geöffnete Körper von Maxi Götz, aus dem Münchrath gerade ein Organ entnahm.

„Ich dachte, Sie hören nur klassische Musik", begrüßte der Kommissar den Rechtsmediziner und sah zu einem der Arbeitstische, auf dem ein Ghettoblaster stand und den Raum mit Gitarrenklängen von John Lee Hooker beschallte.

„Bis vor Kurzem war das auch so“, bestätigte Münchrath, „aber mein Sohn hat mir den Blues nahegebracht. Die Musik eignet sich hervorragend, um entspannt dabei zu arbeiten.“

Bussard konnte sich nicht vorstellen entspannt zu sein, während man den Körper eines Menschen in seine Einzelteile zerlegte, doch er behielt seine Meinung für sich.

„Gibt es schon Neuigkeiten?“, fragte er und versuchte, nicht allzu genau in Maxi Götz′ offenen Bauch zu sehen.

„Die Todesursache steht zweifelsfrei fest“, antwortete Münchrath. „Maximilian Götz starb an den Folgen einer Schussverletzung. Das Projektil drang etwa fünf Zentimeter unterhalb des Nabels und zwei Zentimeter nach links versetzt in den Bauchraum ein. Es hat die Bauchdecke und den Bauchmuskel durchschlagen und anschließend die Arteria iliaca interna verletzt. Genaugenommen kann man sagen, dass das Projektil die Hüftschlagader regelrecht zerfetzt hat.“

„Es war ein Hohlspitzgeschoss“, fügte Bussard an und der Rechtsmediziner nickte.

„Die erhebliche Verletzung der Arterie führte zu einem hohen Blutverlust und schließlich zum Tod“, fuhr Münchrath fort. „Selbst bei sofortiger medizinischer Versorgung hätte der Mann kaum überlebt. Er ist innerhalb weniger Minuten verblutet. Alle anderen Verletzungen wurden ihm post mortem zugefügt.“

„Welche anderen Verletzungen?“

„Mehrere Schürfwunden und Quetschungen im Bereich des Rumpfes und der Arme sowie eine Fraktur des linken Oberarms. Wenn man bedenkt, wo und in welcher Situation der Leichnam gefunden wurde, so kann man mit an Sicherheit grenzender Wahrscheinlichkeit davon ausgehen, dass die Verletzungen entstanden sind, als der Greifer des Baggers auf der Mülldeponie den Leichnam angehoben hat."

Es war eine unappetitliche Vorstellung, vom Greifer eines Baggers zerquetscht zu werden, selbst wenn Götz zu diesem Zeitpunkt längst tot gewesen war.

„Haben Sie den Todeszeitpunkt schon bestimmt?", fragte Bussard, doch Münchrath schüttelte den Kopf.

„Nein, noch nicht. Die extrem niedrigen Temperaturen, die derzeit herrschen, unterbinden den normalen Verwesungsprozess. Im Augenblick kann ich nur sagen, dass er seit mindestens zwei, höchstens jedoch sechs Tagen tot ist. Erst wenn ich die Gewebeproben untersucht habe, kann ich Ihnen eine genauere Auskunft geben."

„Wann werden Sie so weit sein?"

„Sicherlich noch im Lauf des Tages."

„Okay", sagte Bussard und nickte, „dann habe ich noch eine interessante Aufgabe für Sie."

Münchrath, der gerade die Leber von Maxi Götz in eine Edelstahlschale gelegt hatte, sah den Kommissar über den Rand seiner Brille an.

„Eine Aufgabe?", fragte er.

„Bei Alyssa Kettenring haben Sie doch Schamhaare von zwei männlichen Personen gefunden", erläuterte Bussard. „Können Sie feststellen, ob die Haare von Götz und Klaasen stammen?"

„Nichts leichter als das", antwortete der Rechtsmediziner, von dessen Handschuhen die letzten Reste von Götz' Blut tropften. „Der Leichnam von Sebastian Klaasen wurde noch nicht abgeholt. Gibt es denn Hinweise auf eine Verbindung zwischen dem Mädchen und den beiden Männern?"

„Ja, die gibt es", bestätigte Bussard. „Klaasen hatte eine Vorliebe für ziemlich junge Mädchen und Götz hat diese Mädchen beschafft. Wenn Sie nachweisen, dass Klaasen Alyssa vergewaltigt hat, dann wissen wir, womit Götz Klaasen erpresst hat."

„Ich sagte Ihnen schon, dass ich eine Vergewaltigung nicht mit Sicherheit nachweisen kann", wehrte Münchrath ab. „Es gab keine Abwehrverletzungen und auch keine Hinweise auf Fesselungen. Ob Götz und Klaasen Geschlechtsverkehr mit Alyssa Kettenring hatten, werde ich nach dem Schamhaarvergleich wissen."

Unschlüssig betrachtete Bussard den offenen Leichnam von Maxi Götz. Die Todesursache stand zweifelsfrei fest. Was immer der Rechtsmediziner sonst noch zu finden hoffte, war für die Aufklärung des Mordfalls nicht relevant. Die andere Frage aber brannte dem Kommissar auf den Nägeln.

„Können Sie den Schamhaarvergleich vorziehen?"

„Sie meinen, jetzt sofort?"

„Ja, bitte, es ist dringend."

„Na gut", erwiderte Münchrath. „Sie können mir dabei assistieren und von Klaasen eine Gewebeprobe entnehmen, während ich das Mikroskop vorbereite."

Bussard schluckte. In seiner Eigenschaft als Kriminalbeamter hatte er mehr als einmal Mut und Nervenstärke bewiesen. Als verdeckter Ermittler hatte er es mit russischen und albanischen Drogenhändlern aufgenommen und einige Male hatte sein Leben nur noch an einem seidenen Faden gehangen. Er hatte hinreichend oft unter Beweis gestellt, dass er kein Feigling war, doch die Vorstellung, dem Pathologen zu assistieren und eine Gewebeprobe von einer Leiche zu entnehmen, ließ ihn skeptisch das Gesicht verziehen.

„Was soll ich tun?“, fragte er unbehaglich.

„Es war nur ein Scherz“, erwiderte Münchrath, der Bussards Reaktion, die sich im Gesicht des Kommissars widerspiegelte, grinsend beobachtet hatte. „Ich benötige weder Ihre Hilfe noch eine Gewebeprobe von Klaasen, aber es ist immer wieder interessant zu sehen, dass sogar Menschen, die sich von Berufs wegen mit dem Tod beschäftigen, zu den Toten selbst gerne auf Abstand gehen.“

Auch wenn es per Definition keine Abstufung von schwarz gab, so war Bussard davon überzeugt, dass der Humor des Rechtsmediziners der schwärzeste war, den er jemals erlebt hatte. Der Pathologe war eine anerkannte Kapazität auf seinem Gebiet und lehrte als Professor an der Universität. Sein Tagesgeschäft war das Sezieren von Leichen und Bussard wurde sich zum ersten Mal bewusst, dass der Rechtsmediziner ebenso Freude an seinem Beruf empfand wie er selbst. Für einen Außenstehenden war es schwer vorstellbar, wie jemand sich einen Scherz erlauben konnte, während er die blutige Leber aus einem Körper entnahm, der wenige Tage zuvor noch gelebt hatte. Neben seiner Tätigkeit als Pathologe war Münchrath aber in erster Linie immer noch ein Mensch und mit seinem Humor bewahrte er sich seine Menschlichkeit inmitten des ständig gegenwärtigen Todes.

Während Münchrath den Schamhaarvergleich durchführte, wartete Bussard im Freien und rauchte eine seiner Selbstgedrehten. Der Kommissar hoffte, dass der Rechtsmediziner eine Übereinstimmung nachweisen konnte. Wenn die Schamhaare, die Münchrath bei Alyssa Kettenring gefunden hatte, von Klaasen und Götz stammten, dann kamen die Ermittlungen damit einen wesentlichen Schritt weiter.

„Es gibt eine Übereinstimmung", erklärte Münchrath, als Bussard fünf Minuten später ins Institut zurückkehrte. „Eines der Schamharre, die wir bei Alyssa Kettenring gefunden haben, stammt eindeutig von Sebastian Klaasen."

„Und weiter?"

„Die zweite männliche Person ist unbekannt", antwortete der Rechtsmediziner, „aber ich kann Ihnen versichern, dass es sich eindeutig nicht um das Schamhaar von Maximilian Götz handelt."

„Aber es waren doch zwei Personen an der Vergewaltigung beteiligt", murmelte Bussard, doch Münchrath schüttelte den Kopf.

„Das lässt sich so nicht sagen", widersprach er. „Es gibt keine Möglichkeit festzustellen, wie lange sich die Schamhaare am Körper der Toten befunden haben. Deshalb ist es auch fraglich, ob die Übertragung zeitgleich stattgefunden hat. Bei der mangelhaften Hygiene des Mädchens können durchaus mehrere Tage dazwischen liegen."

Bussard nickte düster. Er war von Anfang an davon ausgegangen, dass Alyssa von zwei Männern vergewaltigt worden war, doch das unbekannte Schamhaar konnte durchaus auch von Sandro Ellwanger stammen und sich schon vor der Vergewaltigung am Körper des Mädchens befunden haben. Mit einer Vergleichsprobe des Jugendlichen konnte Münchrath das leicht feststellen und Bussard hoffte, dass Sandro dem Vergleich freiwillig zustimmen würde, ohne dass Schmieder dafür einen Gerichtsbeschluss anfordern musste. Viel wichtiger war allerdings der Nachweis, den der Rechtsmediziner bereits erbracht hatte. Eines der beiden Schamhaare stammte eindeutig von Sebastian Klaasen. Es war das fehlende Glied in der Kette, die alle Beteiligten miteinander verband.

*

Münchrath sagte zu, sich sofort zu melden, sobald er den Todeszeitpunkt von Götz festgestellt hatte. Bussard dankte dem Rechtsmediziner, verabschiedete sich und fuhr zum Präsidium zurück. Sein erster Weg führte ihn zu seinem Chef, um ihn darüber zu unterrichten, was Münchrath herausgefunden hatte. Als er die letzten Treppenstufen zum vierten Obergeschoss erreicht hatte, trat der Oberstaatsanwalt aus dem Aufzug.

„Guten Morgen, Herr Bussard", grüßte Schmieder, dessen Stimme ungewohnt freundlich klang. „Wie kommen Sie mit Ihren Ermittlungen voran?"

Er ist noch immer handzahm, dachte der Kommissar. Offensichtlich wollte der Oberstaatsanwalt so wenig Staub wie möglich aufwirbeln. Der Status eines potenziellen Verdächtigen in einem Mordfall hatte Schmieder in die Defensive gedrängt, auch wenn keiner der Ermittler glaubte, dass der Oberstaatsanwalt den Mord an Klaasen in Auftrag gegeben hatte.

„Ich bin gerade auf dem Weg zu Neudörfer", antwortete Bussard. „Es gibt neue Erkenntnisse."

„Neue Erkenntnisse?"

Bussard nahm die Beflissenheit des Oberstaatsanwaltes amüsiert zur Kenntnis und er konnte sich einen kleinen Spaß nicht verkneifen.

„Die neuen Beweise könnten Sie unter Umständen entlasten", erklärte er und ging den Flur entlang.

„Was heißt unter Umständen?“, fragte Schmieder und folgte dem Kommissar.

Bussards Handy läutete und er meldete sich. Der Anrufer war Sasha Wegner, den Bussard beauftragt hatte, die Finanzen von Barbara Klaasen unter die Lupe zu nehmen. Bussard bat den Kollegen in Neudörfers Büro und beendete das Gespräch. Er klopfte an die Tür, öffnete sie und ließ Schmieder den Vortritt.

„Guten Morgen, meine Herren“, begrüßte sie Neudörfer, „bitte, nehmen Sie doch Platz.“

Bussard, Schmieder und Neudörfer setzten sich an den kleinen Besprechungstisch und der Kommissar spürte, wie sehr der Oberstaatsanwalt auf die angekündigten neuen Erkenntnisse wartete.

„Hat Bertold schon etwas über das Projektil herausgefunden, mit dem Götz getötet wurde?“, fragte Bussard.

„Ich habe vorhin mit Smirna telefoniert“, berichtete Neudörfer. „Das Projektil hat leider keine Hinweise auf eine bestimmte Tatwaffe geliefert. Smirna und Mallmann haben jedoch leichte Schmauchspuren an der Kleidung des Toten gefunden. Götz wurde demnach aus kurzer Distanz erschossen. Laut KTU stand der Täter nicht mehr als zwei Meter von seinem Opfer entfernt, als der Schuss fiel.“

„Sie meinen Sandro Ellwanger“, stellte Schmieder fest und Neudörfer nickte.

„Hat man bei ihm auch Schmauchspuren nachgewiesen?“, fragte Bussard.

„Nein“, gestand Neudörfer, „aber er könnte Handschuhe getragen haben.“

„Ich habe ihn heute Morgen vernommen“, berichtete der Kommissar, „und ich bin sicher, dass er Maxi Götz nicht ermordet hat.“

„Warum nicht", fragte Schmieder überrascht, „Ellwanger hat doch damit gedroht, Götz zu töten. Er hat ein eindeutiges Tatmotiv. Warum sollte er nach einem Anwalt verlangen, wenn er unschuldig ist?"

Die Tür wurde geöffnet und Wegner kam ins Büro. In der Hand hielt er einen dünnen Schnellhefter. Er nickte den Anwesenden zu und setzte sich ebenfalls an den Besprechungstisch.

„Was hast du für uns?", fragte Bussard.

„Ich habe die Finanzen von Barbara Klaasen überprüft", begann Wegner, „und da hat sich in den letzten zwei Jahren einiges getan. Nachdem ihr Mann Hasso gestorben war, besaß sie neben dem Wohnhaus und einer Ferienhütte ein ansehnliches Geldvermögen. Sparguthaben, Aktien und Fondsanteile beliefen sich insgesamt auf mehr als zwei Millionen Euro. Davon hätte sie bis ans Ende ihrer Tage bequem leben können. In den vergangenen vierundzwanzig Monaten jedoch hat sie alle Aktien und Fondsanteile verkauft und ihr gesamtes Geldvermögen an die AGK Invest überwiesen. Ich habe mit Heidi Peters vom Wirtschaftsdezernat gesprochen und sie hat herausgefunden, dass die AGK Invest kein Depot für Barbara Klaasen geführt hat. Die zwei Millionen haben sich buchstäblich in Luft aufgelöst. Auf ihrem Girokonto liegen derzeit noch etwa dreitausend Euro. Für ihre Verhältnisse ist sie quasi pleite, auch wenn sie natürlich noch die Immobilien besitzt. Die sind übrigens schuldenfrei."

„Warum hat sie ihr gesamtes Geldvermögen an die AGK Invest überwiesen?", fragte Schmieder.

„Weil ihr Mann vermutlich mit Traumrenditen gewunken hat", antwortete Bussard. „Er hat sie ebenso übers Ohr gehauen wie alle anderen Kunden."

Er sah Schmieder an und der Oberstaatsanwalt nickte. Schmieder wusste aus eigener, leidvoller Erfahrung, wie leicht es war, aus der Gier der Leute Kapital zu schlagen.

„Aber damit hat sie ein Mordmotiv", folgerte Neudörfer.

„Das stimmt", bestätigte Bussard, „sie hat ein Motiv und sie hatte die Gelegenheit. Barbara Klaasen war nachweislich im Haus, als ihr Mann ermordet wurde. Sie könnte den Verdacht auf Götz gelenkt haben. Für seine Anwesenheit am Tatort zur Tatzeit haben wir keinen Hinweis gefunden. Wir wissen nicht einmal, ob Götz das Klaasen-Haus jemals betreten hat."

„Aber wie ist sie dann auf Götz gekommen", fragte Neudörfer. „Immerhin hat sie uns eine detaillierte Täterbeschreibung gegeben, die sich später bestätigt hat. Warum hängt sie den Mord ausgerechnet einem gefährlichen Kriminellen an, dessen Rache sie hätte fürchten müssen?"

„Götz und Klaasen kannten sich von früher", warf Wegner ein. „Wahrscheinlich hat Barbara Klaasen Götz über ihren Mann kennengelernt. Götz ist polizeibekannt und vorbestraft. Vielleicht hat sie gedacht, dass man Götz sofort verhaften würde. Einem Kriminellen glaubt man nicht und sie hat darauf vertraut, dass Götz seine Unschuld nicht würde beweisen können. Er war der ideale Verdächtige und deshalb ihre erste Wahl."

„Götz und Klaasen kannten sich nicht nur von früher", erklärte Bussard. „Sie hatten auch in jüngster Zeit Kontakt. Allerdings handelt es sich dabei um die Art von Kontakt, die man vor der Ehefrau geheim hält."

„Was meinen Sie damit?", fragte Schmieder.

„Am Freitag haben wir das tote Mädchen im Schwarzwald gefunden", fuhr Bussard fort. „Bei der Obduktion der Leiche hat Professor Münchrath Schamhaare von zwei männlichen Personen gefunden. Eine dieser Personen war Sebastian Klaasen. Das hat Münchrath heute Morgen bestätigt."

„Klaasen?", fragten Neudörfer und Schmieder unisono und Bussard nickte.

„Klaasen hatte eine Vorliebe für junge Mädchen", erläuterte der Kommissar. „Susanne hat entsprechende Fotos und Videos auf seinem Notebook gefunden. Es spricht einiges dafür, dass Klaasen Alyssa Kettenring vergewaltigt hat. Ob das Schamhaar des zweiten, noch unbekannten Mannes damit in Zusammenhang steht, wissen wir nicht. Münchrath meint, dass es sich auch schon einige Tage vor dem Tod des Mädchens an ihrem Körper befunden haben könnte. Vielleicht stammt es von Sandro Ellwanger, das müssen wir noch überprüfen. Sicher ist nur, dass es nicht von Maxi Götz stammt. Götz hat jedoch höchstwahrscheinlich den Kontakt zwischen Sebastian Klaasen und Alyssa Kettenring vermittelt. Das weiß ich von dem Mädchen, das uns auf die Spur von Sandro Ellwanger gebracht hat. Sie hat mir erzählt, dass Götz junge Mädchen von der Straße aufgelesen hat. Sie selbst hatte Götz einmal begleitet, ohne dass sie Näheres darüber aussagen wollte, was er mit ihr gemacht hat. Bei unserem ersten Gespräch am Dienstag erwähnte sie jedoch, dass Alyssa Kettenring ebenfalls eines von Götz' Opfern gewesen war. Sandro Ellwanger machte Götz deshalb für den Tod von Alyssa verantwortlich. Ich gehe davon aus, dass Götz das Mädchen an Klaasen vermittelt hat. Vielleicht hat er die Vergewaltigung heimlich fotografiert oder gefilmt, um Klaasen später damit zu erpressen."

„Dann haben wir also zwei mutmaßliche Täter mit zwei unterschiedlichen Motiven", fasste Schmieder zusammen. „Entweder hat Barbara Klaasen gelogen und ihren Mann aus Rache erschossen oder sie hat die Wahrheit gesagt und Maximilian Götz hat Klaasen im Streit während der Erpressung getötet."

„Beides ist möglich", stimmte Bussard zu, „doch wer hat Maxi Götz erschossen?"

Die Frage, wer den Langen Max getötet hatte, hing in erster Linie vom Todeszeitpunkt ab. Erst wenn bekannt war, wann Götz gestorben war, konnte man die Alibis der Tatverdächtigen überprüfen. Bussard überzeugte Neudörfer und Schmieder davon, dass Sandro Ellwanger nicht der Täter war. Bei dem Jungen hatte man zwar ein Springmesser sichergestellt, doch der Schmauchspurentest war negativ ausgefallen. Außerdem fehlte die Tatwaffe. Klaasen war mit einem Gewehr, Götz aber mit einer Handfeuerwaffe getötet worden. Die verwendete Munition beim zweiten Mord, ein Hohlspitzgeschoss des Kalibers .357, gab den Ermittlern ebenfalls Rätsel auf. Gernot Ahle hatte bei seiner Vernehmung vehement bestritten, Götz ermordet zu haben. Auf der Liste der möglichen Verdächtigen stand jedoch noch immer ein anderer Name: Jörg Grittner. Der ehemalige Partner von Ahle und Klaasen war weiterhin flüchtig. Nach Ahles Vernehmung hatte Neudörfer die Kollegen von EUROPOL informiert und um Mithilfe gebeten. Nach Grittner wurde europaweit gefahndet und die Ermittler hofften, dass es dem Anlagebetrüger noch nicht gelungen war, in die Karibik zu flüchten.

*

Nach der Besprechung mit Neudörfer, Schmieder und Wegner fuhr Bussard zum Colombi-Hotel. Er wollte Barbara Klaasen noch einmal vernehmen, doch an der Rezeption teilte man ihm mit, dass Frau Klaasen am Vortag mit der Erklärung, nach Hause zu fahren, abgereist sei. Zwei Minuten später saß der Kommissar wieder in seinem Passat und fuhr in den Freiburger Osten. Als er die Klaasen-Villa erreichte und aus seinem Wagen stieg, ahnte er bereits, dass er die Dame des Hauses nicht antreffen würde. Das Anwesen sah leer und verlassen aus. Er durchquerte den Hof und läutete, doch niemand reagierte. Das Tor der Doppelgarage stand offen und Bussard sah einen silberfarbenen Mercedes SLK. Er erinnerte sich, dass er am Montag zwei Fahrzeuge in der Garage gesehen hatte. Der grüne Porsche Cayenne fehlte. Ohne besondere Erwartung umrundete der Kommissar das Haus, doch auch der Hintereingang war verschlossen. Er spähte durch drei verschiedene Fenster, aber im Haus rührte sich nichts und niemand war zu sehen. Bussard rief im Präsidium an und ließ sich die Handynummer von Barbara Klaasen übermitteln, doch als er die Nummer wählte, verkündete die Computerstimme, dass der Teilnehmer nicht erreichbar sei.

Unschlüssig betrachtete der Kommissar die Villa. Es gab viele Möglichkeiten, warum Frau Klaasen nicht erreichbar war. Sie konnte Besorgungen machen, jemanden besuchen oder sich um die Beerdigung ihres Mannes kümmern. Vielleicht war der Akku ihres Handys leer oder sie hatte das Gerät ausgeschaltet, weil sie ungestört sein wollte. Möglicherweise befand sie sich auch gerade in einem Funkloch. Bussard wollte unbedingt mit ihr sprechen und rief noch einmal im Präsidium an.

„Hallo Sasha“, sagte er, nachdem er Wegners Nummer gewählt und der Kollege sich gemeldet hatte, „du hast bei unserer Besprechung in Neudörfers Büro neben der Klaasen-Villa auch ein Ferienhaus erwähnt. Kannst du mir sagen, wo dieses Ferienhaus ist?“

„Sekunde, Bussard“, antwortete Wegner, „ich schau kurz nach … ja, hier … ihr gehört eine Hütte, die sie von ihrem Mann geerbt hat.“

„Was für eine Hütte?“

„Das muss wohl so eine Art Jagdhütte oder etwas Ähnliches sein. Sie liegt im St. Wilhelmer Tal. Soll ich dir die Flurnummer nennen?“

„Eine Jagdhütte im St. Wilhelmer Tal?“, rief Bussard. Das war das Puzzleteil, nach dem er die ganze Zeit gesucht hatte.

„Verflucht, Sasha“, bellte er, „wieso erfahre ich das erst jetzt?“

„Was hat die Hütte mit dem Mord an Klaasen oder Götz zu tun?“, gab Wegner zurück.

„Schalte dein verdammtes Gehirn ein, Sasha!“, blaffte Bussard, „Klaasen wurde mit einem Jagdgewehr erschossen! Na, klingelt da etwas?“

„Die Jagdhütte“, wiederholte Wegner und Bussard konnte den Groschen fast fallen hören.

„Hat Barbara Klaasen einen Jagdschein?“, fragte der Kommissar.

„Moment, Bussard, ich schau nach … nein, nichts eingetragen.“

„Und Sebastian Klaasen?“

Bussard hörte, wie Wegner die Tastatur seines Computers bearbeitete.

„Nein, Bussard, auch nicht."

„Hat einer von beiden eine Waffenbesitzkarte?"

Wieder hörte der Kommissar im Hintergrund das Klicken der Tasten, während er langsam zu seinem Wagen ging.

„Negativ", antwortete Wegner, „weder Barbara noch Sebastian Klaasen."

Bussard hatte das Gefühl, auf der richtigen Spur zu sein. Er war sicher, dass die Jagdhütte im St. Wilhelmer Tal der Ort gewesen war, an dem Sebastian Klaasen Alyssa Kettenring vergewaltigt hatte. Da es sich um ein privates Anwesen handelte, war es auf den meisten Karten vermutlich nicht eingezeichnet und deshalb hatte er den Ausgangspunkt der Flucht des Mädchens nicht gefunden. Dass auf das Ehepaar Klaasen weder ein Jagdschein noch eine Waffenbesitzkarte eingetragen war, hieß nicht …

„Hasso Klaasen", rief Bussard plötzlich, ohne seinen Gedanken zu Ende zu bringen, „der erste Ehemann von Barbara Klaasen. Schau bei ihm nach!"

Die Sekunden verrannen, bis Wegner endlich antwortete.

„Volltreffer! Auf Hasso Klaasen waren ein Jagdschein und eine Waffenbesitzkarte eingetragen. Beide sind mit seinem Tod erloschen."

Bussard unterdrückte einen weiteren Fluch. Mit dem Handy am Ohr fiel er in einen schnellen Schritt und verließ das Klaasen-Grundstück.

„Schick mir die Koordinaten der Hütte auf mein Handy", wies er Wegner an, „dann sagst du Neudörfer Bescheid. Er soll Barbara Klaasen zur Fahndung ausschreiben. Ich fahre ins St. Wilhelmer Tal. Vielleicht brauche ich Verstärkung. Die Zentrale soll zwei Wagen losschicken. Einer soll zur Hütte fahren und der andere beim *Gasthaus zur Linde* im Tal warten. Hast du das?"

„Verstanden, Bussard, ich kümmere mich sofort darum."

Bussard unterbrach die Verbindung, steckte sein Handy ein und rannte zu seinem Wagen. Da er sich bereits am östlichen Stadtrand von Freiburg befand, hatte er mindestens zehn Minuten Vorsprung vor den Kollegen. Er sprang in seinen Passat, startete den Motor und jagte mit durchdrehenden Rädern davon.

Auf der vierspurig ausgebauten Bundesstraße herrschte wenig Verkehr und Bussard drückte das Gaspedal bis zum Anschlag durch. Zwei Kilometer später verließ er bei Kirchzarten die B31, bog auf die Landstraße nach Oberried ab und folgte der Straße, die zum Schauinsland hinaufführte. Ein unbestimmtes Gefühl trieb ihn zur Eile, während er über Barbara Klaasen und die beiden Morde nachdachte. Er verfluchte sich selbst, weil ihm die Verbindung der beiden Projektile nicht früher aufgefallen war. Sebastian Klaasen war mit einem Jagdgewehr erschossen worden. Barbara Klaasen hatte selbst von dem Gewehr berichtet und Smirna hatte das dazu passende Projektil aus der Wand im Foyer der Klaasen-Villa sichergestellt. Jäger benutzten diese Waffen und diese Munition, um Rot- und Schwarzwild zu erlegen. Wenn ein Tier nicht beim ersten Schuss tödlich verletzt wurde, was in der Regel selten vorkam, dann war ein zweiter Schuss nötig. Dieser zweite Schuss, der sogenannte Fangschuss, wurde aus kurzer Distanz mit einer großkalibrigen Handfeuerwaffe abgegeben. Um das Fell des Tieres möglichst wenig zu beschädigen und um zu verhindern, dass es zu großen, hässlichen Austrittswunden kam, verwendeten die Jäger Hohlspitzgeschosse, die nach dem Eindringen aufpilzten und stecken blieben. In gewisser Weise war es zynisch, dem Tod dadurch eine ästhetische Komponente zu verleihen und doch war die Munition genau dafür entwickelt worden. Jeder Jäger, der mit einem Gewehr Jagd auf Rehe, Hirsche und Wildschweine machte, besaß auch einen Revolver oder eine Pistole für den Fangschuss. Ärgerlich schlug Bussard mit der Hand auf das Lenkrad, als ihm klar wurde, dass zwei Morde, die mit unterschiedlichen Waffen und unterschiedlicher Munition verübt worden waren, nicht notwendigerweise auch zu zwei verschiedenen Tätern führen mussten. Möglicherweise hatte Barbara Klaasen den Mord an ihrem Mann schon lange geplant. Mit Maxi Götz hatte sie den idealen Sündenbock gefunden. Dem Drogen- und Waffenhändler würde man einen Mord ohne Weiteres zutrauen. Ihn als mutmaßlichen Mörder ihres Mannes zu präsentieren und ihn dann später selbst mit einer anderen Waffe zu liquidieren, war ein cleverer Schachzug gewesen. Nach dem Mord an ihrem Mann hatte sie die Befürchtung geäußert, selbst in Gefahr zu sein, den angebotenen Polizeischutz aber abgelehnt. Damit hatte sie sich aus dem Fokus der Ermittler genommen, um unbeobachtet und ungestört den vermeintlichen Mörder ihres Mannes zu töten. Um die Verbindung der beiden Taten zu verschleiern, hatte sie den Langen Max in einem Müllcontainer entsorgt. Mit etwas Glück wäre Götz´ Leiche in der Müllverbrennungsanlage gelandet und niemals gefunden worden. Damit hätte auch der „Rosenmontagsmord“ nicht endgültig aufgeklärt werden können.

Die gelb-schwarzen Stangen, die rechts und links der Straße im aufgetürmten Schnee steckten, flogen vorbei.

Die Straße im St. Wilhelmer Tal hatte man geräumt, doch der Asphalt war tückisch. Bussard reduzierte seine Geschwindigkeit, denn eine einzige, vereiste Kurve konnte in Sekundenschnelle zu einem Totalschaden führen, sowohl für das Fahrzeug als auch für den Fahrer. Konzentriert steuerte er seinen Passat durch die Winterlandschaft, während seine Gedanken fieberhaft arbeiteten. Vieles deutete daraufhin, dass Barbara Klaasen zwei Morde verübt hatte, doch bei der Entsorgung der Leiche von Maxi Götz musste sie Hilfe gehabt haben. Bei einer Größe von einem Meter sechzig und einem Gewicht von nicht mehr als fünfzig Kilogramm hätte die Sechzigjährige den zwei Meter großen und fünfundneunzig Kilogramm schweren Götz niemals alleine in einen Müllcontainer wuchten können. Bussard nahm an, dass Ahle nicht in die beiden Morde involviert war. Er schien Barbara Klaasen ebenso wenig zu mögen wie sie ihn und beide hätten keine gemeinsame Sache gemacht. Welche Beziehung es zwischen Barbara Klaasen und Jörg Grittner gegeben hatte, wusste der Kommissar nicht. Möglicherweise hatte Frau Klaasen gelogen, als sie von Grittner und dessen Verhalten ihrer Trauzeugin gegenüber gesprochen hatte, um die Beziehung zwischen ihr und dem ehemaligen Geschäftspartner ihres Mannes zu verschleiern. Vielleicht war Grittner nach seiner Vernehmung vom Dienstagmorgen doch nicht sofort außer Landes geflohen, sondern hatte sich zuerst noch um die Beseitigung eines Problems gekümmert, bevor er sich in die Karibik abgesetzt hatte.

Beim *Gasthaus zur Linde* endete die Straße und ging in einen Waldweg über. Bussard schaltete in den zweiten Gang herunter. Er musste das Gaspedal gefühlvoll bedienen, weil jedes zu starke Durchdrücken auf dem steilen Weg sofort zum Durchdrehen der Räder auf der festgefrorenen Schneedecke führte. Da er es eilig hatte, durfte er nicht zu schnell fahren. Bei einem Drift aus einer der Kurven wäre er im Schnee stecken geblieben. Sein Passat war zwar mit Winterreifen bestückt, verfügte jedoch nicht über einen Allradantrieb und auf dem glatten Untergrund war ein Anfahren am Berg so gut wie unmöglich. Bussard fuhr zügig mit mäßiger Geschwindigkeit und folgte den Reifenspuren auf dem Waldweg. Vielleicht stammten sie von Barbara Klaasens Porsche Cayenne. Sie sahen frisch aus, doch Bussard wusste selbst, dass er das nicht unbedingt richtig einschätzen konnte. Er folgte ihnen, weil es keine Alternative gab. Nach wenigen Minuten passierte er die Stelle, an der er einige Tage zuvor den Weg verlassen und sich durch das Unterholz zum Fundort der Leiche von Alyssa Kettenring gekämpft hatte. Die Spuren, die er und die Kriminaltechniker, der Rechtsmediziner und die Bestatter an der steilen Böschung im Schnee hinterlassen hatten, sahen noch ebenso frisch aus wie eine Woche zuvor. Dank des anhaltenden Hochdruckgebiets, das sibirische Kaltluft mit arktischen Temperaturen nach Mitteleuropa brachte, hatte es seit mehr als vierzehn Tagen nicht mehr geschneit.

In großen Kehren führte der Weg bergaufwärts und teilte sich plötzlich hinter einer Kurve. Ohne anzuhalten traf Bussard eine schnelle Entscheidung und folgte weiter den Reifenspuren, die er immer noch deutlich erkennen konnte. Das extrem kalte, aber strahlend schöne Winterwetter sorgte selbst im Wald für ausreichend viel Helligkeit. Einen Kilometer weiter teilte sich der Weg erneut und wieder orientierte sich Bussard an den Reifenspuren. Er verließ sich auf seinen Instinkt.

Vermutlich hatte ihm Wegner mittlerweile eine SMS mit den Koordinaten der Jagdhütte geschickt, doch Bussard verzichtete darauf, sein Handy aus der Jacke zu nehmen. Falls er der falschen Spur folgte, konnte er immer noch auf die GPS-Daten zurückgreifen. Auch bei der nächsten Abzweigung behielt er seine Strategie bei. Der Weg war nun nicht mehr so steil und der Wald lichtete sich. Nach wenigen Minuten erreichte der Kommissar die Baumgrenze. Er schätzte, dass er sich in einer Höhe von mehr als dreizehnhundert Metern über Meeresniveau befand. Der Weg verlief fast parallel zum Hang und in weniger als einhundert Metern Entfernung entdeckte Bussard die Hütte, neben der auf einer kleinen Freifläche der grüne Porsche Cayenne stand. Bussard reduzierte die Geschwindigkeit. Langsam näherte er sich dem Geländewagen, während er konzentriert die Umgebung absuchte. Von Barbara Klaasen war nichts zu sehen, doch aus dem Schornstein der Hütte stieg Rauch auf. Er parkte seinen Passat neben dem Porsche auf der dem Haus abgewandten Seite und stellte den Motor ab. Vielleicht hatte er Glück und sie hatte sein Kommen nicht bemerkt. Er zog sein Handy aus der Tasche, um die Kollegen zu informieren, doch er befand sich kilometerweit vom nächsten Sendemast entfernt und hatte keinen Funkempfang. Das Display zeigte lediglich zwei ungelesene SMS an. Die erste hatte Wegner ihm geschickt. Sie enthielt die Koordinaten der Hütte, die er nun nicht mehr benötigte. Die zweite stammte von Münchrath. Bussard rief sie auf und stutzte, als er sie las. Der Rechtsmediziner hatte den Todeszeitpunkt von Götz bestimmt, wonach der Lange Max am vergangenen Sonntag ermordet worden war.

„Sonntag?“, murmelte Bussard ungläubig.

Münchrath musste sich irren. Der Rechtsmediziner hatte selbst gesagt, dass es schwierig sei, den Todeszeitpunkt exakt zu bestimmen, wenn eine Leiche über mehrere Tage den extrem niedrigen Temperaturen ausgesetzt war. Sebastian Klaasen war am Montagabend getötet worden. Wenn Münchrath jedoch recht hatte und Götz bereits am Sonntag getötet worden war, dann ergab die ganze Geschichte überhaupt keinen Sinn.

Kopfschüttelnd steckte Bussard sein Handy ein. Er öffnete die Tür, stieg aus und schloss sie so leise wie möglich. Einen Augenblick blieb er hinter dem Cayenne stehen und sah sich um. Es war vollkommen still. Nichts rührte sich und niemand war zu sehen, doch die Ruhe konnte trügerisch sein. Der Rauch, der aus dem Schornstein aufstieg, ließ darauf schließen, dass sich Barbara Klaasen in der Hütte aufhielt und der Kommissar musste davon ausgehen, dass sie bewaffnet war. Bussard nahm seine Dienstwaffe aus dem Holster und entsicherte sie. Er duckte sich, spähte noch einmal hinter dem Heck des Porsches hervor und lief los. Nach fünfzehn Metern erreichte er die Hütte. Vorsichtig und leise bewegte er sich bis zum Fenster. Den Rücken gegen die Wand gelehnt drehte er langsam den Kopf und beugte sich vor, bis er einen ersten Blick ins Innere der Hütte erhaschen konnte. Barbara Klaasen saß am Tisch. Sie hielt ein Foto in der Hand und vor ihr lag ein Jagdgewehr.

Bussard verließ seinen Beobachtungsposten und schlich leise zur Eingangstür. Die Mündung seiner Waffe, die er mit der rechten Hand fest umschlossen hielt, zeigte nach oben, während er seine linke Hand sachte auf die Türklinke legte. Es wäre möglich gewesen, auf das Eintreffen der Kollegen zu warten, um den Zugriff gemeinsam durchzuführen, doch er hatte sich dagegen entschieden. Er glaubte nicht, dass die einsame Frau in der Hütte eine Schießerei beginnen würde, um sich der Verhaftung zu entziehen. Etwas in ihrem Blick hatte den Kommissar davon überzeugt, dass sie eher im Stande war, sich selbst zu töten. Bussard atmete langsam ein und aus. Wenn er die Tür öffnete, dann musste er schnell, aber ebenso besonnen agieren. Dass er keine Sicherheitsweste trug, war ihm nicht bewusst, denn für sich selbst sah er keine Gefahr. Das Gewehr lag auf dem Tisch, aber er hatte seine Waffe bereits in der Hand und das Überraschungsmoment auf seiner Seite.

Jetzt, dachte er.

Er drückte auf die Klinke, riss die Tür auf und zielte im Türrahmen stehend mit seiner Pistole direkt auf Barbara Klaasen, die zusammenzuckte und die Augen aufriss.

„Keine Bewegung", rief er, „Finger weg von der Waffe!"

Das Foto entglitt ihren Fingern und blieb mit der Rückseite nach oben auf dem Tisch liegen.

„Nehmen Sie die Hände hoch, Frau Klaasen", befahl Bussard, „ganz langsam. Ich will nicht, dass einer von uns beiden verletzt wird."

Während sie mit zitternden Fingern gehorchte, ging Bussard Schritt für Schritt auf sie zu. Seine Waffe zielte auf ihre Brust und er hoffte, dass sie sich zu keiner unbesonnenen Reaktion hinreißen ließ. Das Gewehr war vermutlich geladen und es war durchaus möglich, dass sie nach ihrer Waffe greifen würde, um einen Schuss des Kommissars zu provozieren.

„Ich werde jetzt das Gewehr an mich nehmen", kündigte er an, als er noch einen Meter vom Tisch entfernt war, „bleiben Sie ruhig und niemandem wird etwas passieren."

Frau Klaasen atmete tief ein und schloss die Augen, dann senkte sie den Kopf und atmete langsam wieder aus. Bussard ging einen Schritt weiter und beugte sich vor, um nach dem Gewehr zu greifen, als er von einer Stimme in seinem Rücken überrascht wurde.

„Liegen lassen!"

## 14

Bussard verharrte mitten in der Bewegung. Der Kommissar hielt den Atem an und rührte sich nicht. Überdeutlich hörte er das unverkennbare Klicken, das der Hahn eines Revolvers verursachte, wenn man ihn spannte.

„Legen Sie Ihre Waffe auf den Tisch und nehmen Sie die Hände hoch", sagte die Stimme in seinem Rücken. „Wenn Sie sich umdrehen, schieße ich."

Ganz langsam senkte Bussard den Arm und legte seine Pistole vorsichtig auf den Tisch, während seine Gedanken rasten. Beim Blick durch das Fenster hatte er nur Barbara Klaasen gesehen, aber er hatte versäumt, den gesamten Raum in Augenschein zu nehmen. Mit keinem einzigen Gedanken hatte er damit gerechnet, dass sich eine weitere Person in der Hütte aufhalten könnte. Nun wusste er es besser und er hoffte, keine nähere Bekanntschaft mit einem Hohlspitzgeschoss machen zu müssen.

Frau Klaasen hatte die Augen wieder geöffnet. Sie sah Bussard an und lächelte auf eine traurige Weise, als ob sie den Kommissar um Verständnis bitten wollte.

„Sie hätten nicht herkommen sollen“, sagte sie leise und nahm seine Pistole an sich, „setzen Sie sich auf die Eckbank.“

Sie stand auf und nahm das Gewehr vom Tisch, während Bussard zur Eckbank ging. Als er sich umdrehte, um sich zu setzen, erkannte er die Frau, die mit einem Colt Python auf ihn zielte.

„Eleonore Rothmann! In Ihrer Pippi-Langstrumpf-Verkleidung haben Sie mir besser gefallen als mit einem Revolver in der Hand.“

Sie stand mitten im Raum und hielt die Waffe mit beiden Händen fest. Die Mündung zielte auf Bussards Brust.

„Entspannen Sie den Hahn, bevor sich ein Schuss löst“, forderte er sie auf. „Sie wollen mich doch nicht versehentlich erschießen, oder?“

Der Kommissar versuchte, ruhig und entspannt zu bleiben und er hoffte, dass sich Frau Rothmanns Aufregung nicht auf ihren Zeigefinger übertrug. Die Schreibwarenhändlerin, die er in Donaueschingen aufgesucht hatte, atmete heftig und ihre Augen waren geweitet. Die Angst stand ihr deutlich ins Gesicht geschrieben.

„Nimm die Waffe runter“, sagte Frau Klaasen, „und entspann den Hahn.“

Während die Schreibwarenhändlerin die Arme senkte und den Hahn entspannte, drehte Barbara Klaasen den Kopf und sah Bussard an.

„Der Kommissar wird sich ruhig verhalten und nichts Unüberlegtes tun, nicht wahr, Herr Bussard?“

Bussard nickte, lehnte sich zurück und verschränkte die Arme vor der Brust.

„Was wollen Sie jetzt tun?“, fragte er.

Die beiden Frauen sahen sich gegenseitig an. Es war offensichtlich, dass sie auf die Situation nicht vorbereitet gewesen waren und nun nicht wussten, wie sie sich verhalten sollten.

„Setzten Sie sich in die Ecke!“, befahl Frau Klaasen.

Bussard rutschte einen halben Meter zur Seite und verschränkte die Arme wieder vor der Brust. Frau Klaasen hielt das Blaser Jagdgewehr in ihrer linken und seine Dienstwaffe, die noch immer entsichert war, in der rechten Hand. Er erkannte an ihren Bewegungen, dass sie im Gegensatz zu ihrer nervösen Freundin im Umgang mit Waffen geübt war.

„Sichern Sie die Pistole, bitte“, sagte Bussard mit ruhiger Stimme, „ich werde nichts Unüberlegtes tun. Schließlich wollen wir alle diesen Raum gesund und unverletzt verlassen.“

Frau Klaasen sicherte Bussards Waffe und deutete auf den Stuhl, der am Weitesten von ihm entfernt stand.

„Setz dich“, sagte sie zu ihrer Freundin und sah Bussard an, „möchten Sie eine Tasse Tee?“

Barbara Klaasens Gastfreundschaft kam unerwartet. Vielleicht wollte sie Zeit gewinnen, um zu entscheiden, was sie als Nächstes tun wollte. Abwarten und Tee trinken jedoch spielte dem Kommissar in die Hände, denn dadurch entspannte sich die Situation und die Kollegen, die unterwegs zu der Hütte waren, gewannen Zeit.

„Ja“, antwortete er.

Eleonore Rothmann setzte sich auf den Stuhl und ließ Bussard nicht aus den Augen. Noch immer hielt sie den Colt mit beiden Händen, doch sie ließ die schwere Waffe in ihren Schoß sinken und brachte sie aus Bussards Blickfeld, weil sie sich nun unterhalb der

Tischplatte befand. Ihre Brust hob und senkte sich bei jedem Atemzug und verriet, wie aufgeregt die Schreibwarenhändlerin war. Frau Klaasen ging zu der kleinen Küchenzeile, lehnte das Gewehr gegen den Kühlschrank und legte Bussards Pistole auf die Spüle. Sie nahm drei große Henkelbecher aus einem Wandschrank, drehte sich um und stellte sie auf den Tisch, dann füllte sie einen Kessel mit Wasser, schaltete den Gasherd ein und stellte den Kessel darauf. Ihre Bewegungen waren ruhig und entspannt und Bussard war sicher, dass auch sie nichts Unüberlegtes tun würde. Er schätzte, dass er noch zehn bis fünfzehn Minuten bis zum Eintreffen der Kollegen überbrücken musste und er wollte die Zeit nutzen, um endlich herauszufinden, was sich tatsächlich zugetragen hatte. Das Angebot, Tee mit den beiden Damen zu trinken, lud förmlich zu einem kleinen Plausch ein. Er beugte sich vor und stützte die Unterarme auf den Tisch.

„Ihr Mann wurde mit einem Jagdgewehr getötet", stellte er sachlich fest, ohne Barbara Klaasen direkt zu beschuldigen, „und ich nehme an, dass dies die Mordwaffe ist."

Mit dem Kopf deutete er auf das Blaser Jagdgewehr beim Kühlschrank.

„Seien Sie still!", rief Frau Rothmann, doch Barbara Klaasen legte ihr die Hand auf die Schulter.

„Lass ihn", sagte sie sanft, „das Meiste weiß er vermutlich sowieso schon."

Sie wandte sich um und nahm eine Teekanne aus dem Wandschrank.

„Stimmt", bestätigte Bussard, „das meiste weiß ich schon und wenn meine Vermutung stimmt, dann wurde Maxi Götz mit diesem Colt erschossen."

Er sah die Schreibwarenhändlerin an, die ihren Blick für einen Moment senkte und die Waffe in ihrem Schoß betrachtete. Frau Klaasen schüttete schwarzen Tee in ein Teesieb und hängte es in die Kanne. Sie drehte sich um, verschränkte die Arme und lehnte sich gegen die Spüle.

„Sie haben recht, Herr Bussard", sagte sie, „Götz starb durch eine Kugel aus diesem Colt."

Bussard nickte. Er hatte nicht nur beide Mordwaffen gefunden, sondern stand auch kurz davor, ein Geständnis zu bekommen.

„Was ist passiert?", fragte er.

„Was glauben Sie denn?", gab Eleonore Rothmann zurück und sah Bussard mit blitzenden Augen an.

Ihre Feindseligkeit war nicht ungefährlich. Sie hatte sich weit weniger unter Kontrolle als ihre Freundin und hielt immer noch eine Waffe in ihren Händen. Bussard wollte sie nicht provozieren, damit die Situation nicht eskalierte. Er lehnte sich wieder zurück und vergrößerte den Abstand zu ihr um einige Zentimeter, um weniger bedrohlich zu wirken, während ihm der Gedanke kam, dass er sich bei Barbara Klaasens Helfer offensichtlich geirrt hatte. Es war nicht Grittner gewesen, der bei der Entsorgung von Götz′ Leiche behilflich gewesen war.

„Frau Klaasen hat zwei Menschen getötet", erklärte er mit ruhiger Stimme, „und Sie haben ihr geholfen, die Leiche von Maxi Götz in einen Müllcontainer zu werfen."

„Was reden Sie da für einen Unsinn?", fragte die Schreibwarenhändlerin.

Sie wirkte verwirrt, als ob sie nicht verstanden hätte, was er gerade gesagt hatte. Es schien, als sei sie sich keiner Schuld bewusst.

„Sie irren sich, Herr Bussard“, sagte Frau Klaasen, füllte heißes Wasser in die Teekanne und sah den Kommissar über ihre Schulter an, „aber das ist auch kein Wunder. Die raffiniertesten Lügen verbergen sich im Schatten der Wahrheit. Nehmen Sie Zucker?“

„Ja.“

Er wusste nicht, was sie mit ihrer Bemerkung gemeint hatte. Frau Klaasen stellte eine Zuckerdose auf den Tisch, nahm einen Teelöffel aus einer Schublade und legte ihn daneben.

„Das ist Hasso, mein erster Mann“, erklärte sie, nahm das Foto vom Tisch und betrachtete es versonnen, „er war die Liebe meines Lebens. Mit ihm war ich so glücklich, wie eine Frau nur sein kann.“

Ein trauriges, wehmütiges Lächeln huschte über ihr Gesicht.

„Er starb bei einem Verkehrsunfall“, sagte Bussard und sie nickte.

„Ja, leider. Das war die dunkelste Stunde meines Lebens. Ich habe mir oft gewünscht, ich hätte damals neben ihm gesessen, dann wären wir zusammen gestorben.“

Seufzend fuhr sie mit den Fingerspitzen über das Foto, dann steckte sie das Bild in die Tasche ihrer Jacke.

„Ich habe nie aufgehört, Hasso zu lieben.“

Sie wandte sich um, nahm das Teesieb aus der Kanne, legte den Deckel auf, ging zum Tisch zurück und füllte die drei Tassen.

„Bedienen Sie sich“, forderte sie Bussard auf und deutete auf die Zuckerdose.

„Trotzdem haben Sie Sebastian Klaasen geheiratet“, stellte er fest und gab Zucker in seinen Tee.

„Sebastian“, erwiderte sie nickend und setzte sich neben ihre Freundin an den Tisch, „ja, ich habe Sebastian geheiratet. Damals hieß er noch Pleuger und hat bei der Hochzeit meinen Namen angenommen."

Sie verharrte einen Augenblick und schüttelte den Kopf.

„Das stimmt nicht ganz", korrigierte sie, „nach Hassos Tod habe ich unseren Familiennamen behalten. Sebastian hat also Hassos Namen angenommen, aber das hätte ich ihm nicht erlauben sollen. Er hat den Namen Klaasen in den Dreck gezogen."

„Du hättest dich nie mit ihm einlassen dürfen", bemerkte Eleonore Rothmann, doch Frau Klaasen schüttelte den Kopf.

„Nach Hassos Tod habe ich mich zwei Jahre lang verkrochen", berichtete sie und nahm ihre Teetasse in beide Hände, „aber irgendwann ist mir klar geworden, dass das Leben weitergeht. Hasso war tot, ich aber nicht. Ich besaß das Haus und genügend Geld, um sorgenfrei leben zu können. Eines Tages habe ich Sebastian kennengelernt. Er war jung, charmant und sah gut aus. Er hat mir Komplimente gemacht und er war der Erste, der mich wieder zum Lachen gebracht hat."

„Er war nur hinter deinem Geld her", widersprach die Schreibwarenhändlerin.

„Ich weiß", stimmte Frau Klaasen zu, „das war mir von Anfang an klar, aber es störte mich nicht. Ich wollte wieder leben, verstehst du? Ich hatte genug Geld. Warum hätte ich es nicht mit ihm teilen sollen? Vielleicht habe ich ihn nicht wirklich geliebt, aber ich habe das Zusammensein mit ihm genossen. Er gab mir das Gefühl, begehrenswert zu sein, obwohl ich schon auf die sechzig zuging. Das ist eitel, ich weiß, aber so war es nun einmal, zumindest am Anfang."

„Und später?", fragte Bussard, während er langsam seinen Tee umrührte.

„Später wurde mir klar, was für ein Mensch Sebastian wirklich war", antwortete sie. „Er wollte nur Geld, nichts anderes. Er war förmlich besessen davon. Mit unserer Heirat hatte ich ihm eine Tür geöffnet. Er hatte plötzlich Zugang zu Leuten mit Geld, meinen Freunden und Bekannten, und das hat er weidlich ausgenützt."

Sie sah ihre Freundin an und zuckte entschuldigend mit den Achseln.

„Sebastian hatte seine Firma", fuhr sie fort, „zusammen mit Ahle und Grittner. Ich verstand wenig von seinen Geschäften und wusste anfangs nicht, was wirklich dahintersteckte. Sebastian war ein überzeugender Redner. Einen nach dem anderen hat er mit seiner Masche eingewickelt. Er brachte die Leute dazu, viel Geld bei der AGK Invest anzulegen. Zu Beginn schien auch alles seine Richtigkeit zu haben, doch im Lauf des letzten halben Jahres gab es immer mehr Beschwerden. Er hat die Leute betrogen und die Gelder veruntreut. Viele Freundschaften, die zum Teil schon Jahrzehnte lang bestanden hatten, gingen in die Brüche und am Ende wollte niemand mehr etwas mit mir zu tun haben. Ich kam mir vor wie eine Aussätzige. Sogar Eleonore hatte sich von mir abgewendet."

„Ich habe …"

„Ich weiß", sagte Frau Klaasen und legte ihre Hand auf den Arm ihrer Freundin, „und ich konnte es dir auch nicht verdenken. Sebastian hat dir übel mitgespielt und ich hätte ihm am liebsten die Augen dafür ausgekratzt."

Vorsichtig trank sie einen Schluck von ihrem heißen Tee.

„Er hat Sie auch um Ihr Geld betrogen", stellte Bussard fest und sie nickte.

„Ja, das hat er", gab sie zu, „aber es war nicht alleine seine Schuld. Gelegenheit macht Diebe, sagt ein Sprichwort und ich war dumm genug, ihm diese Gelegenheit zu verschaffen. Sebastian hat mir gezeigt, wie Internet-Banking funktioniert. Deshalb kannte er meine Zugangsdaten. Am Anfang habe ich selbst Geld an seine Firma überwiesen. Er hatte mich davon überzeugt, dass er höhere Renditen erwirtschaften könnte als meine Hausbank. Als sich aber die Beschwerden in meinem Bekanntenkreis häuften und mir Zweifel kamen, habe ich die Überweisungen eingestellt. Ich stellte ihn zur Rede und er flüchtete sich in umständliche Erklärungen. Als ich mein Geld zurückforderte, erklärte er, alles sei fest angelegt und laufende Verträge müssten eingehalten werden. Damit wollte er Zeit gewinnen, um das, was ich noch übrig hatte, hinter meinem Rücken von meinen Konten abzuheben. Wie gesagt, er kannte meine Zugangsdaten und so viel Hinterlist hatte ich ihm nicht zugetraut. Letzte Woche schließlich habe ich tabula rasa gemacht und festgestellt, dass er mir mein gesamtes Vermögen gestohlen hatte."

Sie zuckte mit den Achseln und schüttelte gleichzeitig den Kopf.

„Wie haben Sie darauf reagiert?"

„Ich habe meinen Anwalt konsultiert und er hat mir geraten, gegen Sebastian zu klagen, aber ich wusste sofort, dass ich damit keinen Erfolg haben würde. Am Samstag sagte mir Sebastian, dass er und Grittner alles auf ausländische Konten überwiesen hatten und dass er seine Zukunft in der Karibik plante – ohne mich, selbstverständlich."

Sie stand auf und ging in einen Nebenraum, von dem Bussard vermutete, dass es das Schlafzimmer war. Wenige Augenblicke später kehrte sie zurück. In der Hand hielt sie einen schmutzigen Armeerucksack.

„Ich bin hierher gefahren, um über alles nachzudenken", fuhr sie fort, „ich hatte kein Geld und keine Freunde mehr und ich wusste nicht, was ich tun sollte. In unserer Hütte habe ich das hier gefunden."

Sie legte den Rucksack auf den Tisch und Bussard griff danach. Schon bevor er ihn öffnete, ahnte er, wessen Rucksack das war.

„Die Sachen gehören einer jungen Frau", erklärte sie und setzte sich wieder an den Tisch, „und ich dachte, dass sie Sebastians Geliebte sei. Das wäre die Schlagsahne auf der Torte gewesen. Ich hatte zwar den Ausweis gesehen, aber nur auf das Foto und nicht auf das Geburtsdatum geachtet. Was es wirklich mit dem Mädchen auf sich hatte, erfuhr ich erst am Sonntag."

„Als Maxi Götz kam", vermutete Bussard.

Er hatte den Rucksack flüchtig durchsucht und dabei den Personalausweis von Alyssa Kettenring gefunden. Das unterbelichtete Foto stammte vermutlich aus einer jener Knipskisten, die man meist auf Bahnhöfen findet und war von so schlechter Qualität, dass es tatsächlich kaum Rückschlüsse auf das Alter des Mädchens zuließ.

„Ja", bestätigte sie, „dieser Götz passte zu Sebastian. Die beiden kannten sich von früher. Am Sonntagmorgen hatte Götz Sebastian angerufen. Ich hatte das Gespräch zufällig mitgekriegt, wusste aber nicht, worüber die beiden gesprochen hatten. Sebastian war danach sehr aufgeregt gewesen und hat eilig das Haus verlassen. Ungefähr zwei Stunden später ist er wieder zurückgekehrt. Am Abend, so gegen neunzehn Uhr, kam Götz und gab Sebastian eine DVD. Sie standen im Foyer und ich habe sie heimlich belauscht. Götz verlangte eine Million, andernfalls würde er die DVD der Polizei übergeben. Dann fiel ein Schuss. Ich habe ins Foyer gesehen und Götz lag blutend auf dem Boden."

„Sebastian Klaasen hat Maxi Götz ermordet?", fragte Bussard überrascht.

Damit hatte er nicht gerechnet. Die ganze Zeit war er davon ausgegangen, dass Sebastian Klaasen lediglich Opfer gewesen war. Dass er Maxi Götz erschossen haben könnte, war weder Bussard noch sonst jemandem in den Sinn gekommen. Der Kommissar erinnerte sich an die SMS, die Münchrath ihm geschickt hatte, während Bussard auf der Suche nach Barbara Klaasen durch den Wald gefahren war.

„Sebastian hatte am Nachmittag den Colt aus der Hütte geholt", berichtete Frau Klaasen. „Er hatte sich auf den Besuch von Götz vorbereitet. Nachdem er Götz erschossen hatte, schaffte er dessen Leiche nach draußen und verstaute sie im Kofferraum von Götz' Wagen. Dann hat er das Foyer geputzt, denn der ganze Fußboden war voller Blut."

Bussard trank von seinem Tee und nickte. Götz hatte Sebastian Klaasen tatsächlich erpresst und der Erpresste hatte den Erpresser mit einem Bauchschuss getötet.

„Warum haben Sie nicht die Polizei gerufen?", fragte der Kommissar.

„Ich weiß es nicht", antwortete sie achselzuckend. „Sie mögen es vielleicht wenig glaubhaft finden, aber daran habe ich überhaupt nicht gedacht. Als Sebastian das Haus verließ, blieb ich einfach stehen. Ich stand im Foyer und rührte mich nicht mehr. Ich kann Ihnen nicht einmal sagen, woran ich gedacht habe. Ich fühlte mich wie in einem schwarzen Loch und wusste nicht mehr, ob ich noch lebte oder schon tot war. Irgendwann fiel dann mein Blick auf diese DVD. Sebastian hatte sie in der Eile wohl vergessen. Ich nahm sie an mich und wollte sie mir ansehen, doch schon nach einer Minute wurde mir schlecht und ich musste sie wieder ausschalten. Es war schrecklich."

Sie atmete tief ein und zitternd wieder aus, während ihr Gesicht zu einer Maske des Abscheus erstarrte.

„Was haben Sie gesehen?", fragte Bussard, als sie nicht weitersprach.

Noch einmal atmete sie tief durch, bevor sie antwortete.

„Der Albtraum wollte kein Ende nehmen. Sebastian hatte mein Geld gestohlen und diesen Götz ermordet. Beides war schlimm, doch dann sah ich ihn auf dieser DVD und das war noch viel schlimmer. Ich nehme an, dass Götz die Aufnahmen heimlich durchs Fenster gemacht hat. Sebastian hat das arme Mädchen vergewaltigt und es war, als würde ich danebenstehen. Das Mädchen hat weder geschrien noch geweint und das war das Schlimmste von allem. Sie litt stumm, während Sebastian …"

Sie brach ab und schüttelte sich. Wut, Entsetzen, Ekel und Abscheu hatten ihr die Tränen in die Augen getrieben.

Frau Rothmann legte den linken Arm um die Schultern ihrer Freundin. Bussard beobachtete sie genau und schätzte ab, wie groß seine Chance war, sie mit einem Überraschungsangriff zu überwältigen. Barbara Klaasen war nicht bewaffnet. Das Gewehr lehnte am Kühlschrank und seine Dienstpistole lag auf der Spüle. Er saß etwa einen Meter fünfzig von Eleonore Rothmann entfernt, doch er konnte den Revolver nicht sehen, weil sie ihn noch immer mit der rechten Hand in ihrem Schoß hielt. Seine Position auf der Eckbank war ungünstig und er schätzte seine Erfolgsaussichten auf weniger als fünfzig Prozent. Wenn er plötzlich aufsprang, konnte sie in ihrer Aufregung den Abzug betätigen, ohne das überhaupt bewusst zu wollen und er trug keine Schutzweste. Solange er sich ruhig verhielt, war er nicht in Gefahr und es war besser, kein unnötiges Risiko mit vagen Erfolgsaussichten einzugehen. Außerdem wollte er erfahren, wie die Geschichte weiterging.

„Was haben Sie getan, nachdem Sie das Video angesehen hatten?", fragte er und trank einen weiteren Schluck von seinem Tee.

„Ich habe mich in mein Auto gesetzt und bin losgefahren", erzählte Frau Klaasen, „ohne Ziel und kaum bei Sinnen. Vermutlich habe ich instinktiv den Weg zu unserer Hütte eingeschlagen. Mit Hasso bin ich oft hier gewesen und habe mich immer wohl gefühlt, aber als ich hereinkam und unser Bett gesehen habe, wurde mir übel. In diesem Bett hatte Sebastian das Mädchen vergewaltigt. Ich bin nach draußen gelaufen und habe mich übergeben. Nach einer Weile habe ich dann das Gewehr geholt und bin wieder nach Hause gefahren. Ich wusste selbst nicht, warum ich es mitgenommen hatte. Vielleicht wollte ich mich damit verteidigen, vielleicht aber hatte ich da auch schon beschlossen, ihn zu erschießen. Ich weiß es wirklich nicht. Als ich nach Hause kam, war Sebastian noch nicht zurück. Ich habe mich im Schlafzimmer eingeschlossen ohne daran zu denken, dass ich das Gewehr im Wagen vergessen hatte. Auch am nächsten Morgen habe ich Sebastian nicht gesehen. Ich glaube nicht, dass er in der Nacht überhaupt zu Hause war."

Sie brach ab, trank einen Schluck Tee und stellte die Tasse behutsam wieder ab. Als sie weitersprach, blieb ihr Blick an dem Armeerucksack hängen.

„Am Nachmittag nahm ich zufällig die Zeitung vom Samstag in die Hand, die ich noch nicht gelesen hatte. Ich wollte sie vor dem Wegwerfen nur schnell einmal durchblättern, während ich auf Sebastian wartete und dann sah ich das Bild des Mädchens. Ich habe sie sofort erkannt und dann wusste ich, dass Sebastian sie nicht nur vergewaltigt, sondern auch getötet hatte."

Der Kommissar widersprach nicht. Alyssa war vor ihren Peinigern geflohen und anschließend im Wald erfroren. Sebastian Klaasen und Maxi Götz waren für den Tod des Mädchens verantwortlich, doch sie hatten bereits dafür bezahlt und Bussard musste sich auf seine eigene Situation konzentrieren. Er konnte nicht einschätzen, wie lange er schon beim Nachmittagstee mit den beiden Damen saß, aber es konnte nicht mehr lange dauern, bis die Kollegen eintreffen würden. Zuvor allerdings wollte er noch ein Mordgeständnis hören.

„Was ist passiert, als Sebastian am Montag nach Hause kam?"

„Ich habe ihn gefragt, was er getan hat", erwiderte sie. „Ich wollte wissen, warum das Mädchen tot war, doch seine Antwort fiel ganz anders aus als ich erwartet hatte. Vielleicht hatte er meine Frage falsch verstanden. Er sagte, dass ich mir keine Sorgen machen müsse. Er habe die Leiche entsorgt und sie würde nie wieder auftauchen. Außerdem hatte er den Schlüssel von Götz an sich genommen, das gesamte Beweismaterial aus dessen Wohnung entfernt und in den Rhein geworfen. Die ganze Sache sei vom Tisch und niemand würde je davon erfahren."

Noch eine falsche Annahme, dachte Bussard. Nicht Maxi Götz hatte seine Wohnung von allem belastenden Material gesäubert, sondern sein Mörder.

„Er ist zum Rhein gefahren?“, fragte der Kommissar.

Frau Klaasen zuckte mit den Achseln.

„Das hat er jedenfalls gesagt, soweit ich mich erinnere“, antwortete sie. „Allerdings habe ich nicht richtig zugehört. Ich sah nur sein Gesicht vor mir, die Fratze eines Lügners, Betrügers, Mörders und Vergewaltigers. Es gibt so viele Männer auf der Welt und ich hatte mir den schrecklichsten und verabscheuungswürdigsten von allen ausgesucht. Ich fühlte mich mitschuldig am Tod dieses Mädchens, weil ich diese Ausgeburt der Hölle geheiratet hatte. Ohne nachzudenken bin ich zu meinem Wagen gelaufen und habe das Gewehr geholt. Als ich zurückkam, stand Sebastian im Foyer. In seiner Hand hielt er die DVD, die er in der Zwischenzeit aus dem Player genommen hatte. Vielleicht wollte er mich fragen, ob ich sie angesehen hatte, obwohl das offensichtlich war, doch ich habe einfach angelegt und abgedrückt.“

Alle Teile des Puzzles hatten sich nahtlos ineinandergefügt. Barbara Klaasen hatte ein umfangreiches Geständnis abgelegt, auch wenn die Begleitumstände außergewöhnlich gewesen waren. Es gab nur noch eine einzige Lücke. Das letzte Teil fehlte noch.

„Welche Rolle haben Sie in der ganzen Geschichte gespielt?“, fragte er und sah die Schreibwarenhändlerin an.

„Eleonore hat überhaupt keine Rolle gespielt“, antwortete Frau Klaasen, „wenn man davon absieht, dass ich ihr ein Haus schulde, doch diese Schuld ist jetzt beglichen.“

Sie sah ihre Freundin mit einem leisen Lächeln an, doch Eleonore Rothmann schien mit den Tränen zu kämpfen.

„Was bedeutet das?“, fragte Bussard und leerte seine Tasse.

„Sebastian hat ihr Haus gestohlen“, antwortete Frau Klaasen, „deshalb habe ich Eleonore mein Haus vermacht. Ich brauche es nicht mehr.“

Bussard wiegte unschlüssig den Kopf. Ein guter Anwalt würde auf Totschlag plädieren und vielleicht erkannte der Richter auf Mord im Affekt. Wenn sie das Geständnis wiederholte und unterschrieb, dann hatte sie mit einer Strafe von zehn bis zwölf Jahren zu rechnen. Unter Umständen konnte sie das Gefängnis bei guter Führung schon nach sieben bis acht Jahen als freie Frau wieder verlassen. Ihre Villa der Freundin zu schenken war eine noble Geste. Barbara Klaasen fühlte sich Eleonore Rothmann gegenüber schuldig und der Kommissar enthielt sich einer Bemerkung.

Frau Klaasen stand auf und ging zur Spüle. Sie nahm Bussards Dienstpistole, kehrte zum Tisch zurück und tauschte mit ihrer Freundin die Waffen.

„Es ist Zeit“, sagte sie.

„Wirklich?“, fragte Eleonore Rothmann mit erstickter Stimme.

„Es ist alles gesagt“, erwiderte Barbara Klaasen, „Herr Bussard kennt nun die Wahrheit, die ganze Wahrheit. Du hast nichts zu befürchten.“

Sie legte die Hand auf die Schulter der Freundin und drückte sie. Die Schreibwarenhändlerin wollte nach der Hand greifen, doch Barbara Klaasen zog sie zurück.

„Bleiben Sie sitzen“, sagte sie, als Bussard aufstehen wollte und richtete den Colt auf den Kommissar. „Ich kann Sie nicht begleiten und Sie können mich auch nicht begleiten. Leben Sie wohl."

„Wo wollen Sie hin?", fragte Bussard überrascht.

„Bleiben Sie sitzen", sagte sie noch einmal.

Frau Rothmann hob die Pistole und richtete sie auf Bussard.

„Wenn Sie sich nicht setzen, schieße ich!"

Bussard ließ sich auf die Eckbank zurücksinken. Barbara Klaasens Flucht war sinnlos. Auch wenn die Kollegen sich verspätet hatten, würden sie die Flüchtige irgendwo im Wald stellen. Spätestens beim *Gasthaus zur Linde* wartete ein weiterer Einsatzwagen.

„Sie haben keine Chance", erklärte er, „warum legen Sie beide die Waffen nicht einfach nieder und wir beenden das Ganze friedlich?"

Frau Klaasen beugte sich vor und küsste ihre Freundin auf die Wange.

„Leb wohl", sagte sie leise, dann drehte sie sich um, ging zur Tür und verließ die Hütte.

Bussard sah Eleonore Rothmann an und als die Tränen über die Wangen der Schreibwarenhändlerin rannen, wusste er, wohin Barbara Klaasen fliehen wollte.

„Sie bringt sich um!", rief er und stand abrupt auf.

„Sitzen bleiben!"

„Sie wird Selbstmord begehen", beharrte er, „wollen Sie das?"

„Nein", antwortete sie schluchzend, „aber sie will das. Lassen Sie ihr ihren letzten Willen."

Bussard neigte den Kopf und warf einen Blick auf seine Pistole. Sie war noch immer gesichert.

„Sie werden nicht auf mich schießen", sagte er ruhig.

„Wenn Sie zur Tür gehen, schieße ich", widersprach sie, doch der Kommissar wusste es besser.

Langsam und behutsam trat er einen Schritt zur Seite, beugte sich vor und nahm ihr die Pistole aus der Hand. Eine Sekunde später krachte draußen ein Schuss.

„Nein!", rief sie und brach schluchzend zusammen.

Bussard sprang hinter der Eckbank hervor. Im Vorübergehen nahm er das Gewehr an sich, das noch immer am Kühlschrank lehnte. Als er die Tür öffnete, hörte er das Aufjaulen eines Motors. Mit zwei schnellen Schritten bog er um die Ecke der Hütte und sah den Porsche Cayenne, der gerade auf den Wirtschaftsweg einbog und davonfuhr.

„Stehen bleiben!", rief er und richtete seine Waffe auf das Fahrzeug.

Der Cayenne blieb nicht stehen und Bussard schoss nicht. Mit Pistole und Gewehr bewaffnet rannte er zu seinem Wagen. Er hatte zwar keinen Allradantrieb, doch er war sicher, dass Barbara Klaasen ihn trotzdem nicht abhängen würde. Der Waldweg mit der hartgefrorenen Schneedecke erforderte einiges an fahrerischem Können, wenn man sich schnell fortbewegen wollte. Zwei Meter bevor er seinen Passat erreichte, erkannte er, wem der Schuss gegolten hatte. Im Reifen des linken Vorderrades klaffte ein Loch.

„Scheiße!", fluchte Bussard.

Mit einem platten Reifen war eine Verfolgungsjagd auf den verschneiten und vereisten Wegen sinnlos. Ein Reifenwechsel aber nahm zu viel Zeit in Anspruch und der Cayenne fuhr langsam, aber stetig davon. Einen Augenblick dachte der Kommissar daran, die Verfolgung zu Fuß aufzunehmen, doch dann kam ihm eine bessere Idee. In fliegender Eile öffnete er die Heckklappe seines Kombis, warf das Gewehr hinein und steckte seine Pistole in das Holster. Er setzte sich auf die Ladefläche, zog seine Schuhe aus und tauschte sie gegen die Skischuhe, die zusammen mit den Tourenskiern und den Stöcken noch immer im Kofferraum lagen. Eine Minute später schloss er den Passat ab, stieg in die Bindungen, sicherte sie, packte seine Skistöcke und nahm die Verfolgung auf.

Der Wirtschaftsweg war zu ausgefahren, um im Skating-Schritt schnell vorwärtszukommen. Bussard musste auf den klassischen Langlaufschritt zurückgreifen. Der Weg wies nur ein minimales Gefälle auf. Bussard wusste, dass er gegenüber dem Cayenne an Zeit einbüßte, doch er behielt seinen ruhigen, kräftigen Schritt bei. Als er die ersten Bäume erreichte, nahm das Gefälle schlagartig zu. Bussard blieb stehen und arretierte die Bindungen für die Abfahrt.

Der Waldweg war in weit besserem Zustand als der Wirtschaftsweg bei der Lichtung. Er war etwa drei Meter breit und wies keine ausgefahrenen Rinnen auf. Bussard wusste, dass er keine Wurzeln oder im Schnee verborgene Gesteinsbrocken befürchten musste. Schon nach fünf Metern war er so schnell, dass er die Stöcke nicht mehr zum Anschieben einsetzen musste. In der Abfahrtshocke klemmte er sie unter die Arme und ließ die Skier laufen. Die Sichtverhältnisse am frühen Nachmittag waren optimal. Weder Schnee noch Nebel behinderten die Sicht und zwischen den Bäumen blendete ihn die Sonne auch nicht, doch Bussard trug keine Brille. Vom eiskalten Fahrtwind begannen seine Augen zu tränen und immer wieder blinzelte er, um die Tränen aus den Augen zu drücken. Vor der ersten Kehre stellte er die Skier quer, driftete die Kurve an und gab die Bretter wieder frei, sobald er den Scheitelpunkt erreicht hatte. Der Fahrtwind heulte in seinen Ohren und

Bussard konnte kein Motorengeräusch vernehmen. Die nächste Kehre kam in Sicht. Bussard bremste gerade so viel, dass er die Kurve mit maximalem Tempo nehmen konnte, um sofort wieder in die Hocke zu gehen und die Skier laufen zu lassen. Als er die Abzweigung erreichte, dachte er nicht darüber nach, wohin der Cayenne gefahren sein mochte. Auf Skiern gab es sowieso nur eine Möglichkeit einer erfolgversprechenden Verfolgung und er fuhr weiter talwärts.

Kurz vor der zweiten Abzweigung sah er den Cayenne, der mit mäßigem Tempo auf eine Kurve zufuhr. Barbara Klaasen steuerte ihren Wagen vorsichtig und bremste vor der Kurve auf Schrittgeschwindigkeit herunter. Bussard war sicher, dass ihre Fahrkünste nicht ausreichten, um mit höherem Tempo durch die Kurven zu driften. Auf dem steil abfallenden Waldweg war er mit seinen Skiern wesentlich schneller unterwegs und der Schnee spritzte hinter ihm auf, als er sich in die Kurve legte. Meter um Meter näherte er sich dem Heck des Porsches. Er schätzte, dass es ungefähr noch zwei Kilometer bis zum *Gasthaus zur Linde* waren. Zweitausend Meter mussten ausreichen, um den Cayenne zu stoppen. Bei der nächsten Kurve, vor der Frau Klaasen wiederum bis auf Schrittgeschwindigkeit herunterbremste, hatte er den Porsche fast eingeholt. Der Abstand betrug nur noch zehn Meter. Bussard stellte die Skier quer und bremste, ließ sie nach der Kurve aber wieder laufen.

Heranfahren ist eine Sache, aber Überholen ist eine andere, dachte Bussard. Wenn sie vor der nächsten Kurve wieder stark herunterbremste, dann war sein Geschwindigkeitsüberschuss groß genug, um den Cayenne überholen zu können. Das Problem jedoch war der schmale Waldweg. Solange sie mittig fuhr, blieben rechts und links des Wagens kaum mehr als fünfzig Zentimeter Platz, um daran vorbeizufahren. Noch schwieriger wurde das Manöver durch die großen Außenspiegel, unter denen er sich hätte ducken müssen. Als die Bremsleuchten des Porsches aufleuchteten, richtete Bussard sich auf, spreizte die Beine und drückte die Knie durch. Im Pflug bremste er herunter, bis er das Heck des Wagens erreicht hatte. Mit beiden Händen stützte er sich an der Heckscheibe des Wagens ab, wobei er gleichzeitig darauf achtete, seine Stöcke nicht zu verlieren.

„Anhalten!“, rief er und hielt sich mit der linken Hand am Heckscheibenwischer fest, während er mit der rechten gegen das Glas klopfte.

Durch die Scheibe sah er, wie Frau Klaasen in den Rückspiegel blickte. Sie bremste wieder bis auf Schrittgeschwindigkeit herunter und fuhr langsam durch die Kurve. Bussard hoffte, dass sie stehenbleiben würde, doch nach der Kurve beschleunigte sie wieder. Mit beiden Händen hielt er sich am Heckscheibenwischer fest und drückte die Arme durch, um den Abstand zwischen seinem Bauch und dem Heck des Wagens zu vergrößern. Er ging ein wenig in die Knie, verlagerte seinen Schwerpunkt nach unten und ließ sich breitbeinig fahrend mitziehen. Mit dem Griff seines Skistocks klopfte er erneut gegen die Scheibe.

„Anhalten!“, rief er, doch es war zwecklos.

Barbara Klaasen fuhr unbeirrt weiter. Bussard fragte sich, wo seine Kollegen blieben. Sie hätten schon längst aufgetaucht sein müssen, doch von einem Einsatzfahrzeug gab es weit und breit keine Spur. Als er bei der Klaasen-Villa aufgebrochen war, hatte er Wegner aufgefordert, zwei Wagen loszuschicken. Entweder hatte

Sasha vergessen, die Anweisung weiterzuleiten oder die Kollegen hatten einen falschen Weg gewählt. Falls kein Wagen beim *Gasthaus zur Linde* wartete, würde die Verfolgungsjagd für Bussard dort enden, denn die Straße, die das Tal hinunterführte, war vom Schnee geräumt. Auf dem Asphalt würden sich seine Skier binnen weniger Minuten in Wohlgefallen auflösen. Barbara Klaasen hatte den Colt Python aus der Hütte mitgenommen. Wenn es Bussard nicht gelang, den Cayenne zu stoppen, dann würde sie sich vermutlich einen einsamen Ort aussuchen, um die Waffe zu benutzen. Es gab nur eine einzige Möglichkeit, das zu verhindern. Er musste sie zum Anhalten zwingen, doch den Gedanken, ihre Hinterreifen zu zerschießen, verwarf der Kommissar sofort wieder. Falls der Wagen seitlich ausbrach und Klaasen falsch reagierte, würde sie mit ihrem Cayenne den Abhang hinunterstürzen.

Bussard ließ den Heckscheibenwischer los, drückte die Skispitzen nach innen und bremste. Er richtete sich auf und fuhr einige Meter hinter dem Cayenne am rechten Fahrbahnrand entlang, um den weiteren Verlauf des Waldwegs einsehen zu können. Bis zur nächsten Kurve waren es ungefähr einhundert Meter. Der Weg bog nach links ab und das Kurveninnere lag auf der Talseite. Dort zu überholen war noch waghalsiger als auf der dem Berg zugewandten Seite. Bussard beschloss, es vor der Kurve zu versuchen. Wenn die Flüchtende herunterbremste, er seine Skier aber laufen ließ, dann konnte er den Cayenne schon vor der Kurve passieren. Er musste lediglich darauf achten, seinen Kopf nicht am Seitenspiegel anzustoßen.

Als die Bremsleuchten aufleuchteten, ging Bussard wieder in die Abfahrtshocke. Seine Geschwindigkeit nahm zu, während der Cayenne deutlich langsamer wurde, doch Frau Klaasen zog den Wagen langsam nach rechts, um möglichst weit vom linken Abgrund entfernt die Kurve anfahren zu können. Im letzten Augenblick erkannte Bussard das Manöver und reagierte blitzschnell. Wie ein Slalomläufer setzte er einen kurzen Schwung und wechselte auf die linke Seite des Weges. Dort hatte er mehr Platz zum Überholen, doch wenn das Manöver misslang, würde er den Hang hinunter ins Unterholz stürzen.

Der Cayenne verringerte seine Geschwindigkeit vor der Kurve. Tief in der Hocke, die Skistöcke unter die Achseln geklemmt, fuhr Bussard wie ein Abfahrtsläufer an dem breiten Geländewagen vorbei und tauchte unter dem linken Außenspiegel des Porsches hindurch. Zehn Meter vor dem Kurveneingang hatte er den Cayenne überholt. Er richtete sich auf, setzte einen kurzen Schwung nach rechts an, um die Kurve von außen anfahren zu können und legte sich nach links.

„Scheiße!", rief er, als ihm bewusst wurde, dass er zu schnell war.

Mit aller Kraft drückte er die Kanten in den harten Schnee, doch der Radius der Kurve war zu klein und Bussards Geschwindigkeit zu groß. Er wurde nach außen gegen die Böschung getragen. Die Spitze seines rechten Skis tauchte in den tieferen Schnee ein und verfing sich in einer Brombeerranke. Bussard spürte, wie der rechte Ski durch das Hindernis weggerissen wurde, dann verlor er das Gleichgewicht und stürzte. Er krachte gegen die Böschung und wurde wie eine Billardkugel von der Bande weg auf die andere Seite geschleudert. Sich überschlagend kreuzte er den Waldweg, flog über die talseitige Kante ab und den Hang hinunter. Ein heftiger Schmerz durchzuckte sein linkes Knie, dann hüllte sich die Welt um ihn herum in Dunkelheit.

## 15

Die Bäume rückten bedrohlich näher. Er wusste, dass er ihnen ausweichen musste, doch seine Arme und Beine gehorchten ihm nicht. Immer schneller flog er zwischen den dunklen Stämmen hindurch, losgeschossen wie eine Kanonenkugel. Wenn er einen Stamm treffen würde, dann wäre dies sein Ende, doch er durfte noch nicht sterben. Er hatte noch so viel zu tun. Zuhause warteten seine Kinder und seine Frau, die nicht wussten, dass er in diesem Wald war. Er rief ihre Namen, doch sie konnten ihn nicht hören. Niemand konnte ihn hören. Er war allein zwischen diesen Bäumen, die ihn einfangen und festhalten wollten und die so groß, dunkel und bedrohlich waren. Er war allein und flog und fiel, weiter und immer weiter und verlor sich in der Dunkelheit, die so zäh und schwer war und ihn so müde machte …

Langsam öffnete Bussard die Augen und ließ sie sofort wieder zufallen. Wenn er sie öffnete, blendete ihn die Helligkeit, doch wenn er sie geschlossen hielt, zog ihn die Dunkelheit mit sich. Wieder öffnete er die Augen und hielt sie einen Moment offen, doch die Lider senkten sich unaufhaltsam, als ob jemand sie an den Wimpern herabziehen würde.

Mach die Augen auf, dachte Bussard und mit Mühe gehorchte er seinem eigenen Befehl. Er öffnete die Augen und konzentrierte sich darauf, die Lider oben zu behalten, doch die Helligkeit schmerzte. Stöhnend kniff er die Augen zusammen und versuchte, den Kopf zur Seite zu drehen, aber die Bewegung erforderte mehr Kraft als er aufbringen konnte. Erschöpft ließ er die Lider wieder zufallen.

„Bussard?“, sagte eine leise Stimme, die ganz aus der Nähe zu kommen schien.

Bussard? Das war sein Name. Jemand hatte ihn beim Namen genannt, also war er nicht alleine. Er musste wissen, wer ihn gerufen hatte. Draußen in der Welt außerhalb seines Kopfes war es hell. Langsam öffnete er die Augen und sah an sich herab.

„Bussard?“

Wenn er nach unten sah, war die Helligkeit nicht so schmerzhaft. Er lag auf dem Rücken und vielleicht stand die Sonne genau über seinem Kopf. Wenn er nicht direkt in ihr Licht sah, würde sie ihn auch nicht blenden. Er betrachtete seinen Körper, der ebenso weiß war wie die Umgebung. Alles war weiß und er konnte sich nicht bewegen. Vielleicht hatte er sich einen Halswirbel gebrochen und die Angst jagte ihm einen heißen Schauer den Rücken hinauf bis in die Haarspitzen, doch plötzlich berührte etwas seine linke Hand. Er spürte es deutlich. Ich bin nicht gelähmt, dachte er erleichtert und drehte den Kopf vorsichtig zentimeterweise nach links.

„Schön, dass Sie wieder bei uns sind, Mister Bond“, sagte die Stimme.

Er kannte diese Stimme. Sie gehörte einer Frau, aber er wusste nicht, warum sie ihn Mister Bond nannte. Die Frau, die seine Hand hielt, war ganz in seiner Nähe. Er konnte ihr Parfüm riechen und die verschwommenen Konturen ihres Körpers wurden langsam schärfer.

„Oh!“, stöhnte er, als er sie erkannte.

Sie lächelte ihn an und er war dankbar dafür, aber er wusste nicht, warum gerade sie seine Hand hielt. Sein Mund fühlte sich trocken an und seine Zunge war belegt.

„Wasser", krächzte er heiser.

„Du darfst noch nichts trinken", antwortete sie.

Sie ließ seine Hand los und er hörte ein leises Rascheln.

„Mach den Mund auf!"

Er gehorchte und fühlte etwas Kaltes, Feuchtes auf seiner Zunge, an den Wangen und am Gaumen, etwas, das nach Zitrone schmeckte.

Heidi Peters steckte das große, mit Flüssigkeit getränkte Wattestäbchen in die Verpackung zurück und legte es auf den Nachttisch.

„Wenn du richtig wach bist, darfst du auch wieder etwas trinken", erklärte sie und drückte auf die Klingel, die von der Triangel des Galgens über dem Bett baumelte.

„Wie spät ist es?", fragte Bussard.

„Freitag", antwortete Heidi und lächelte ihn an.

„Freitag?"

Sie musste sich irren, denn es war erst Donnerstag. Er erinnerte sich, dass er Ski gefahren war und plötzlich war ein großer, grüner Geländewagen auf der Piste aufgetaucht. Das war sehr seltsam gewesen.

„Was ist passiert?", fragte er.

„Du hast einen filmreifen Stunt wie in einem James-Bond-Streifen hingelegt", antwortete sie. „Leider ist er nicht ganz gelungen. Das gab Abzüge bei der B-Note, aber ich bin trotzdem froh, dass du wieder bei uns bist."

Bussard hörte, dass eine Tür geöffnet wurde. Jemand kam in den Raum und blieb rechts von ihm am Bett stehen.

„Guten Morgen, Herr Bussard“, begrüßte ihn die Frau, die einen weißen Kittel trug, „wie fühlen Sie sich?“

„Durstig.“

Er wollte seine rechte Hand heben, doch sie gehorchte ihm nicht. Ein dumpfer Schmerz zwischen Hals und Schulter ließ ihn aufstöhnen.

„Haben Sie Schmerzen?“, fragte die Krankenschwester.

„Nur, wenn ich atme“, antwortete Bussard.

„Ihr Humor hat wohl nichts abgekriegt“, erwiderte sie lächelnd und hantierte an etwas herum, das sich oberhalb von seinem Kopf befand. „Ich bringe Ihnen einen Tee. Später dürfen Sie auch etwas essen, wenn Sie Hunger haben.“

Sie nickte ihm zu, drehte sich um und verließ das Zimmer.

„Und jetzt würde ich gerne eine Geschichte hören“, erklärte er.

„Eine Geschichte?“, fragte Heidi.

„Ja, die Geschichte von einem Skifahrer, der im Krankenhaus wieder aufgewacht ist.“

„Erzähl mir zuerst, woran du dich erinnerst.“

Bussard schloss die Augen und dachte einen Augenblick nach. Einzelne Bilder und kurze Szenen kehrten in sein Bewusstsein zurück.

„Ich erinnere mich an den Waldweg“, berichtete er und öffnete die Augen wieder, „ich habe Barbara Klaasen verfolgt. Sie hat ihren Mann getötet, aber nicht Maxi Götz. Sebastian Klaasen hat den Langen Max erschossen, weil der ihn erpresst hat. Sie ist mit ihrem Porsche den Waldweg hinuntergefahren. Ich habe sie verfolgt, weil sie Selbstmord begehen wollte und ich habe gegen die Scheibe geklopft, aber sie hat nicht angehalten. Dann habe ich sie überholt und … und weiter weiß ich nicht. Irgendetwas muss dann passiert sein."

„Du hattest einen Unfall", erklärte Heidi, „soweit ich weiß, hast du die Kontrolle über deine Skier verloren. Du hast dich überschlagen, bist einen Abhang hinuntergestürzt und gegen einen Baum geknallt. Als die Kollegen dich fanden, lagst du bewusstlos in den Armen von Barbara Klaasen. Sie war den Abhang hinuntergeklettert und hatte dich in eine Decke eingewickelt. Sie war selbst stark unterkühlt, aber sie hat dir wahrscheinlich das Leben gerettet. Ohne ihre Hilfe wärst du vermutlich erfroren."

„Das hat sie getan?", fragte Bussard überrascht.

„Ja, das hat sie getan. Man hat euch beide ins Krankenhaus gebracht, aber sie ist bereits gestern Abend wieder entlassen worden. Dich mussten die Ärzte zuerst wieder zusammenflicken. Du hast eine schwere Gehirnerschütterung, ein gebrochenes Schlüsselbein und einen Kreuzbandriss im linken Knie, soweit ich weiß. Wir werden heute Abend wohl nicht tanzen gehen können."

„Und wo ist Barbara Klaasen jetzt?"

„In U-Haft. Schmieder will sie im Lauf des Vormittags verhören. Sie hat gestern Abend schon angekündigt, dass sie ein Geständnis ablegen will. Sie wünscht dir gute Besserung."

Bussard wollte den Kopf schütteln, doch die Bewegung war zu schmerzhaft. Sein Gehirn fühlte sich an, als würde es von einer Schädelwand zur anderen geschleudert werden.

„Und ich war die ganze Zeit weggetreten?", fragte er.

„Du hast die ganze Zeit geschlafen", antwortete sie. „Deine Frau kam, als du noch im OP warst. Sie saß die ganze Nacht an deinem Bett. Ich bin heute Morgen gegen acht gekommen und habe sie nach Hause geschickt, damit sie ein paar Stunden schlafen kann."

„Wie spät ist es jetzt?"

Die Kommissarin sah auf ihre Armbanduhr.

„Gleich zehn", antwortete sie.

„Gleich zehn", murmelte Bussard.

Seine Erinnerung war vollständig zurückgekehrt, aber es gab noch einige offene Fragen.

„In der Hütte war noch eine zweite Frau", berichtete er.

„Eleonore Rothmann", erwiderte Heidi, „ich weiß. Die Kollegen haben sie gefunden."

„Was ist mit ihr?"

„Sie hat ihre Aussage gemacht und man hat sie wieder nach Hause geschickt. Schmieder wird ein Verfahren gegen sie eröffnen und du wirst der Hauptbelastungszeuge sein, aber daran denkt im Augenblick noch niemand. Du bist bis auf Weiters krankgeschrieben und wirst das Bett hüten."

„Aber mein Wagen steht noch bei der Hütte", widersprach er.

„Darum wird sich Smirna kümmern. Für dich ist der Fall vorerst abgeschlossen."

Die Krankenschwester kam ins Zimmer zurück und brachte einen Trinkbecher mit einem Schnabelaufsatz.

„Möchten Sie einen Schluck Tee trinken?", fragte sie.

Teetrinken, dachte Bussard. Er sah sich selbst auf der Eckbank in der Hütte sitzend, während Barbara Klaasen ihm die Geschichte der beiden Morde erzählte.

„Es waren drei", stellte er fest.

„Drei was?", fragte die Krankenschwester.

„Drei Morde", antwortete Bussard.

„Geben Sie mir den Tee“, sagte Heidi. „Ich werde ihm beim Trinken helfen.“

Die Krankenschwester reichte der Kommissarin den Becher, nickte Bussard noch einmal zu und verließ das Zimmer. Heidi führte den Schnabel an Bussards Lippen und ließ vorsichtig ein wenig Flüssigkeit in den Mund ihres Kollegen fließen, dann setzte sie ab und sah ihn fragend an.

„Wieso sprichst du von drei Morden?“

„Alyssa Kettenring war das erste Opfer“, erklärte er. „Klaasen und Götz sind schuld an ihrem Tod.“

„Klaasen und Götz sind tot“, erwiderte sie.

Ja, alle sind tot, dachte Bussard und schloss die Augen. Alle waren tot und er war so müde.

*

Als Bussard das nächste Mal die Augen öffnete, saß Helen neben seinem Bett. Dunkle Schatten lagen unter ihren Augen und das schmale Gesicht wirkte erschöpft. Sie lächelte nicht, als er sie ansprach.

„Hallo, Helen, schön, dich zu sehen.“

„Du hättest tot sein können“, erwiderte sie.

„Unkraut vergeht nicht“, antwortete er und lächelte sie an, doch sie schüttelte nur den Kopf.

„Wie geht's den Kindern?“, fragte er.

„Du hättest dir das Genick brechen können“, erwiderte sie, ohne seine Frage zu beantworten, „oder du hättest im Wald erfrieren können.“

„Das Leben findet nicht im Konjunktiv statt, Helen. Ich habe mir nicht das Genick gebrochen und ich bin auch nicht im Wald erfroren. Es war nur ein Skiunfall, nicht der Rede wert.“

„Nicht der Rede wert", fauchte sie, „du bist dem Tod gerade noch einmal von der Schippe gesprungen. Du hast ein Schädelhirntrauma. Selbst wenn du nicht gestorben wärst, hättest du dir einen bleibenden Hirnschaden zuziehen können oder du könntest jetzt im Rollstuhl sitzen. Hast du auch nur eine Sekunde an mich gedacht oder an die Kinder?"

Bussard schloss die Augen und wusste nicht, was er erwidern sollte. Helen hatte die ganze Nacht an seinem Bett gesessen. Er wusste, dass sie sich Sorgen gemacht hatte. Jetzt war sie übernächtigt und da es ohnehin nicht ihre Art war, ihre Meinung für sich zu behalten, ließ sie ihren Gefühlen freien Lauf.

„Es tut mir leid", sagte er und öffnete die Augen wieder, „aber auf der Skipiste hätte mir das Gleiche passieren können."

„Red doch keinen Unsinn", widersprach sie, „du wolltest den Helden spielen und hättest beinahe mit deinem Leben dafür bezahlt. Ich ertrage das nicht mehr."

Bussard wusste genau, was Helen als Nächstes sagen würde und sie bestätigte es eine Sekunde später.

„Ich will, dass du dich zum Innendienst versetzen lässt!"

„Ich bin erst einmal bis auf Weiteres krankgeschrieben", antwortete er ausweichend.

„Und danach?", fragte sie herausfordernd.

Bussard wollte mit den Achseln zucken, doch sein schmerzendes Schlüsselbein ließ ihn nur das Gesicht verziehen.

„Müssen wir das ausgerechnet jetzt besprechen?"

„Ja", antwortete sie und sah ihm angriffslustig in die Augen, „ich warte schon wochenlang auf eine Antwort von dir. Also?"

Bussard seufzte. Er wollte sich nicht mit Helen streiten. Die Kopfschmerzen waren zurückgegangen, doch bei seinem Rendevouz mit der Fichte hatte er sich nicht nur Kopf und Schlüsselbein verletzt. Sein ganzer Körper war durch die Wucht des Aufpralls zusammengestaucht worden und Bussard fühlte sich wie gerädert. Die Diskussion mit Helen gefiel ihm nicht, doch er wollte sich auch nicht immer wieder mit ihr über dasselbe Thema auseinandersetzen müssen.

„Ich bin Ermittler", sagte er, „und das will ich auch bleiben. Im Innendienst werde ich mir vorkommen wie ein Tiger im Käfig. Das ist nichts für mich. Kannst du das nicht verstehen?"

„Ich kann nicht verstehen, dass du so egoistisch bist", erwiderte sie. „Du denkst nur an dich und wir bleiben dabei auf der Strecke."

Helen stand abrupt auf. Sie nahm ihren Mantel, der auf dem freien Bett neben ihr gelegen hatte und zog ihn an.

„Ich hoffe, dass du es dir noch einmal überlegst."

Ihr Blick und der Tonfall ihrer Stimme überzeugten Bussard davon, dass sie ihn soeben vor eine Alternative gestellt hatte. Entweder würde er sich vom Außendienst verabschieden oder sie sich von ihm.

*

Die Tage im Krankenhaus waren die längsten, an die Bussard sich erinnern konnte. Er war zur Untätigkeit verdammt und konnte ohne fremde Hilfe nicht einmal zur Toilette gehen. Er sollte sich erholen, doch das Nichtstun ging ihm gegen den Strich. Er las, löste Kreuzworträtsel und scherzte mit den Krankenschwestern, doch in den Nächten hatte er das Gefühl, als würde ihm die Decke auf den Kopf fallen. Die endlos langen Stunden dehnten sich und er sehnte jeden einzelnen Morgen herbei wie ein Schiffbrüchiger das rettende Ufer. An den Nachmittagen bekam er meist Besuch von Helen und seinen Töchtern oder seinen Kollegen, die sich reihum abwechselten. Sein Nachttisch füllte sich mit Blumen und Pralinen, Obstsäften und Grußkarten mit den besten Wünschen zur Genesung. Neben den alltäglichen, kleinen Anekdoten und dem neuesten Klatsch aus dem Polizeipräsidium erfuhr der Kommissar, dass man Jörg Grittner auf dem Flughafen von Amsterdam festgenommen hatte. Der Anlagebetrüger hatte es nicht bis in die Karibik geschafft.

Als Susanne Bauer Bussard nach einer Woche besuchte, erschien sie ihm wie ein Geschenk des Himmels, denn die Kollegin hatte ihm ein Päckchen frischen Tabak und Blättchen mitgebracht. Weil Susanne wegen ihrer Fußverletzung selbst noch an Krücken ging, ließ sich Bussard von einer Krankenschwester in eine warme Decke einpacken und im Rollstuhl auf den Balkon schieben. Zufrieden genoss er seine erste Selbstgedrehte seit seinem Unfall. Nach der zweiten Zigarette verabschiedete sich die EDV-Spezialistin wieder und die Krankenschwester brachte Bussard in sein Zimmer zurück. Der Kommissar staunte nicht schlecht, als er sah, wer ihn dort erwartete.

„Schön zu sehen, dass Sie auf dem Weg der Besserung sind", frohlockte Schmieder strahlend.

Sein gerötetes Gesicht leuchtete und er schien allerbester Laune zu sein.

„Alles halb so wild", erwiderte Bussard, „in einigen Tagen bin ich wieder wie neu."

„Lassen Sie sich Zeit, Herr Bussard. Sie müssen Ihre Verletzungen richtig auskurieren. Das geht nicht von heute auf morgen, aber soweit ich sehe, sind Sie hier in allerbesten Händen. Ich hoffe, man kümmert sich gut um Sie."

Bussard unterdrückte ein amüsiertes Grinsen, während die Krankenschwester ihn zum Tisch schob. Schmieders Fürsorglichkeit schien von Herzen zu kommen und der Kommissar fragte sich, was der Oberstaatsanwalt wohl von ihm wollte.

„Alles bestens", erklärte Bussard und nickte der Krankenschwester lächelnd zu, „Schwester Venus liest mir jeden Wunsch von den Augen ab. Vielleicht verlege ich mein Büro hierher, wenn ich wieder gesund bin."

„Lieber nicht", erwiderte sie und schüttelte die Kissen seines Bettes auf, „melden Sie sich, wenn Sie sich wieder hinlegen wollen, dann komme ich und helfe Ihnen."

Die Phillippina mit den wundervollen, braunen Mandelaugen und den tiefschwarzen Haaren schenkte dem Kommissar ein herzerwärmendes Lächeln, nickte Schmieder grüßend zu und verließ das Patientenzimmer.

„Ist sie nicht süß?", murmelte Bussard versonnen.

Schmieder rückte sich einen Stuhl zurecht und ließ sich darauf nieder. Er stützte einen Unterarm auf die Tischplatte, beugte sich vor und sah Bussard strahlend an.

„Ich bin nicht nur gekommen, um Ihnen gute Besserung zu wünschen. Ich möchte mich auch in aller Form bei Ihnen bedanken!"

„Bedanken? Wofür?", fragte Bussard überrascht.

„Sie haben wesentlich dazu beigetragen, dass Gernot Ahle ein umfangreiches Geständnis abgelegt hat."

„Und?"

„Ahle hat mit meiner Kollegin, Frau Lautenschläger, einen Deal ausgehandelt", berichtete Schmieder. „Er hat alle Gelder, die die AGK Invest ins Ausland transferiert hatte, wieder zurückgeholt. Jeder Anleger bekommt etwa neunzig Prozent seiner Einlagen zurück. Ohne Ihre Hilfe wäre das Geld wohl auf Nimmerwiedersehen verschwunden. Ich soll Sie deshalb auch von meiner Frau herzlich grüßen und mich in ihrem Namen bei Ihnen bedanken. Sie wünscht Ihnen ebenfalls gute Besserung."

Ein Deal hat immer zwei Seiten, dachte Bussard. Staatsanwältin Lautenschläger musste ebenfalls etwas in ihre Waagschale geworfen haben.

„Und was erhielt Ahle als Gegenleistung?"

„Frau Lautenschläger wird lediglich die Mindeststrafe beantragen, die wahrscheinlich zur Bewährung ausgesetzt werden wird."

Bussard lehnte sich zurück und sah Schmieder skeptisch an. Dass Ahle mit der Staatsanwaltschaft einen Deal ausgehandelt hatte, war nicht ungewöhnlich. Die Geschädigten bekamen den größten Teil ihres Geldes zurück und dafür kam der Betrüger mit einem blauen Auge davon.

„Und Grittner?", fragte Bussard.

„Für Grittner gilt der Deal nicht", erklärte Schmieder. „Er sitzt in Untersuchungshaft und wartet auf seinen Prozess. Die Beweislast ist erdrückend und er hat eine mehrjährige Haftstrafe zu erwarten."

Was soll´s, dachte der Kommissar. Ahle und Grittner interessierten ihn nicht. Sie und die AGK Invest waren

Heidi Peters' Fall. Die Kollegen vom Wirtschaftdezernat hatten eine betrügerische Firma aus dem Verkehr gezogen, die aus der Gier von Leuten, denen es an nichts mangelte, Kapital geschlagen hatte. Schmieder und die anderen hatten dabei lediglich Geld verloren. Sebastian Klaasen und Maxi Götz hatten jedoch ihr Leben eingebüßt, selbst wenn es um keinen von beiden besonders schade gewesen war.

„Was ist mit Barbara Klaasen?", fragte Bussard.

„Frau Klaasen hat ein Geständnis abgelegt", antwortete der Oberstaatsanwalt. „Sie hat ihren Mann aus Rache erschossen, weil er sie um ihr Vermögen betrogen hat. Ihre Kollegen von der Kriminaltechnik haben nachgewiesen, dass das Blaser Jagdgewehr, das Sie in der Klaasen-Hütte sichergestellt haben, die Tatwaffe war. Das reicht für eine Anklage wegen Mordes."

Sie hat auch den Tod von Alyssa Kettenring gerächt, dachte Bussard. Außerdem würde sich Sebastian Klaasen nie wieder an jungen Mädchen vergehen, doch das würde später bei der Strafzumessung für Barbara Klaasen keine Rolle spielen. Der Notwehrparagraph galt nicht für zukünftige Verbrechen.

„Und mit dem Colt Python wurde Maxi Götz erschossen?", fragte Bussard, obwohl Barbara Klaasen das bei ihrem Geständnis in der Hütte bereits bestätigt hatte.

„Ja, auch das haben Smirna und Mallmann nachgewiesen", erwiderte Schmieder, „allerdings bestreitet Frau Klaasen die Tat. Sie sagt aus, dass ihr Mann Götz erschossen habe und ich befürchte, dass wir ihr diesen Mord nicht nachweisen können."

„Wozu auch, wenn sie ihn nicht begangen hat?", fragte Bussard, der davon überzeugt war, dass

Barbara Klaasen während ihrer gemeinsamen Teestunde die Wahrheit gesagt hatte. „Götz hat Sebastian Klaasen erpresst und deshalb hat Klaasen Götz erschossen."

„Es gibt keinen Beweis für diese Erpressung. Deshalb lässt sie sich weder bestätigen noch widerlegen", erklärte Schmieder. „Doch damit können wir leben. Barbara Klaasen wird wegen Mordes zum Nachteil ihres Mannes verurteilt werden und damit werden dem Gesetz und der Gerechtigkeit Genüge getan."

Der Oberstaatsanwalt wuchtete seinen massigen Körper vom Stuhl hoch, zog sein Jackett gerade und nickte Bussard zu.

„Also, erholen Sie sich gut", sagte er noch einmal und verabschiedete sich.

Schmieder hatte das Patientenzimmer kaum verlassen, als die nächste Besucherin an die Tür klopfte und eintrat. Bussard kam das Gesicht der Frau bekannt vor, doch er erinnerte sich nicht, wann und bei welcher Gelegenheit er sie kennengelernt hatte. Sie war etwa sechzig Jahre alt, trug einen schwarzen Mantel über einem dunkelblauen Hosenanzug mit Nadelstreifen und wirkte sehr gepflegt.

„Guten Tag, Herr Bussard", begrüßte sie ihn und legte ihre schwarze, lederne Aktenmappe auf den Tisch.

Nachdem sie ihre Handschuhe ausgezogen hatte, streckte sie Bussard ihre Hand entgegen und der Kommissar ergriff sie mit seiner Linken, während er ihr Gesicht skeptisch betrachtete.

„Sie erinnern sich nicht, oder?", fragte sie.

„Ich erinnere mich an Ihr Gesicht, aber ich muss zugeben, dass mir Ihr Name nicht einfällt", gestand er.

„Magdalena Lubitz", stellte sie sich vor und setzte sich auf den Stuhl, auf dem Schmieder zuvor gesessen hatte, „ich vertrete Barbara Klaasen."

„Frau Lubitz, richtig", sagte Bussard und nickte.

Er hatte die Anwältin vierzehn Monate zuvor im Zuge einer Ermittlung kennengelernt und als Zeugin vernommen. Sie war die erste Ehefrau von Hans Martin Bleyle gewesen, einem Scheidungsanwalt, der von seinem Sohn erschossen worden war. Bussard erinnerte sich, dass sie damals bei der Vernehmung den gleichen Hosenanzug getragen hatte.

„Was führt Sie zu mir?", fragte er und war gespannt, welchem Anlass er diesen Besuch zu verdanken hatte.

„Es geht um die Aufdeckung einer Straftat, die ich hiermit anzeige", erklärte sie.

„Aber warum kommen Sie zu mir hier ins Krankenhaus", fragte Bussard überrascht. „Warum wenden Sie sich nicht an meine Kollegen im Präsidium?"

„Weil Frau Klaasen mich gebeten hat, mich an Sie persönlich zu wenden. Meine Mandantin vertraut auf Ihre Diskretion."

Bussard runzelte die Stirn und schüttelte den Kopf. Er hatte nicht die leiseste Ahnung, was diese Eröffnung zu bedeuten hatte und wohin das Gespräch führen würde. Die Ermittlungen in den Mordfällen Sebastian Klaasen und Maximilian Götz waren abgeschlossen. Der Fall Klaasen lag bei der Staatsanwaltschaft und Schmieder bereitete bereits die Anklage vor. Über den „Rosenmontagsmord" war in den lokalen Medien berichtet worden und soweit er wusste, gab es nichts mehr, was einer besonderen Diskretion bedurft hätte.

„Sagen Sie mir, worum es geht", forderte er sie auf.

„Darf meine Mandantin auf Ihre Diskretion vertrauen?"

„Sie darf, sofern ich das bei einer Straftat verantworten kann. Ich muss Ihnen nicht erklären, dass Strafrecht Öffentliches Recht ist. Wenn ein Fall vor Gericht verhandelt wird, ist für Diskretion meist kein Platz mehr."

„Das weiß ich", erwiderte sie und nickte, „und ich muss ganz einfach darauf vertrauen, dass Sie meine Mandantin nicht enttäuschen werden."

Die Anwältin schlich um ihr Anliegen wie die sprichwörtliche Katze um den heißen Brei. Es war Zeit, dass sie Nägel mit Köpfen machte.

„Warum erzählen Sie mir nicht einfach Ihre Geschichte", fragte Bussard, „danach können wir immer noch entscheiden, wie diskret sie behandelt werden kann."

Frau Lubitz lehnte sich zurück, schlug die Beine übereinander und sah Bussard in die Augen. Sie wirkte entspannt und konzentriert gleichermaßen.

„Sie haben die Ermittlungen in den Fällen Klaasen und Götz geleitet", begann sie, „und im Zuge dieser Ermittlungen hat meine Mandantin Ihnen gegenüber ein Geständnis abgelegt. Bei diesem Geständnis hat meine Mandantin davon gesprochen, dass ihr Ehemann Sebastian Klaasen von Maximilian Götz erpresst worden sei. Dabei ging es um eine sehr unappetitliche Angelegenheit."

„Die Vergewaltigung von Alyssa Kettenring", erriet Bussard und die Anwältin nickte.

„Es existiert eine Videoaufnahme dieser Vergewaltigung", fuhr sie fort, „doch meine Mandantin besteht darauf, dass die DVD mit der Aufnahme nicht als Beweis vor Gericht verwendet wird, obwohl sie zur Entlastung meiner Mandantin beitragen könnte. Die Aufnahme hatte einen erheblichen Einfluss auf die seelische Verfassung meiner Mandantin und war letzten Endes der Tropfen, der das Fass zum Überlaufen gebracht hat. Ohne diese Aufnahme würde Sebastian Klaasen heute vielleicht noch leben, doch wie gesagt, meine Mandantin verweigert mir als ihrem Rechtsbeistand die Verwendung der Aufnahme als Beweis vor Gericht."

„Sie schämt sich dafür", folgerte Bussard, „und vielleicht befürchtet sie auch, dass das Andenken des Mädchens beschmutzt wird, wenn die Aufnahme vor Gericht gezeigt wird. Sie sagte mir, dass sie sich am Tod des Mädchens mitschuldig fühlt."

„Das mag sein ...", erwiderte die Anwältin gedehnt und Bussard ahnte, dass noch nicht alles gesagt war.

Als er darüber nachdachte, wurde ihm klar, dass Barbara Klaasen sich durch die Weigerung, die DVD als entlastenden Beweis vor Gericht zu verwenden, vermutlich selbst schützen wollte. Vielleicht konnte sie damit leben, mit einem Lügner und Betrüger verheiratet gewesen zu sein. Vielleicht konnte sie sich auch damit abfinden, dass ihr Mann einen Erpresser, Zuhälter, Drogen- und Waffenhändler erschossen hatte. Was sie aber vermutlich nicht ertrug, war die Tatsache, dass ihr Ehemann eine Minderjährige vergewaltigt und so den Tod des Mädchens verursacht hatte. Das war möglicherweise der wahre Grund dafür, warum sie sich weigerte, die DVD als Beweis vor Gericht zuzulassen. Da die Verhandlung öffentlich war, wollte sie sich dieser Schande nicht aussetzen, selbst wenn sie sie überhaupt nicht zu verantworten hatte.

„Ich verstehe immer noch nicht, worauf Sie eigentlich hinauswollen", erklärte Bussard, „Sebastian Klaasen ist tot. Der Fall ist abgeschlossen und es wird keine Ermittlungen mehr geben. Was wollen Sie also von mir?"

Die Anwältin öffnete ihre Aktentasche und nahm eine unbeschriftete DVD in einer durchsichtigen Hülle heraus.

„Meine Mandantin kennt nur die erste Minute dieser Aufnahme", sagte sie und reichte dem Kommissar die DVD, ohne sie jedoch loszulassen.

„Sie kennen den Grundsatz, wonach man über Tote nicht schlecht reden soll", fuhr sie fort und als Bussard nickte, ließ sie die DVD los, „versprechen Sie mir, dass Sie diesen Grundsatz beherzigen werden."

## 16

Die Temperaturen waren sprunghaft angestiegen und am ersten März zeigte das Thermometer bereits fünfzehn Grad. Nach den beiden arktisch anmutenden Wochen, in denen die sibirische Kaltluft die Quecksilbersäule bis unter minus zwanzig Grad gedrückt hatte, erschien Bussard das Wetter fast sommerlich. Zweieinhalb Wochen waren seit seinem Skiunfall vergangen. Die ersten beiden davon hatte er in der Uniklinik verbracht und er war mehr als froh gewesen, als er das Krankenhaus endlich hatte verlassen können. Seine Genesung machte gute Fortschritte. Die Gehirnerschütterung und die kleineren Blessuren seines Sturzes hatte er auskuriert, doch seine Mobilität war erheblich eingeschränkt. Sein verletztes Knie hätte den Einsatz von zwei Gehhilfen erfordert, doch wegen der erlittenen Schlüsselbeinfraktur konnte er den rechten Arm noch nicht belasten.

Seine Krankmeldung galt für den gesamte März, doch er hatte etwas zu erledigen, was er weder aufschieben noch delegieren wollte. Erholen konnte er sich danach immer noch.

„Wie geht es dir?“, fragte er.

„Ungefähr so, wie Sie aussehen“, antwortete die junge Frau, die neben Susanne Bauer vor seinem Schreibtisch saß.

Bussard grinste und nickte ihr zu. Er war froh, dass sie gekommen war, denn es hatte ihn einige Überredungskunst gekostet, sie davon zu überzeugen, das Richtige zu tun. Nach einem kurzen Klopfen wurde die Tür geöffnet und Wegner kam in Bussards Büro.

„Er ist jetzt da“, verkündete er.

„Okay“, erwiderte Bussard und wandte sich an die junge Frau, „warte bitte draußen auf dem Flur. Susanne wird dir Gesellschaft leisten. Es wird nicht lange dauern.“

Er hielt sich am Schreibtisch fest und erhob sich mühsam, wobei er nur auf dem rechten Fuß stand. Auf seine Gehhilfe in der linken Hand gestützt, humpelte er langsam zur Tür, begleitet von der EDV-Spezialistin, die zwar ebenfalls hinkte, aber mittlerweile wieder ohne Krücken gehen konnte. Unter dem Arm trug sie wie immer ihr obligatorisches Notebook, während sie der jungen Frau aufmunternd zunickte.

„Ihr solltet eigentlich beide im Bett liegen“, tadelte Wegner und nahm die Akte, die auf Bussards Schreibtisch gelegen hatte, an sich. „Wir hätten das auch ohne euch erledigen können.“

„Ich weiß“, erwiderte der Kommissar, obwohl er das Gegenteil dachte.

Niemand wusste, was er und Susanne heimlich vorbereitet hatten und wenn alles glatt lief, würde auch niemand etwas davon erfahren. Der Kommissar humpelte den Flur entlang bis zum Vernehmungszimmer. Wegner öffnete die Tür, ließ Bussard eintreten und schloss sie hinter ihm.

„Was soll das", rief Gernot Ahle, der auf einem Stuhl am Tisch saß, „warum haben Sie mich verhaftet?"

Bussard antwortete nicht. Er humpelte zum Tisch, zog sich einen Stuhl zurecht und ließ sich vorsichtig Ahle gegenüber nieder. Das linke Bein und der rechte Arm waren außer Betrieb und so waren selbst simple Tätigkeiten wie das Sich-an-den-Tisch-setzen mühsam und anstrengend.

„Uff!", keuchte er und lehnte seine Gehhilfe gegen die Tischkante, während Wegner die Akte auf den Tisch legte ohne sie zu öffnen.

„Ich habe einen Deal mit der Staatsanwaltschaft", erklärte Ahle, beugte sich vor und sah Bussard herausfordernd an. „Der Käse ist gegessen und Sie können mir überhaupt nichts. Ich bin ein freier Mann. Was Sie hier tun, ist Freiheitsberaubung. Ich werde Sie verklagen, bis …"

„Halten Sie die Luft an!", unterbrach Bussard und sah Ahle direkt in die Augen.

Der drohende Blick des Kommissars ließ Ahle unwillkürlich zurückweichen. Obwohl Bussard wie ein Invalide aussah, ging etwas Gefährliches von ihm aus.

„Uns liegt eine Strafanzeige gegen Sie vor", begann der Kommissar und hielt Ahles Augen mit seinem stechenden Blick gefangen. „Sie werden beschuldigt, die fünfzehnjährige Lara Wagenknecht missbraucht zu haben."

„Was?", rief Ahle und wollte sich erheben, doch der Beamte, der hinter ihm stand, drückte seine Hand auf Ahles Schulter.

„Nach Paragraph 182 Strafgesetzbuch wird der sexuelle Missbrauch von Jugendlichen mit einer Freiheitsstrafe bis zu fünf Jahren bestraft“, erklärte der Kommissar.

„Ich habe niemanden missbraucht“, widersprach Ahle.

Bussard nickte Wegner zu und der Kollege öffnete die Tür. Wenige Augenblicke später betraten Susanne Bauer und Lara Wagenknecht den Vernehmungsraum. Bussard erkannte in Ahles Blick, dass der Beschuldigte wusste, wer die junge Frau war.

„Ist das der Mann, der dich missbraucht hat?“, fragte er.

„Ja, das ist er“, bestätigte Lara nickend.

„Du bist dir absolut sicher?“

„Absolut! Das ist er“, sagte sie noch einmal und warf Ahle einen Blick zu, als ob sie ihm am liebsten die Augen ausgekratzt hätte. „Er war es. Er hat mich missbraucht.“

„Ich kenne diese Göre nicht“, rief Ahle, „ihr wollt mir hier etwas anhängen. Ich habe sie noch nie gesehen.“

„Lara hat Sie eindeutig identifiziert“, erklärte Bussard, während die EDV-Spezialistin ihr Notebook auf den Tisch legte, aufklappte und eine Taste betätigte.

„Sie kann mich überhaupt nicht identifizieren“, widersprach Ahle. „Haben Sie irgendeinen Beweis oder irgendwelche Zeugen?“

Noch immer sah der Kommissar dem Beschuldigten in die Augen. Ahle hatte die Zwangslage jugendlicher Mädchen, die auf der Straße lebten, ausgenutzt und sich an ihnen vergangen. Der Missbrauch von Lara lag schon Wochen zurück und ließ sich nicht so einfach beweisen, weil sie keinen Arzt aufgesucht hatte, um sich untersuchen zu lassen. Außerdem gab es keinen Zeugen, der die Tat beobachtet hatte, doch das entscheidende Ass steckte noch in Bussards Ärmel.

„Sie sind ein Wiederholungstäter", stellte der Kommissar fest, „Lara war nicht ihr einziges Opfer."

Ahle antwortete nicht. Sein Blick ging zwischen den Beamten und der Zeugin hin und her, bis er schließlich an dem Notebook hängenblieb, dessen Monitor er jedoch nicht einsehen konnte.

„Sie haben auch die vierzehnjährige Alyssa Kettenring missbraucht", fuhr Bussard fort, schlug die Akte auf, drehte sie um und schob sie vor den Beschuldigten.

„Das war ich nicht!", rief Ahle, als er das Foto der toten Alyssa sah, die am Fuß einer Tanne erfroren war. „Ich habe dem Mädchen nichts getan!"

„Die Leiche des Mädchens weist mehrere Verletzungen im Genital- und Analbereich auf", berichtete Bussard, „und der Rechtsmediziner, der Alyssas Leiche untersucht hat, hat Schamhaare von zwei männlichen Personen gefunden. Eines davon stammt von Sebastian Klaasen und ich wette, dass das andere von Ihnen stammt."

Er wandte sich zur Seite und nickte seiner Kollegin zu. Susanne betätigte eine weitere Taste und drehte das Notebook um. Die DVD, die sich im Inneren des Laufwerks drehte, war eine Kopie, die sie nach Bussards Anweisungen angefertigt hatte. Er hatte sie gebeten, alle Szenen, in denen Sebastian Klaasen zu sehen war, herauszuschneiden. Klaasen war tot und konnte für seine Straftaten ohnehin nicht mehr angeklagt werden.

„Das sind Sie", stellte Bussard fest und deutete auf den Monitor.

Die Videoszene zeigte Gernot Ahle, der im Schlafzimmer der Klaasen-Jagdhütte Alyssa Kettenring missbrauchte. Das Bild war scharf genug, um den Täter ohne jeden Zweifel erkennen zu können. Ahle schluckte und rieb mit den Fingern über seine Stirn.

„Woher haben Sie das?“, fragte er krächzend.

„Die Aufnahme hat Maxi Götz gemacht“, antwortete Bussard. „Er hat den Missbrauch gefilmt.“

„Das ist nicht so, wie es aussieht“, erwiderte Ahle heiser, „das war kein Missbrauch. Wir haben die Nutte dafür bezahlt.“

Alle Augen waren auf Ahle gerichtet, der hilflos von einem zum anderen sah. Niemand sprach ihn an und das Schweigen lastete schwer auf ihm.

„Maxi hat die Mädchen besorgt“, verteidigte er sich und hob abwehrend die Hände. „Dafür hat er von jedem dreihundert Euro bekommen.“

Noch immer beobachteten ihn alle Anwesenden schweigend und Ahle spürte den Abscheu und die Verachtung, die in ihren Blicken lag.

„Sag ihnen, dass das stimmt“, rief er und sah Lara bittend an, „sag ihnen, dass wir bezahlt haben.“

Lara wollte antworten, doch Bussard brachte sie mit einem Blick und einer Handbewegung zum Schweigen. Zusammen mit Ellen Riether, der Sozialarbeiterin des SKIN e.V., hatte er Lara am Tag zuvor überredet, Strafanzeige gegen Gernot Ahle zu stellen. Nach anfänglichem Widerstand hatte sie schließlich eingewilligt, weil Bussard ihr versprochen hatte, dass Ahle für Alyssas Tod würde bezahlen müssen. Danach hatte Lara berichtet, dass Maxi Götz sie zwei Wochen vor Alyssas Tod zu der Klaasen-Hütte gebracht hatte, wo sie von Ahle und Klaasen mehrfach missbraucht worden war.

Auf der Rückfahrt in die Stadt hatte Maxi ihr fünfzig Euro gegeben und gleichzeitig damit gedroht, ihr ein Ohr abzuschneiden, falls sie jemandem von der Sache erzählen würde.

„Das war kein Missbrauch", sagte Ahle noch einmal, doch sein Widerstand erlahmte zusehends.

„Alyssa Kettenring war vierzehn Jahre alt", erklärte Bussard mit eisiger Stimme, „vierzehn! Nachdem Sie sie missbraucht hatten, ist sie vor Ihnen geflohen. Sie wussten, dass sie bei den Temperaturen ohne entsprechende Kleidung alleine im Wald nicht lange überleben würde. Das Mädchen ist jämmerlich erfroren."

„Sie ist davongerannt ...", stammelte Ahle, doch Bussard fuhr unbeeindruckt fort.

„Sie hätten ihr folgen oder nach ihr suchen müssen, aber Sie haben nichts unternommen, um das Leben des Mädchens zu retten. Das war nicht nur unterlassene Hilfeleistung. Sie haben den Tod von Alyssa Kettenring billigend in Kauf genommen und das ist fahrlässige Tötung!"

„Ich konnte doch nichts dafür. Sie ist einfach auf und davon", erklärte Ahle und sah Bussard flehend an, doch weder der Kommissar noch seine Kollegen noch die Zeugin brachten auch nur einen Funken Verständnis für ihn auf.

„Sie haben eine Vierzehnjährige vergewaltigt und das Mädchen ist auf der Flucht vor ihrem Vergewaltiger gestorben", fuhr Bussard fort. „Es gibt ein Wort, das eine Vergewaltigung mit Todesfolge beschreibt."

Ahle riss die Augen auf, als ob er dem Kommissar mit einem Blick hätte Einhalt gebieten können, doch Bussards Grabesstimme versetzte ihm den finalen Stoß.

„Mord!"

Ahle zuckte zusammen wie unter einem Peitschenhieb. Der Klang des Wortes „Mord" schien im Raum hängenzubleiben ohne zu verhallen. Ahle sackte in sich zusammen und schüttelte den Kopf.

„Wir wollten das nicht", sagte er leise.

„Wir?", fragte Bussard. „Maxi Götz und Sebastian Klaasen sind tot. Mit denen können Sie Ihre Schuld nicht mehr teilen. Sie, Ahle, Sie ganz alleine sind für den Tod von Alyssa Kettenring verantwortlich und Sie ganz alleine werden dafür vor Gericht gestellt werden. Wenn Sie aber auf dem „wir" bestehen, dann wird man Sie wegen gemeinschaftlicher Vergewaltigung und gemeinschaftlichen Mordes anklagen. Für Klaasen und Götz wird man Ihnen deshalb noch ein paar Jahre obendrauf packen."

Bussard beugte sich vor, stützte sich mit dem linken Unterarm auf den Tisch und erhob sich. Er nahm seine Gehhilfe und humpelte zur Tür. Bevor er den Raum verließ, drehte er sich noch einmal um.

„Wenn es nach mir ginge, würde man Sie in ein dunkles Loch sperren und den Schlüssel wegwerfen", erklärte er angewidert, „aber so viel Glück werden Sie nicht haben. Im Gefängnis werden Sie einer derjenigen sein, dessen Zellentür nachts manchmal unverschlossen bleibt."

# Die Honigspur

von Ralf Kurz

**320 Seiten, Euro 11,90**

Beim Überfall auf einen Freiburger Juwelier wird eine Kundin vor den Augen ihres Mannes getötet. Kriminalhauptkommissar Bussard wird schnell klar, dass es sich nicht um einen gewöhnlichen Raubmord handelt, die Kundin wurde regelrecht hingerichtet.

Bussard vermutet eine Beziehungstat und ermittelt im privaten Umfeld des Opfers. Dabei stellt sich heraus, dass die Tote offenbar für einen ausländischen Geheimdienst gearbeitet hat. Das BKA übernimmt den Fall und Bussard ist außen vor.

Doch dann geschieht ein zweiter Mord.

# Rose Grandisson
# Gefangen in Heidelberg

von Michail Krausnick
**224 Seiten, Euro 16,80**

ROSE GRANDISSON – ein historischer Kriminalfall nach den aktenmäßigen Berichten des Heidelberger Stadtdirektors und Untersuchungsrichters Dr. Ludwig Pfister.

Erzählt wird der Aufstieg des Gauner- und Hochstaplerpärchens Carl und Rose Grandisson in die besten Heidelberger Kreise, ihre gnadenlose Demontage und das ungleiche Verhörduell des Stadtdirektors Dr. Ludwig Pfister mit der „engelhaft schönen" Gefangenen, das zugleich auch eine außergewöhnliche Liebe offenbart.
Den Leser erwartet eine literarische Zeitreise in die Heidelberger Romantik und das Jahr 1815, in dem die Stadt am Neckar das Hauptquartier der Fürsten und Kaiser im Entscheidungskampf gegen Napoleon war.

www.wellhoefer-verlag.de

www.wellhoefer-verlag.de